U0043331

我的編輯是第一夫人賈桂琳

史蒂芬・羅利

謝靜雯——譯

Steven Rowley

The Edito

推薦序

賈姬借過我的臉

陳栢青（作家）

關於賈姬的故事，臺灣做了最好的詮釋。

我最好的朋友推薦我看韋恩寇斯坦邦的學術作品《賈姬面具下》，他說這書寫得實在太好了。我立刻上網路書店買二手書。但無論我如何更換搜尋方式，改變輸入法，書店搜尋欄位僅出現這個：《賈姬面具》（下）。我不知道台灣有沒有可能催生下一位賈姬，但網路書店系統先製造一本你永遠無法真底看見的夢幻逸品：《賈姬面具》（上）。

我以為這就是關於賈姬，或是所有你哈的要命會想在網拍上競標只為收藏他一條用過毛巾名人——瑪麗蓮夢露、赫本、許光漢、林伯宏——的全部故事，他們與世界的全部關係，就是這兩本書：從「賈姬面具下」到「賈姬面具」。系統的錯誤告訴我們世界的真理。你以為面具下有什麼，窮盡其愛，面紅耳赤為其爭辯，奮力靠近，哀哀欲死呼喚他的名字，日日親吻刊載他那張臉的雜誌封面，但翻開來，面具下什麼都沒有。一個巨星的完成，便是面具本身。你的愛創造他的臉。

韋恩寇斯坦邦《賈姬面具下》是一次面具秀，琳琅滿目，愛恨貪瞋。史蒂芬・羅利新作何嘗不是，交流道下，五股家具名床設計大展。誰都在發明她的臉。而賈姬先發明自己的名字，賈姬全名賈桂琳・李・鮑維爾・甘迺迪・歐納西斯（Jacqueline Lee Bouvier Kennedy Onassis）。李是母姓，鮑維爾是父姓，甘迺迪與歐納西斯是她兩任丈夫。她曾經是美國第一夫人，後來又嫁給了曾經是世界最有錢的男人。她的命寫她的名，每加長一點名字就是再次發明，或發現自己。也許顛倒過來，是別人發現她。根據統計，一九六一到一九七三年間，賈姬頻繁登在美國《電影畫刊》封面的次數，只有伊莉莎白泰勒能勝過她。但那些年賈姬可沒演出過電影，她不是走錯了雜誌封面，只是上了神壇，至此，賈姬的臉離開她的身體，欠砍頭詩，賈姬成為Icon，真的是一張面具。你可以把她帶在包包上，那就是賈姬包的誕生，蔡依林曾之喬都在背，她鍾愛伯爵骨董腕錶，便有了賈姬錶的生產，她喜歡包頭巾帶超大墨鏡，她帶Pillbox Hat長筒女帽有賈姬御用款的稱號。賈姬進入你的生活，我們穿戴賈姬過活。

賈姬在歐納西斯逝去後，回到紐約擔任編輯。小說由此切入，「如果小說主人公是個作家，然後剛好被賈姬選中出版呢？」，但若僅僅如此，這種給慈禧太后洗腳，想像自己和名人發生某種關係的故事，真的不用多此一本，畢竟，真的和名人發生過關係的書可多的了，小說？哼。假雞，掰。所以，就把歷史解密留給Discovery頻道吧，把八卦留給鏡週刊，把彩妝和穿搭留給YouTube頻道或是你最好的Gay朋友，《我的編輯是第一夫人賈桂琳》的慧眼獨具，首先在於小說中主人翁「我」的設定——這個被前第一夫人欽點的作家竟然剛好是個甲甲，是個Gay，而且他正寫一本關於母親的書。故事在這裡起飛，當賈姬遇見甲姬，九〇年代賈姬變成面具，而同志正在揭開面具，甚至賈姬就是同志的面具之一——網紅又仁批頭巾和帶大墨鏡造型和賈姬有十足像——衝突和張力就此拉開。

一個核心安排是「母親」。編輯是作家之母。現在小說中的作家有兩個媽了。而這個作家剛好又寫一本關於親媽的書，且這個親媽長年痴迷於甘迺迪家族的一切。小說中之「我」且臉紅紅說起自己名字的由來：「我的中間名是法蘭西斯，是跟著羅伯特．法蘭西斯．甘迺迪取的。」親媽為他選了這個名。小說家多高妙，透過關係的對位、象徵，不著一縷，又千絲萬縷，原本以為和賈姬八竿子也打不著，其實根本天作之合，裡應外合。

小說絕妙一筆又回到賈姬的名字上。引用《賈姬面具下》，韋恩寇斯坦邦特闢章節討論賈姬O這個稱呼。O是歐納西斯的O。「這個外號的起源，是《婦女時裝》雜誌上用過一句：『爹爹O和賈姬O』。從這句響亮的話，我們知道從前的第一夫人已經看上一位蜜糖老爹。」、「賈姬的神聖已經是過去的事了，當她嫁給歐納西斯的同時，她的神聖便告終結。」O是名字上的夫性，O是生命的歷程，名字多個O，有人以為是賈姬新帶上的面具，有些人則認為是現出她真正的臉。O成為賈姬的紅字，是聖女走入凡間，愛上壞壞總裁，還是前鬼的封印解除，賈姬從禁錮的牢籠成為飛翔的鳥。而《我的編輯是第一夫人賈桂琳》知道名字的力量，「妳叫我法蘭西斯的時候，爸爸都會生氣。」小說裡孩子這樣跟媽媽說。以為是隨手安排，結果旁邊宜加圈圈作註，此處應有本。白龍，我知道你的名字了，你的名字是賑早見琥珀主。名字是真相，但他先以謎面的方式存在。隨著故事揭露，小說中作家親媽心裡有一個祕密。事關自己，也認為是自己讓孩子「變成了一個Gay」。砰，小說核心出現，依然是關於母親與我、同志與家、錯誤與修補、接納或理解。多漂亮的一手，那使這本書就像賈姬頭頂的高筒帽，硬是勝出其他賈姬相關虛構小說幾個帽頭。

同志愛扮裝，但他們演誰，其實都是在袒露自己。同志面對社會常不自覺帶上面具，你如何在面具上再加面具？於是越表演越真情，濃妝豔抹才最是赤裸裸的真心。這本小說裡沒有扮裝，但卻盡得奇妙。賈姬在小說裡自然是個大活人，可同時是象徵，是符號，是隱喻，是故事地圖，也是情節的推動引擎。她同時存在面具和面具下，甚至是那雙忙活的手，最賈姬，卻不那麼賈姬。全都是，又無甚相關。你可以說，這本小說是叫賈姬借過，要華麗上台是老娘。但何嘗不是借過／道賈姬，迂迴對應，才正中紅心，圖窮匕現是當代同志的，或我的臉。

目次

我的編輯是第一夫人賈桂琳

Steven Rowley

The Edito

史蒂芬・羅利

獻給我的父母

簡而言之，
想過從此幸福快樂的生活，
沒有一個地方
比卡美洛更適合。

——《卡美洛》（*Camelot*）亞倫・傑・勒納（Alan Jay Lenar）

《隔離》——詹姆斯·史麥爾的小說

房裡暖烘烘，暖得過分，不適合和屍體共處一室。羅素暗想，可是似乎沒人在意。訪客將外套的腰帶繫得死緊，彷彿只要脫掉外套，自己就不得不留下。房間後側有一臺銀色的大過濾咖啡機正在煮咖啡，還有一只壺滾著水準備泡茶用。他母親喝了三杯黑咖啡，正在房裡繞圈圈，就像在金字塔購物中心裡運動的那些婦女——大家都叫她們「購物中心一英里賽跑者」——一路狀似跟碰到的人有所連結，同時卻又成功閃避了每個人。

「瞧瞧她，」羅素說，站在棺柩旁邊的有利位置，觀察母親的活動路徑，「等這件事結束，我發誓要把她鎖進房裡。」

「誰？」尚恩試圖追隨弟弟的視線。

「媽。」

「媽？為什麼？」

「你還問為什麼？」這還不明顯嗎？她是他們僅剩的一切。他扯扯自己的領帶。「這裡頭滿熱的吧！」

「非常熱。」

羅素用手拂過蓋起的棺柩，說來他父親才是運氣最背的一個，被塞在自己向來厭惡、上教堂才穿的那套西裝裡。也或許他父親的運氣最好。要是能讓父親透透氣就好了。「她得要回答一些事情。」

史貝夫婦走過來，對著迪克．默立根的兒子，也就是他和他哥哥肅穆地點點頭，尚恩伸手致意。「謝謝你們過來。」

「迪克是個好人，」史貝先生說，鼻子是從前的兩倍大，不是因為扯了這個謊，而是因為上了年紀，「很遺憾他死得這麼——」

「……很遺憾發生這種事。」史貝太太更正，一邊扯著丈夫的胳膊。沒人想把那件事大聲說出口。

「我有些工具還在你們父親手上……」

「一定歸還。」尚恩說。他們最終會清空車庫。

「下次再說啦，亞瑟。」這回史貝太太受夠了，猛扯丈夫，將他拉往門口。

尚恩等老鄰居聽不到才開口。「什麼東西？媽得要回答什麼？」

「問題啊！她得要回答問題。不能再繞著房間走，不能再撇步走開。面對面的時候到了。」

「現在嗎？你覺得時候到了？在這件事過後……」

過後，沒錯，在這次守靈過後。

「對。」

「那些問題，她鎖在房間裡，又要怎麼回答？」

羅素盯著哥哥，羅素因為痛哭過而雙眼通紅，但一副靈感勃發的模樣。「我要把自己跟她鎖在一起。」

那就是「隔離」這個念頭浮現的時刻。他母親在房裡繞了許多圈之後，路過擺放杯碟的桌子，判定需要補上乾淨的。尚恩脫下夾克、捲起衣袖，彷彿抵達造勢場合的政客。他姐姐費歐娜握過每個人的手，再三傾聽同樣無趣的故事。他因為煎熬和心碎，腦袋抽痛不已。隔離。羅素不打算回家，不回加州。他要留在伊薩卡，和他母親牢牢關在房裡，直到兩人之間不再有祕密，直到兩人對彼此有徹底的認識。就像兩個血脈同源的人該有的程度。唯有如此，他才能理解父親為何拿槍轟掉自己的半張臉。

必須用這個方式來碎解一切。

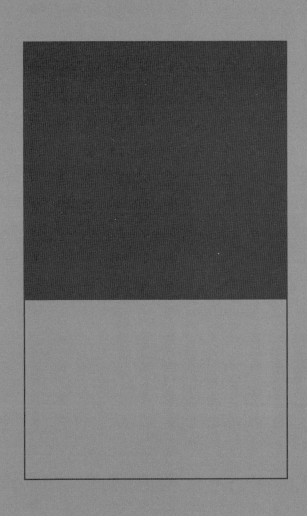

夢想，一九九二年二月

一

她的動作迅速確實，在小隔間迷宮和一排辦公室門夾出來的窄道之間穿行。她的步履嚴肅，我有上千個疑問，可是她腳步的俐落暗示我應該只挑一個來問。也許兩個。不，一個就好。我試著將一切看進眼裡，記住細節——我事後想要加以敘述、想在腦海裡重溫。可是我們移動的速度好快。我看到紙張，很多紙張。還有大頭針，我想，彩色的那種，直接插進小隔間牆板，將月曆、時程表、備忘錄和重要清單（更多紙張！）固定到位。行銷立牌宣布某些書籍即將上市；一連串書封像藝術作品一般裱框起來、等距掛在辦公室門框之間的牆面上，走道上一路都是，我彷佛透過動畫幻影箱看著它們。

「抱歉，我們要去哪裡？」就這樣，我浪費掉第一個問題。而且我很討厭自己道了歉。我受邀來到這裡，必須在他們發現找錯人以前，表現出如魚得水的樣子。冒牌貨。贗品。

她頭也不回說：「會議室，走道盡頭。」接著幾乎頓也沒頓又說：「想喝點水嗎？詹姆斯？」聽到自己的名字讓我一驚。她叫萊拉。我們在梯廳互相介紹時，她告訴過我。我經紀人的助理說是麗莎，唐娜這人做事就是這樣。還好萊拉在我叫錯她名字以前就先自我介紹。要是真的叫錯她名字，那就等於一起步就犯錯。萊拉一頭金髮，但髮色不至於金到讓人不把她當一回事。她穿的鞋我真喜歡。

「不用，不用水，謝謝。」我無法想像端著水又走這麼快，肯定會潑得到處是，潑在我的袖子上，或是——但願不會——灑在我的褲襠上。「抱歉我遲到了。」我又道歉了，可是這一次是應當的。

「你早到五分鐘。」

是嗎？「我通常會早十分鐘，所以就這樣來說是遲到了。」

萊拉將我迎進走廊盡頭的最後一個房間。「到了，這裡就是會議室。」她盯著我看。我頭一次注意到她穿著完美無瑕的客製化服飾。以米色女來說，她相當嚴肅，我聽過有人常常這樣叫出版界的年輕女性。我並不喜歡這種稱呼，散發著沒必要的性別歧視。她們被稱作米色女，因為她們總穿著低調的單色服飾，搭上配色的毛衣。可是這個女孩（女人！）是不同種類的生物，是「強力米」。像咖啡牛奶色，或是駱駝色，或是亞麻色。

「真不錯。」我品評了這間會議室，講這種話真呆，好像沒見過世面似的，彷彿沒看過這種房間，而我當然有。我為了一連串沒完沒了、令人沮喪的討厭兼差工作，幾乎跑遍了城裡的每間辦公室。這間會議室跟其他會議室沒兩樣，有布告欄、白板，長桌中央有具電話（至少我想那是電話——看起來像是我小時候的點燈遊戲機[1]），還有一套麥克筆。

---

1 指的應是一九七八年推出的一款考驗記憶的電動遊戲機，叫賽門（Simon），機器會發出一連串音符和光，使用者要想辦法照順序重複一遍。

「還派得上用場啦！」她的熱忱程度遠遠不及我。

對，是開會用的。莫名地，我竟然試著說服她個中好處。「樣樣俱全呢，連窗戶都有。」接著又臨時起意。「有人跳過嗎？」

「跳窗嗎？」她一臉驚愕，我看得出來。她噘著嘴將髮絲撥至耳後。

「只是……我可以想像，這種會議有時候會有點……我是說，我知道我自己就覺得……」緊繃嗎？強力米只是盯著我看。「抱歉。」我畏縮一下。短短兩分鐘內我已經道歉了三次。「妳對我的廢話沒興趣。」

在我們這段極為短暫的關係裡，她頭一次爽朗起來。「對於你會不會跳窗，我還滿有興趣的。」

「我保證不會跳。」

她吐了口氣。是失望嗎？也許吧！「那你先坐一下。」我們終於無話可說了。

沉默。

是我痛恨的。

我從桌邊拉開一張椅子，正要坐下的當兒半途停住。我耳裡有種響亮的嗡嗡聲，類似兒時夏天在喬治湖游泳好久之後的狀況。「我一直覺得自己比較是吞藥型的。」

「更多廢話？」她露出淺淺的笑容。她在跟我說笑，要我放鬆。

「哈！不是。只是，我不希望留爛攤子給別人清理。」自殺的話題持續太久了，搞不好會毀了我的專業前途。為了換個話題，我試著導正話題。「所以，我的書稿，妳讀過了嗎？」

「讀過了。」

我在腦袋裡重播最後那部分，聽起來不大對。「我不是認為自己的書稿是爛攤子！我想先澄清一下。」

「很清楚。」萊拉從桌上拿起一枝麥克筆，放回白板前方的溝槽。她這麼做的時候，態度微微軟化。「即使是爛攤子，編輯有時候也要處理。要負責清理。」

「妳有興趣嗎？當我的責編？」

「你問題真多。」

「因為緊張吧，我猜。我一緊張通常都會這樣……」我雙手並用打了個彷彿吐出文字的手勢。萊拉抓起角落裡的廢紙簍，舉到我面前。她再次微笑，這一次笑得比較開。我判定自己對她有好感，她有那種即興配合的能力。

「我不是你的責編。」她回答。

「喔！」我覺得臉頰一熱。

「你來這裡是要跟別人見面的。」

「喔，天啊，真抱歉。我經紀人的助理要我找萊拉。唔，她是說麗莎，可是她連自己寫的字都看不懂。」唐娜害我進退不得，我真的得跟她好好談一談。

「詹姆斯，不要緊。我替你跟責編安排好會面了。」

「他喜歡我的書稿嗎？就是我要碰面的編輯？」

「是她。」

「抱歉。」第四次抱歉！我皺了下臉。我一定創下了某種紀錄。

「深吸一口氣吧！我們並不會刻意把作者叫來，親口告訴他們我們多不喜歡他們的作品。」

我鬆了一口氣。「對，我想那樣很浪費時間。」

「那種事用寫信的比較輕鬆。」

「那種信我收過不少。」我講完才意識到這個真相過於赤裸，「唔，也不算多，就一般的量。」停頓。「萊拉。」我用她的名字當成標點符號，不確定聽起來像是驚嘆號還是句點。

她將椅子再拉開一些，輕拍椅背。「不用等太久，先坐一下吧！」

我趁自己闖更多禍以前坐下。她離開房間，隨手關上門。我發誓我聽到她在門後竊笑，然後才沿著走廊走遠。

我獨自一人，在袋子裡翻找，想確定自己帶了書稿的副本，免得到時他們想看。帶了。接著我走到窗邊，額頭貼上玻璃，直直俯視來來往往像火柴盒小汽車的車輛。啪嚓。這樣就結束了。我走回桌上的電話旁。那個遊戲叫什麼？叫「賽門」。電話上頭有個按鈕，我想也沒想就按了下去。它發出響亮的嗶嗶聲，我嚇一跳，不過接著變成嘟嘟響。我快速再按一次，嘟嘟聲就停了。我祈禱這陣騷動不會把萊拉召來。她不會高興的。

我寫作前後十年，從大學畢業開始，也許該說二十五年，就看從什麼時候算起。我成長期間，母親有一架瑞士的愛馬仕老打字機，我不知道她從哪裡拿到的，或是她為什麼有這架東西，可是對我來說美麗至極。色調是知更鳥蛋的那種藍，機身上緊緊附了個蓋子，讓這架機器變成了時髦——雖說笨重——的手提箱。按鍵喀答響、鈴聲叮叮叮，我總是拉動扳手，好讓滾筒機架回歸原位，彷彿在關鍵的選舉裡投下決定性的一票。

「你在寫我，對不對？」我記得母親這麼問，我當時才七、八歲。就像她大多的提問，感覺更像是下令。

「不是。」我會說，在當時這是真話。我淨寫些老套的小故事，主題是貓咪、有馬廄的鄰居、林子裡不比水灘大多少的池塘。不過我覺得一旦把這些故事打成白紙黑字，它們就有了文學的重量。對我來說，打字跟出版很類似。我為了那架打字機而活，打字機的色帶歪扭或是按鍵卡住，我就會痛苦不堪，需要母親出手幫忙。她不像我，她不會把修理打字機排在優先順位。我向她挑明這點的時候，她會翻翻白眼並說：「總有一天你可以拿去跟你的心理治療師說。」她對很多事情都這麼反應。可是我沒去看心理治療師，而是成了作家。我不只是向一個人傾訴，而是立志告訴全世界。

我先將牆面公布欄上的大頭針重新排成和平的標誌，然後才坐下。至少我認為是和平標誌，搞不好是賓士車的商標。我常常搞不清這兩種符號，只好起身將排好的符號弄散，好讓自己的腦袋正常運轉。

身為作家，我早先的發展還算成功。有兩個短篇故事登上兩本藝文刊物。我懷抱著典型的青春天真，以為事情永遠會這樣下去，可是當然沒有。為了支付帳單，我到處接零工，說服自己這些工作可以提供生活體驗——對於希望自己擲地有聲的作家來講，這點至關緊要。可是我從這些體驗裡沒得到多少可供分享的洞見，除了怎麼煮咖啡、在人滿為患的房間裡化為隱形，以及對抗逐漸加重的憂鬱。到現在我已經有幾年沒出版任何東西，久到納悶自己是否還有資格自稱作家。

這個想法本身就令人憂鬱，所以我坐了下來。某人——一個編輯終於對我的作品起了興趣，我提醒自己，我必須善用這個魚兒上鉤般的輕啃，非得將輕啃變成齧咬不可。

然後必須把齧咬變成鯊魚般的血盆猛噬。

我在椅子裡才坐穩不久，門就打開。一位女士走了進來，立刻轉身背對我，我只看得到她身材苗條，頂著棕髮，頗為高眺。她盡可能輕手關上門。

我連忙站起來，一邊的膝蓋撞上了桌子發出巨響。雖然我想尖聲喊痛，倒回椅子裡按摩我的腿，但是當她轉身和我四目相接時，我打住了動作。接著怪事發生了，我竟然開始鞠躬。

因為……因為……我不知道正式的禮節。

我不知道適用於這種狀況的行為準則。可是我不再覺得痛，我不記得自己有膝蓋，不記得每個人都有膝蓋，連膝蓋的用途都不記得。我完全迷醉於她的髮型，往後吹整，輕輕柔柔靠在肩膀上，以及一抹端莊的笑容，既害羞又燦爛。我垂眼看著地面，彷彿掉了東西，深信等我再次抬眼，就會是別人，一個長相肖似的人，某個仿效她風格的女子。

可是當我抬眼一看，依然……

是她。

二

是妳。我差點大聲說出口。

一眼就能看出是她。她的體態、眼眸——絕對不可能誤認。我當然知道她是誰。可是這樣說是避重就輕。我試著換氣。我剛剛是不是停止呼吸了？事實上，這可能是避重就輕史上最大規模的避重就輕。這種說法表面上聽來可能是誇飾，可是在這個例子裡，我想並不是。甚至不是逼近誇飾。過度渲染？言過其實？不，這純粹是事實陳述。

因為人人都知道她是誰。

現在我試著想起如何呼吸。什麼是呼吸？就是把空氣從你的肺部移進和移出的過程。牽涉到橫膈膜？某個東西擴張、某個東西塌陷，血液得到它所需要的。氧氣進去、二氧化碳出來。我的內在對話有多吵雜，就有多乏味。

「詹姆斯，」她說，「很高興認識你。」她說話帶著氣音，非常陰柔，即使……我試著快速心算一下……都將近六十歲了？她穿著深色長褲搭喀什米爾套頭毛衣，配上墊肩短外套。也許是香奈兒的，反正就是那類的名牌。我對設計師或品牌不熟。丹尼爾就會知道，這種事情他瞭若指掌。她非常靜定，手勢微小，手臂貼身側很近，彷彿一輩子都試著別做出惹人眼目的突發動作。

她又往房裡多走幾步，輕盈的腳步行雲流水一般。

「我是賈桂琳。」她說，發音介於法式和美式英文之間。那個聲音！是真的嗎？真的在對我說話嗎？她伸出手來，我看著自己的胳膊反射性地舉起來（也許是被一大把隱形的氦氣氣球抬起），手朝她探去。我試著開口說點什麼，但完全無法言語，這對作家可不是好事。她困惑中帶興味地看看我，然後才將手朝我完全伸來。我們握了握手。她的肌膚相當柔軟。我唯一的念頭是她擦了乳液。「你是詹姆斯吧？」

我眨眨眼。我的名字脫口而出，「詹姆斯。」我勉強多說了一個字，再加上姓氏。「對，史麥爾。」

她漾起笑容，我們的手回到身側。「很好。有人替你張羅喝的嗎？」她替自己拉了張椅子，但入座以前遲疑一下。

「沒說可以給我強到可以面對這種事的飲料。」

「抱歉？」她的道歉有種輕盈感，不像我這樣笨拙。比較不像是表達遺憾，而更像是暗示我再道歉一次。

「不，我才抱歉。我可能走錯地方了。麗莎要我在這裡等一位編輯，要談我書稿的事。」明明是個肯定句，句尾卻像問句那樣往上揚。

「是萊拉。」她糾正。可惡，唐娜！「你來對地方了。」

我看著她，覺得自己上了那種隱藏攝影機的整人實境秀，這種節目因為製作成本低廉而越來越熱門。「那妳來對地方了嗎？」我猶豫不決地說。

「喔，是啊！我的辦公室不是很舒服，為了隱私關起門來感覺更窄小。所以我想在這邊，我們兩個都會比較自在。」

我再也憋不住了。「妳是賈桂琳，」我說，雖說我用徹底的美式發音，「賈桂琳．甘迺迪。」

「歐納西斯。」

「歐納西斯，對。我是……」

「詹姆斯．史麥爾，很高興可以複習一遍。」她又露出一抹羞澀的笑容。

「對。我想那部分已經講過了。相信我，能夠見到妳真的很好。只是我不確定我們現在在這邊，在這個房間裡做什麼。」接著，為了切中要點，我說，「一起。」

她坐下來，打手勢要我照做，於是我往後拉開椅子入座。她伸出手，搭在我的手上。慈愛，令人平靜。她戴著一只風格獨特的手環，像鈴鼓一樣發出輕響。「詹姆斯，我就是那個喜歡你的書的編輯。」

我這輩子一直在等紐約出版公司的某個人說出這種話。可是我對這一刻曾經有過的千百種設想，沒有一次像這個樣子。迷你的煙火在我的腦海裡砰砰爆開，彷彿是七月四日國慶日。不知怎的，我的目光就是無法從她的珍珠耳環上移開。「一時有太多訊息要接收，也許我當初應該接受那杯水的。」

「沒問題。」她輕拍我的手兩下，然後站起來。「我替你拿來。」

我開口抗議——我哪能讓美國前任第一夫人端水給我——可是她已經離開。我瘋了嗎？我手忙腳亂拿起電話，按鈕去聽嘟嘟聲，可是我要打電話給誰？萊拉嗎？即使我知道她的分機號碼，我這樣不是進一步羞辱自己嗎？更何況，不管萊拉在哪裡，這種狀況顯然讓她樂滋滋。她原本可以先替我做點心理預備——這會是個小小善舉——可是她卻沒有。這可不是好的開始。我撤退到房間角落，做了十次開合跳。這是我為了因應寫作障礙發展出來的機制：十次完美的開合跳，血液就會流向腦袋（至少理論上是）。我的經紀人真的不是共謀嗎？他很愛捉弄人，就是希望別人忐忑難安的那種人——也許這樣有助於談判吧，我猜。可是他會這樣對客戶嗎？他會這樣對我嗎？我才做完開合跳，賈桂琳——佳—葵—因？札—圭—林？——端著一杯水回來了。起初她沒注意到我在角落裡。

「啊，你在那裡啊！」她說。我越過房間走回椅子那裡，她遞水杯給我。「我還以為你可能跳窗了呢！」她對著窗景點點頭，我傾身確認自己沒聽錯，然後笑了，笑得可能有點大聲。我應該解釋這句話為什麼這麼好笑嗎？

我舉起水杯，彷彿在說「乾杯」，才幾口就灌完大半的水，她比了個回座的手勢。

「那麼，都沒問題了吧？」她問。

我點點頭，看著她優雅入座，叉起腿，將自己拉向桌子。我坐下的時候，椅面出乎我意料地降了幾英寸，我不得不忙著摸索下方的拉桿，好將椅子調回適當的高度。我心慌意亂試著說點話，什麼都好，想遮掩這個彆扭的場面。「我的中間名是法蘭西斯。」

「你說什麼？」

「法蘭西斯，我的中間名。」我就像發條玩具漸漸慢到停下。

賈桂琳．歐納西斯細細瞅著我。我看到她的視線掃過我的臉龐。在恍如無盡的沉默之後，她說：「巴比。」

「對，抱歉，我應該先說明一下。我的中間名是法蘭西斯，是跟著羅伯特．甘迺迪[2]取的。我……我不知道我為什麼要提這件事。妳的時間很寶貴，我會專心的。」深呼吸幾次。「我真不敢相信妳讀了我的書稿。」

「讀了兩次呢！」她說。我在椅子底下摸摸弄弄，不知怎的，往下陷得更低，害我丟了第二次臉。但她對於我的椅子窘境隻字不提。

「兩次？」我盡量保持冷靜的語氣。

「你很驚訝嗎？」

「妳讀一次我就很受寵若驚了。」我終於掌握了椅子的機制，將它鎖定在體面的高度。我將自己朝桌邊拉，又啜了一口水。

她翻看拍紙簿上的一些筆記，我納悶那些筆記是不是關於我、關於我的書稿，我極目去看，又不想被識破。真想知道她的每個想法。「一旦進入狀況，就很難放下來。」

「有個朋友說起頭步調太慢。」

「不算慢，而是慎重。為了解構美國家庭，你必須先勤勞地加以建構。」

「我就是這麼說的！」我高興起來，頭一次萌生自信。

2 Robert Kennedy（1925-1968），美國律師與政客，是甘迺迪總統的弟弟，全名為羅伯特．法蘭西斯．甘迺迪（Robert Francis "Bobby" Kennedy）。

「我在想，我們能不能討論一下這本書，就我們兩個。」她語尾加上「我們兩個」的語氣——勸服，就我們，獨自在房間裡。她是刻意的嗎？她是不是先禮後兵，之後想出低價買稿？我怎麼可以在這時候滿腦子生意經？不管她在做什麼，都很有技巧。我很樂意坐在這裡談書——談我的書、任何書，直到整個下午過去。

直到所有的下午都過去。

「我很榮幸。」

「隔離。」她說。聽到我的書名確確實實從她口裡說出來，幾乎是種靈魂出竅的體驗。從她說那個字眼的方式，我可以聽出它的義大利起源：Quarantina。原意是四十天。

「對。」

「你親身經歷過嗎？」

「真正的隔離嗎？」

「隔絕。」

「跟我母親嗎？」

「跟任何人。」

「沒有。不像書裡這樣，不是正式的。」

賈姬點點頭。「你當初怎麼想到用隔離作為小說架構？」

我深吸一口氣。「每個人總是在某些時候覺得孤立，對吧？」她會嗎？喔，天啊！「大家都渴望產生連結——照理說應該很容易才對，卻少有容易的時候。我母親也是這樣。我們會談話，可是往往各說各話，無法傳達意義。我想這算是幻想，讓兩個角色近身相處，最後避無可避，只好說出他們迫切需要坦白的事情。」

她在拍紙簿上草草寫下想法。草草是錯誤的講法，我懷疑她會有草率的時候。「那個……你說是幻想……」

「……我總不可能把我母親真的弄進房間裡，要她跟我待上好一段時間……」

「於是你寫下一本小說。」

「我一開始沒這麼打算。我原本覺得自己比較適合寫短篇故事，以為總有一天可能會在《紐約客》上刊登短篇小說，就像我欣賞的很多作家那樣——厄普代克、齊佛、瑪維絲．格蘭特[3]。我夢想我會，不是認為我會。」啊，認為有種假定的成分在內。我咬住臉頰內側，要自己慢慢來。「所以，書裡的頭幾個章節之一，就是喪禮過後為了派餅鬥嘴的那一章？我最初寫下的就是那一章。寫完的時候，我想像著，我終於寫了篇可以登在《紐約客》的故事了。我拿給一個朋友看，他鼓勵我再寫更多。」我在這裡頓住，希望她能開口打個岔，但她態度淡定，眼睛眨也不眨看著我。「我現在意識到，作為短篇故事，它是無法滿足我的，它的本質上是……不完整的。」

「身為作家，有人要你寫更多，是多麼令人愉快的事。」

我對她微笑，像是個討果汁喝的孩子。

「還有你。你是不是……」她查看自己的拍紙簿，「羅素？」

---

3 Mavis Gallant（1922-2014），加拿大作家，以短篇小說聞名。

「書裡的那個角色嗎？我不是，不是羅素。」克制自己，詹姆斯。這可不是裝可愛的時候。「他是我的版本之一吧！我想。我們的共同點就是都在尋覓和找尋——渴望能夠理解。」

「我想多認識那位母親。」

「妳想知道什麼？」

「你想告訴我什麼？」

我擔心這是個無法回答的謎題、是我注定失敗的考驗，於是我重提她的前一個問題。「如果妳問書裡的『她』是不是我母親，我母親會說不是。」

「你母親讀過書稿了嗎？」

「沒有。」我一出口便意識到這回答單獨聽來有多麼嚴厲，於是再說一次，這回放軟語氣，「沒有。」然後，因為我們為這件事爭執過，所以我又補了一句，「一次也沒有。」

賈桂……歐納西斯夫人拿筆在拍紙簿上輕敲兩下。「為什麼沒有？」

「我希望她讀，我想她害怕自己會看到的東西。」

「我倒是看到了滿討人喜歡的東西。」

我的雙眼濡濕起來。真丟臉。現在月分還太早，無法推說是花粉熱過敏。為了忍淚，我眨了兩次眼。「謝謝妳這麼說，可是那幾乎無關緊要。她就是不想要人寫她的事。」

歐納西斯夫人放下筆。「唔，我與你母親所見略同。」

「我想也是。」我面帶笑容說，好讓她知道，我明白她指的是自己。

「所以你為什麼選擇寫她？」

「我不確定是我刻意選擇的。我原本以為自己有寫不盡的故事，深刻、複雜、豐富的敘事，以為會有深度的內容可以說。我圍繞著我以為會鮮活起來的角色，寫了五本小說的開場。可是經過無數的開頭和停止之後，比起我所認識的最複雜角色來說，那些角色都顯得有點平板。」

「就是你母親。」

「就是我母親。」我往下瞥了眼放在我們之間的拍紙簿，它讓我想起寫不出東西時空白紙張的可怕。「所以，我猜是狗急跳牆不得不然吧！」

歐納西斯夫人挑起一眉。「唔，我想你對她的觀察非常生動。我很欣賞她。」

我垂眼盯著指甲，難為情地看到有一陣子沒剪了。我默默將手壓在屁股下面。

「既然我沒機會當面問她，就問你吧——這個『她』是你母親嗎？」

「絕對是，」接著，因為我對母親也有很深的保護欲，於是又追加幾句，「算是副本，我可以拿到我們真正的關係之外，加以延展捏塑，讓它變得有可塑性。深入內裡，不只希望適合這本小說，也希望是我有可能理解的。」

歐納西斯夫人又記下幾點，我納悶她寫的是不是我說的話，這點讓我忸怩起來。我的這些想法值得記錄嗎？

這時她抬起頭並問：「是你可以釋放自由的。」

我與你母親所見略同。與某個如此知名的人面對而坐，我的腦海忍不住跑起她影像的幻燈片，就像每個美國人那樣。那些經典的時刻、恬靜的肖像。單獨一個都氣勢逼人，集結起來就變得更難以抑制。我急著將它們掃出腦海——把心神聚焦在我眼前的這位女性身上——可是她本人也跟精巧的加框照片相差無幾：克制、沉靜、靜定。這隻異國風情的鳥兒，為我這樣的窺視者被囚禁在籠裡。我是否也對母親做了同樣的事？用快照將她歸類？將她拘禁在長達一生的觀察裡？「是我可以釋放自由的，我喜歡這種說法。」

有個戴寬領帶的蓄鬍男人打開房門，我們吃了一驚。「喔，抱歉，賈姬。我不知道裡頭有人。」

「不要緊。」她說，男人靜靜關上門。一切如此稀鬆平常——他叫她賈姬，他天天會見到她，搞不好還一起開員工會議——我想叫住那個男人，只是為了確定他知道自己同事的真正身分。

我利用這個中斷的時刻。「可以問妳一個問題嗎？」

「歡迎。」

「我為什麼在這裡？」

笑聲。能夠逗她一笑，這種感覺幾乎難以形容。彷彿世間一切安好，即使犧牲的人是我。

「我們要用存在主義的角度談嗎？」

「不，不，雖然我的問題聽起來很怪，可是我是真心想問。」

「來這裡的為什麼是你，而不是別的作者嗎？」

「為什麼選了我的書稿？」

歐納西斯夫人將壓在拍紙簿下的前幾頁翻回來，將筆擱在上頭。「唔，書本就是一場旅程。能夠踏上我之前不曾經歷的旅程，我總是很興奮。所以，我想見見你，詹姆斯。」

「謝謝。」

「我發現，就小說處女作來說，你的書稿非常成熟。我有一些想法，如果你願意聽聽的話。」

「當然願意。」

「讓這件作品更有力量，擴大中心主題的一些想法。這個設定很不錯，結尾還需要下功夫，不過那些我們都能一起全力修好。總之，我想買這本小說來出版。我誠摯希望你願意和我通力合作。」

就像那樣，我完成了抵達雲霄飛車頂端的緩慢爬升。我正準備體驗頭一次俯降，四周的人緊抓帽子、墨鏡，害怕又振奮地放聲尖叫，我張嘴要尖叫，卻怎麼也出不了聲。這種感覺如此強烈，我不得不低下頭，確認椅子不會再坍塌。

「詹姆斯？」

我閉嘴想端出神智清明的樣子，但只是徒勞。「能夠跟妳共事很榮幸。」

「你想花點時間考慮一下嗎？」

「我應該考慮一下嗎？」

「我父親總是勸告我，做出重要的決定以前，先睡一晚再說。」

「我父親沒這樣說過。」

「唔，是這樣的，」她請求允准的方式同時流露著羞怯卻又刻意引導著我們對話的方向，「編輯的……這樣說吧，編輯的知名度大過作者，這種狀況比較罕見。所以，這是頭一個需要考量的點。」她頓了頓，彷彿要確認我跟得上。「那也就表示，當你相信我錯了的時候，你要對我說『不』。你想你辦得到嗎？」

「喔，不。」

她往後朝椅背一靠，希望是因為覺得有趣。「你剛剛在說笑嗎？」

我必須考慮一下。「也許吧。是摻雜了真相的蹩腳嘗試。我可以學習。」

「學習怎麼說笑嗎？」

「學習怎麼說不。」感覺我倆之間開始有了默契，等我事後跟丹尼爾講這部分，他肯定會激動到心跳停止。

「我希望能有那種傳統的編輯／作家關係。那就表示我會挺身維護自己堅信的觀點，而你也一樣。我們會辯論到有人勝出為止。」

一時片刻，我想像我們在拳擊場上面對面，跳著最微妙的雙人舞，而我太害怕而不敢出拳。「我也希望那樣，有一種正常的關係。」不用拳擊手套。「雖然這樣可能會害我跟愛蓮娜・羅斯福的友情下降一階。」我把羅斯福裡的「羅」發得像「魯」——達斯汀・霍夫曼在電影《窈窕淑男》裡就是這樣念的，總是逗得我發笑。不過，歐納西斯夫人笑也沒笑。「又一個笑話。」我澄清。

「你一定還有問題要問我。」

對。我有多到不得了的疑問，可是神經突觸正在噴火，或者該說誤噴——如果突觸真的會噴火（或誤噴）的話。最後，在這種極端彆扭的時刻裡，出口的卻是簡單到令人尷尬、前言不對後語的問題：「戴高樂有多高？」

她腦袋一偏，細細打量我，彷彿我講起沒人聽得懂的聖靈方言，最後縱聲一笑。「有多高？」

她停下來思考。「滿高的吧！」

「我想妳設想的問題不是這個吧。」

「嗯，不是。」

「我不想那麼直接。」

「這點你倒是成功了。」

「我滿迷法國文化的。我愛巴黎。」一出口就覺得很蠢，我是說，誰不愛巴黎呢？「不過妳在這裡，而且妳跟戴高樂見過面。」

「唔，他的確很高，他……」她正想說更多，接著卻突然打住。她細細看著我，掃視我的眼睛，看看我是否可信。她說了下去，但態度審慎。「這件事無關緊要，可是我想我就配合你，做點出乎意料的事。我覺得他有點悲傷。他、甘迺迪總統和我一起搭車穿過巴黎，我們下車的時候，我記得自己想起了雪萊小說裡的那個科學怪人。他移動的方式有點特別，緩慢、慎重。街道兩旁站滿村民。我努力展現魅力。當時我一心想把〈蒙娜麗莎〉帶到美國來——這幅畫從來沒出借到國外展覽過。為了達成我的任務，我想表現得明亮耀眼。至於科學怪人本身，他的悲傷很難穿透。」

她的回答令我印象深刻，她講到科學怪人時連帶提起雪萊，免得聽者會錯過這種指涉的文學本質。我想在這點上頭流連，但我還有好多想知道的事。關於今天，關於其他每一天。關於歷史。關於世界以及我們在當中的位置。關於她目睹的一切。關於她為何說甘迺迪總統而不是我丈夫或傑克[4]。可是我無法深入任何一個問題，索性只問：「妳成功了嗎？」

「借到〈蒙娜麗莎〉嗎？喔是的。只要我想要，我也可以很有說服力的，即使對象是怪物。」這次她眨眨眼。

我明白，她准許我提問，我就等於進一步被說服。可是我停不下來。「妳在雙日出版工作多久了？」

「十四年了，」她在懷裡交錯雙手，「之前在維京出版工作了幾年。」

「這個問題可能比較符合妳的預期。」

她點頭附和。

「妳有辦公室嗎？在這棟大樓裡？」

「我在這邊有辦公室，就在走廊過去那邊。大小一般，書稿堆得老高。喝咖啡要自己倒，用影印機也要排隊，就跟其他人一樣。」

「還有，這題滿尷尬的：我怎麼稱呼妳才好？」前任第一夫人有什麼專門的稱呼嗎？「女士嗎？」

「如果你同意，我想『歐納西斯夫人』滿合適的。」

我點點頭。我在這場會面裡點很多次頭。情緒過於激動，說話很難找到正確的字眼。

我往前傾身，手臂倚在桌上，手指貼合。「而妳想要合作。」我重溫這麼多之前已經談過的事，該要覺得彆扭，可是令我意外的是，我並沒有這種感受。

「我看出不少潛力。恕我直言，這個作品需要修潤，可是都跟你見過面了，我有信心我們能夠一起完成優秀的東西。」

我的臉頰潮紅，開始冒汗，突然想到除了這場會面之外，我們真的會相處好一陣子。如果她都敞開心房對我說了戴高樂的事，即使為時短暫，搞不好她還會對我傾吐更多。也許她把我當成某種志同道合的人。我們可能會成為……朋友。我的大腦搶先十步走在我前頭，我竭盡全力把它拉回來。

我看到歐納西斯夫人瞥了瞥牆上的掛鐘，從這個小訊號就可以知道我們的會面幾乎要結束了。

「所以，」好比頭一次約會末尾的尷尬時刻，「我們現在要怎麼辦？」

她站起來伸出手，我跳起來伸過去。我們握了握。我往前一探，只是微微地，足以多吸收一秒她那令人心醉的存在，她的髮絲散發香水的氣味，還有令人意外的菸味。

「我會跟你的經紀人談談，敲定細節，然後費力的工作就要開始了。」

我緊張地笑了笑，同時意識到，要從這位女性口裡聽到真正的批評，雖說可能頗具建設性，但對我而言會有多吃力——甚至會帶來多大的打擊。當她放開我的手，我急著想要想出任何可以延長這次道別的方法——隨口說出別的二十世紀中國家元首，想出一個關於他們的迫切問題。唉，但我的腦海卻只有大海那種單調的嗡嗡響，一個關鍵場合會有的重大聲音。

「再聯絡。」

我替她打開會議室的門，就像任何紳士會做的，接著她以走進我生命的速度，快速地失去了蹤跡。

---

4 傑克（Jack）在此是約翰（John）的簡稱，指的正是約翰·甘迺迪。小說裡出現數次。

三

走到梯廳之前，我一直竭力保持沉著，雖說我一路穿過走廊，回頭路過紙張、大頭針、小隔間，然後經過加框的書封時，可以感覺大家的目光都放在我身上。當我頓時想到，我的書封也許有一天也會掛在它們之間時，我腳步一絆，略作停頓。宛如奇蹟般地，我有幸獨占電梯往下四個樓層，給我足夠時間恢復正常心跳。接著電梯門敞開，三個聒噪的員工走進電梯，跟著我一同搭完剩下的樓層抵達大廳。他們一路抱怨新品牌的咖啡奶精粉會在他們的馬克杯裡留下殘渣。我忖度他們到底知不知道剛剛發生什麼事了。我很好奇他們能否窺見我的祕密，能否在我身上嗅出那個祕密、那個屬於我的殘滓，而那個咖啡奶精的話題只是個偽裝。我試著聞聞自己，看看是否留有一絲賈姬香水的餘香，或者更好的是，有某種來自她在白宮修復的美國裝置藝術——皮製品、油畫或是精緻座椅面料的淡淡氣味。我想到他們肯定覺得我瘋了：一個大男人站在電梯角落裡，一臉驚愕嗅著自己，想尋覓一九六二年的氣息。

賈姬（她在我的思緒裡當然不是歐納西斯夫人）會不會用保麗龍杯喝摻奶精的辦公室咖啡？她是真心喜歡，還是說為了融入工作環境而勉強飲用？她會不會一臉夢幻地聊起剛過完的週末（「上個週末過得如何，歐納西斯夫人？」「還不錯，我替夏卡爾的畫重新裱了框，然後飛到貝里斯[5]做了點日光浴。」）或者她就像我們一般人，當春天快來的時候，刻意拖長午休時間；時不時從公司的文具櫃裡偷些原子筆帶回家用。

電梯抵達一樓的時候，我禮讓其他人先走，然後才穿過大廳和旋轉門，差點忘了從五十二街岔出去。二月的料峭空氣進入我的肺部，有如灌下一小杯凍冷的伏特加，震撼了我。雖然我不吃熱狗，但我還是在路過的第一個熱狗攤前面排隊。等排到最前面就假裝沒帶皮夾，然後繼續走向時報廣場，同時開始回味剛剛發生的事。

會面時我騙了賈姬，關於我提筆寫母親的原因。因為那確實是個刻意的選擇，雖然我說是狗急跳牆不得不然。我們原本相當親近——非常親密——隨著我長大，卻慢慢漸行漸遠。她怪我害她婚姻破裂、怪我害了父親。雖然她從來不曾明說，可是老實說她又怎能不怪我？我父親是個難纏的人，年紀更大，不只來自另一個世代，而是來自另一個時空。他從來不曉得該拿我如何是好。他當然不認同我，我那種敏感的天性、我在創作上的抱負、我對都會生活的渴望、我對做自己的堅持。他有一次罵我「做作」，我想我們都知道那個字眼代替了另一個F[6]開頭的字。母親耗費很多時間居中協調。我想她認為這是最好的方式——護著我免受他傷害——但是這一來卻讓我和父親失去真正建立關係的機會，而她也為此付出了代價。

我躲進了青春期裡，隨便一個旁觀者會說，我父母的關係崩解時，我幾乎不在場。可是我永

5 中美洲東海岸的一個獨立國家，東臨加勒比海、北接墨西哥。

6 此處原文「做作」（fake）取代的另一字眼應是faggot（娘炮、廢柴）這類辱罵詞語。

遠都在，潛伏在暗影裡，立志成為作家，已經開始閱讀田納西．威廉斯，深深著迷於人類行為。我徹底掌握了隱形的魔咒，至少對像我這樣一觸即發的火藥桶而言，已經盡了力。我直覺知道，我就是那個觸媒，會引爆四周怒火的火星。我盡可能降低亮度，但火藥注定就是要點燃引爆——尤其當那個火藥是受到壓抑的青春性傾向。我們三人注定無法從那種爆炸存活下來。

他們離婚之後，母親漸形退縮，成了個待我拆解的謎團。一個更有耐性的兒子可能會等待這種狀況自我校正。等我長成了我該有的樣子時，我可以以身作則提供指引，成為照亮道途的真相明燈。可是她越是自我封閉，就讓人越想要解讀她。我會追索，而她會撤離——這成了一種無止無盡的惡性循環。最後我選擇虛構，作為逼近事實的手段；她成為我的主題，是勢在必然的事。

「我在寫一本關於媽的書。」我記得跟我姐娜歐米說過，當時我剛上完一個別具啟發性的密集寫作課程，是個為期三天的工作坊，上完之後，我覺得動筆寫小說的時機成熟了。

「喔，天啊，為什麼？」她當時這麼反應。

我覺得再明顯不過。「妳認識她吧？拜託喔，為什麼不？」

我想我可以在小說裡呈現我有多麼了解她，讓她知道，其實我對她為我所犧牲的一切心存感激。我哥肯尼告訴我，有些關於媽的疑問就是無解，我越早接受這點，就會越開心。他自己就能夠與這種狀況和平共處；娜歐米也能正常過日子。可是孩子總想要親近自己的母親，而我永遠是那個小寶寶。我想肯尼和娜歐米覺得，不必直搗蜂窩，靠得夠近就好。但是對我來說並非如此。

我開始埋頭寫作，毫不停歇。我很執著，為了唯一的觀眾書寫。我熬夜寫作，午休時間繼續寫，取消了跟朋友的聚會。丹尼爾得提醒我要吃飯，有時甚至要提醒我補眠。恰恰在九個月之後，我產出了一部我名為《路得記》的小說，與小說裡那個母親角色同名，儘管有點過度引用希伯來典籍。但因為珍．漢彌頓[7]出版過同名小說，所以我定了個新書名《隔離》，這本小說的核心就是加諸於自身的隔絕（字面上和比喻上都是）。

我有沒有跟賈姬提這些？沒有，因為我撒了謊，說那是狗急跳牆的結果。不過，難道不是嗎？只不過不是急著要一個主題，而是急著要別的。要和解。要回歸。該死，為什麼我事先沒好好準備這次會面？

都怪我的經紀人！

艾倫沒先警告我內有母獅要當心，就這樣把我送進了獅窟。我路過史巴洛披薩店旁邊的公共電話，把口袋裡的東西都倒出來。我將十分硬幣從一堆一分硬幣和地鐵代幣當中撈出來，然後拿起話筒，臉盡可能不要碰到它。今天在我之前，不知有多少藥頭、妓女和（更糟）觀光客用過這具電話？我撥了經紀人的號碼，我從我們頭一次碰面過後就背起來了。他的助理在電話響了三聲之後接起來。

「唐娜嗎？我是詹姆斯．史麥爾。能不能請艾倫聽？」

唐娜哈哈笑。「他就說你會打來。」

真討厭被人一眼看穿（我應該問問他有關前任法國總統的事嗎？），可是也沒有其他辦法。

「我可以跟他講一下話嗎？」

---

7 Jane Hamilton（1957-），美國小說家。

「你跟麗莎的會面進行得怎樣？」

「是萊拉，唐娜。她叫萊拉。」其實她根本不叫那個名字。

「我從來就讀不懂自己亂糟糟的筆跡，總之，他在講電話。」

「叫他掛掉啦！」我用喊的，可是我無法分辨是因為興奮，還是因為四周的嘈雜。

「什麼？聽不清楚耶。你在哪裡？要我打斷他嗎？」

我突然想到他可能正在跟雙日通電話，而那通電話可能就在談我。「不，不！」我既是對她說，也是對拿菸朝我走來的人說，他纏著我想討火。「叫他打給我就是了，我再二十分鐘就到家。」

我掛掉電話，轉過身，及時看到有個扮成自由女神像的黑人男性走過來，高舉火炬，配件一應俱全。「將你們那些筋疲力盡、一無所有、瑟瑟縮縮的群眾帶來給我[8]，寶貝。」他說。

我漾起笑容，想起那首詩的最後一句，打從我六年級在喬頓太太的課堂上學到以後就忘不了。「我將在黃金大門旁高舉明燈。」

「沒錯，寶貝。」他說完便消失在一群走出披薩店的觀光客之中，那些人戴著自由女神像造型的綠色泡棉遮陽帽。

紅燈了，一輛公車停在我前方，保養不良的煞車發出高亢的尖鳴。我抬頭看看坐在車上的人，這才注意到公車車身上貼著破爛的海報，是奧利佛．史東的電影《誰殺了甘迺迪》[9]，去年聖誕節才在戲院上映過。這張海報已經褪色裂解，彷彿某個喝醉的紐大學生想要把它撬起來、拿回宿舍房間貼，卻在偷到一半時放棄了。

我可以聽見自己的心跳。我剛剛在會議室遇到一位女士，她莫名地無所不在，甚至在這輛公車側面，披垂在凱文・科斯納臉上那張裂解的美國國旗影像裡。

和解是毫無可能的事。

我在第七大道對面看到一個母親牽著孩子的手。她的眼睛從一個潛在的危機閃向下一個，她將另一手搭在男孩肩上，免得他走丟——那個單一的碰觸對我來說恍如時光機器。我頭一次走訪紐約這座霓虹燈馬戲團時，我想我當時七歲。我父母決定從紐約上州那個昏昏欲睡的家，開車載我們進城，好讓我們感受那種活力。他們帶我們沿著第五大道，一路從帝國大廈走到中央公園。走回車子的路上，我父親往前衝刺，堅持時報廣場是個人人都該見識的奇景。肯尼和娜歐米當時是少年少女，可以承受都會的喧囂擾攘，面對這一切似乎不為所動。可是母親緊緊牽住我，我不時想到我可能會被掐得又青又紫。

「跟上來，艾琳，小鬼沒事的，」我父親大聲喝道，接著說，「我們真正應該做的，是去看看地鐵。那是都會運輸工具裡的驚奇。」我父親有興趣的是那些東西，像是隧道、橋梁和火車。

可是我不想到地底下去，像大老鼠一樣——我在地面上都快呼吸不過來了。我絕望地尋找一塊塊天空。我將求助的視線投向母親，祈禱她永遠不會放手，她彎身在我耳邊低語，她當時說的

---

8 摘自刻於自由女神像基座上的詩作，為美國女詩人艾瑪・拉撒路（Emma Lazarus, 1849-1887）於一八八三年為了替這座雕像的基座募資所寫的十四行詩。

9 *JFK*（1991），主演凱文・科斯納在片中飾演紐奧良前任地區檢察官吉姆・葛瑞森。

話總有一天會改變我的人生。「你知道嗎？所有的大作家都住紐約唷！」就像那樣，整座城市從嚇人的亂源，搖身成為充滿可能性的好地方。

住在這裡八年之後，我早已失去母親當時興奮低語和緊緊抓住我所帶來的感觸。時報廣場嘲弄著我——象徵著我嘗試透過寫作闖出名堂之前，遭逢過的所有冷眼。時報廣場代表著每封拒絕信、每場落敗的工作應徵、每張聽我透露夢想時竊笑的臉、每份打擊我靈魂的可怕兼差工作，它讓我痛恨起紐約，憎恨起自己。我再也感覺不到多年前的那種活力。

直到現在。

我數到十，就為了「感受那種活力」（至少這點要歸功於我父親），然後對著弓起的雙手哈氣，想要吹暖它們。手套！我明明有手套。我在外套口袋裡找到手套，戴好之後，快步往西越過第四十九街。我必須回家，回到地獄廚房[10]那裡。我必須回家告訴丹尼爾，而且要趕接我經紀人的來電。

我必須在我醒來以前回到家。

四

我蹦蹦跳跳衝上我們的五層樓公寓，一至三樓兩階併作一階走，接下來一次一階，最後抵達了頂樓。在四樓的樓梯平臺上，我的斜背包往前一晃，害我差點在通往家門口的一階上跌個狗吃屎。這時我才意識到，我們這棟樓有多麼骯髒，樓梯上累積了多年的塵垢和油汙，來自都市人鞋底夾帶進來的討厭渣滓。我拍淨身子，但甩不掉這個不愉快的意識：我們過著這樣的生活，完全不適合用來招待我接下來會來往的新圈子。我走到公寓門口時，門鎖著。我是說，門當然鎖著。即使這是戴維．丁金斯[11]時期的紐約，我們也不是動物。通常我手裡早已備好鑰匙，可是這回我跑上階梯的速度快到來不及掏鑰匙。我伸手到口袋裡，拉出一張皺巴巴的口香糖包裝紙。請告訴我，開會期間我沒嚼口香糖！我檢查嘴裡，還好沒有。嘴裡的氣味雖然欠佳，但沒有口香糖，讓我稍微鬆了口氣。我找到鑰匙，可是試了三次才打開門。

丹尼爾正躺在沙發上。

---

10 紐約市曼哈頓中城西區，也稱為柯林頓區（Clinton）。

11 David Dinkins，第一〇六任紐約市市長（1990-1993），任職期間，紐約市的犯罪率快速下降而顯著。

「我就希望是你。我還以為有人入屋盜竊呢。」丹尼爾是那種會說「入屋盜竊」而不是闖空門的人，而他都還不是寫作的——也不是律師。他是劇場導演。我直直盯著他，盯著他那頭濃密得令人發狂的頭髮和深邃的五官，不確定該說什麼。不是不知該說什麼，而是不知從何說起。還有，我因為一路衝上樓梯，心怦怦猛跳，嘴裡泛著銅味，搞不好就要中風了。「你絕對不會相信，」他對著我們的十九吋電視比了比，「又有一個。」

我開始調順自己的呼吸。「又有一個什麼？」

「又一個蠢妞。剛剛才上CNN。」

「又一個？」當我沒說。我又不想談政治，這是當下我不怎麼在意的事情。

「我想他的造勢活動到此為止了。」丹尼爾抬頭看著我，注意到我的胸膛起起伏伏。「老天，你剛剛用跑的上樓嗎？」

就在這時，我咧嘴笑得像是吞了金絲雀的貓。

「怎樣？」丹尼爾露出我深愛的表情。我記得我們頭一次約會他就是這副表情，也許是為了回應我給他的那抹狡猾的笑容。他睜大棕色雙眸，嘴脣微啟，暗示著脣後有潔白無比的牙齒，他明顯的拉丁裔眉毛一側比另一側略高。都過五年了，那副神情依然令我腿軟。

我聳聳肩，笑得更開。我看起來一定像漫畫超級惡棍「小丑」，或者至少像演員傑克・尼克遜。

「你該不會想替他說話吧，我希望。」

「柯林頓嗎？才沒有。」接著我噗哧一笑。恍若高潮，有如壓抑整天之後的解放。

「怎麼樣嘛！」

我和丹尼爾之所以認識，是因為我們都為了看百老匯重演的《酒店》，在演出當天排隊買折扣票。我當時說了個關於喬爾．格雷[12]的玩笑，說他因為扮演主持人而領銜演員名單。我的意思是，雖然他因為這個角色贏了奧斯卡獎，可是他依然只是主持人而已。丹尼爾聽到我發牢騷，說那就像重演《火爆浪子》，卻作為特別為杜迪這個次要角色而寫的故事，我笑了。稍早在售票口排隊時，我就注意到他了，我目光一落在他身上，就想跟他上床。吸引住我的，是他百般懇求票券——不管位置好壞，有票就行——而跳上跳下的模樣，好似靠後腿站立、乞討分食的小狗。我們那天雖然都沒買到票，但也不算空手而歸。

我啪地關上電視。

「我在看耶！」他抗議。

「那是ＣＮＮ，會播一整天。」我脫掉手套和外套，丟在椅子上，「我想我賣掉書稿了。」

丹尼爾盯著空白的電視螢幕，直到聽懂了這個消息。「等等，你說什麼？」

「唔，他們會向我經紀人提案，到時一定會來來往往，直到談定條件為止。他現在可能就在跟他們通電話。艾倫打來過嗎？不過她說稿子還得要修，會是件費力的工作，主要是結尾的部分。」我咬脣。「可是……沒錯，我想我賣掉書稿了。」

---

12 Joel Grey，美國知名百老匯演員，在一九六六年《酒店》（*Cabaret*）的百老匯音樂劇以及一九七二年的電影改編版本裡飾演主持人而聞名。

丹尼爾雙腿一甩，雙腳穩穩抵住地面，用拳頭推自己起身，懸浮在沙發上方，準備在必要的時候彈跳起來。「賣給出版公司？」

「賣給門擋推銷員啦！」如果單是這部分消息，他都要這麼久才聽懂，那剩下的部分我解釋起來可費勁了。

「當然是出版公司了。好的出版公司嗎？」丹尼爾沒跳起來，但至少站起來了。「誰啊？」

那抹笑容又回來了。這個消息肯定會讓他大吃一驚。「我把書稿賣給了一個巨人。」

「巨人？」他懷疑地說。

「沒錯。」

「文學界的巨人？」

「巨人中的巨人。」

丹尼爾走到我面前，雙手搭住我的肩，滿臉關懷。我用眼角餘光往下瞥了瞥他的手。「等等，這種事我以前就聽過了，」他說，「你賣掉書稿，換回了一把魔豆。」

丹尼爾精神錯亂了。「什麼？」

「我們沒了乳牛，可是我不應該擔心，因為你會種出豆莖來！」

「不，停，不是巨人。是偶像。可是我確定她討厭這個字眼。真的很大。」

「難道是個大胖子？」

怎麼越描越黑啊。「好了，這部分就跳過。是賈姬啦，我的書賣給賈姬了。」

丹尼爾想了片刻。「凱倫的朋友嗎？在《讀者文摘》上班的那個蕾絲邊？」

「是甘酒迪。賈姬。甘酒迪。」

他僵住不動。終於。我想要的反應出現了。「喔！」他靜靜地說。可是他還是沒完全搞懂。

「歐……」我重複，接著用哄誘的，「納—西斯。」

終於，魔法起了效用。我們兩人齊聲說：「賈姬……甘酒迪……歐納西斯。」

就像電影裡演的那樣，我們異口同聲說了出來；這種場景可信度不高，但依然是觀眾的最愛，試映的時候總能達到效果。

「少騙人！」丹尼爾把手從我肩上挪開，推了我胸口一把。力道還不小。

「哎唷！」

「你在開玩笑。」

「你剛搥了我的胸骨。」

「賈姬．他媽的．甘酒迪。」

「歐納西斯。只是我想那不是她的中間名。而且她說賈桂琳，不過是用法式發音。」

「你在開玩笑。」

「Non、non（不、不），」我說，秀出我最好的法文，「Je ne……（我沒）」我一時想不起那個法文字，「玩笑 pas（開玩笑）。」

他看著我，端詳我的臉，就像聽到我頭一次說「我愛你」時的反應，看我是不是在玩弄他的感情，還是在說老實話。

他掃視我的眼睛，也許想看看我是否嗑了藥，是否瞳孔放大、產生幻覺。最後他漾起笑容，判定我心智正常，就像聽到「我愛你」那樣。

「喔，我的天！你什麼時候跟她碰面的？」

「我才從那邊回來。」

「從哪邊？」

「從跟她碰面那啊，在雙日出版。」

「從她的辦公室，你剛從那邊回來。」這就像是前進兩步、倒退一步。我試著耐住性子，這種事需要花點時間才想得通，我當初在會議室也是這樣。「你剛剛走進我們公寓大門，而且剛剛才離開賈姬他媽的甘迺迪的辦公室。」

「嗯，唔，也不算啦！是會議室。她的辦公室太小。」

「她的辦公室太……小。」

「她是這麼說的，沒錯。」

「她是亞里士多德．歐納西斯的遺孀，他曾經是全球首富。」

我不懂其中的關連。「所以呢？」

「搞不好她買得起雙日出版，還有公司所在的一整棟建築。你卻跟我說，她的辦公室很小？」

我明白他的意思，可是這點我倒是答得出來。「她才不想買雙日呢，她不想受到特別待遇。」

「她跟你說的？」

我試著回想對話的確切內容。她說了差不多那個意思的話。她有可能買下雙日嗎？記憶中，拿到遺產的好像是歐納西斯的女兒。「我們沒談到她的財務什麼的。老實說，一切都有點模糊。」

「可是你之所以知道，是因為你才從那邊過來。」

「沒錯。」

「而且你們還開了個會——不在她小小的辦公室——而是在會議室，她在那裡說要買你的書稿。」

「我也花了點時間才搞懂狀況。你反應還滿快的嘛！」丹尼爾翻翻白眼，他覺得我看扁他，可是我真的沒有，我可是一片赤誠。所以我摟住他，用臉蹭他的肩窩，興奮地放聲尖叫。

「你剛剛吐口水在我的T恤上嗎？」他扯起布料要找證據。

「丹尼爾！專心啦！」

他把注意力轉回我身上。「所以，你們都聊些什麼？你和美國前任第一夫人。」

「我問了她戴高樂的事。」

「機場嗎？」丹尼爾把我從他身上剝開。

「法國總統啦！」我用腦袋往他肩膀撞了幾次，尷尬得很。

「是問他近來好嗎？因為我想戴高樂已經死了。」

我哈哈一笑，這就是我當初愛上的男人。每晚我們手牽手入睡以前逗我笑的男人。「我問他高不高。」我雙手往上一拋，彷彿要說不然問她什麼才好以及對啦！體認到自己表現得有多荒謬。

「你問了她押了韻的問題[13]？」丹尼爾無法置信。

---

13 De Gaule（戴高樂）和tall（高）押韻。

「我想我沒有說成對句啦！」

「可是你問了法國前任總統的身材問題。」

「我不知道還能說什麼嘛！」

「你腦袋裡冒出來的竟然是這種東西。怎麼不問她休閒的時候都做些什麼？或者問她身上穿的是奧列格．卡西尼[14]原創設計嗎？問她有沒有她兒子打赤膊的照片？」

「誰是奧列格．卡西尼？」

「我的重點是……」

「你的重點很清楚，」我打岔，「可是面對想替你出書的人，你還應該跟她說什麼？」

丹尼爾繞著我們的迷你客廳跑了一圈。既然沙發、矮桌、電視和我們在第九和第四十三街路口找到的休閒椅占去了大半空間，基本上他只是小小兜了個圈，還要當心不要被過大而對摺的東方織毯邊緣絆倒。他停住腳步的時候說：「我不懂的是為什麼。她為什麼想出版你的書？」

我比了匕首刺穿心臟的動作。

「喔，別這樣，我不是那個意思。我讀過你的書稿，我愛死你的書了！」

「可是你無法想像有人想出版它。」

「其實可以想像啦！我只是以為她不出小說。」

「是回憶錄，算是，只是經過虛構化的。」

「明明是小說，天才，我以為她不出小說。」

「不然你想她都做哪種書？」

「我不知道，藝術書籍吧。」

不知為何，我想到這點便臉色一白。如果你昨天問我，賈姬・甘迺迪出哪類書籍，我完全沒概念。我只是有個她在出版界的模糊印象。我也不知道她現在專責哪條線，可是怪的是，我就是想要挺身辯護。

「你知道的，」丹尼爾說下去，「就是高價位的精美書籍，比方說講梭織的歷史。」

他知道的事情不少，有時真令人火大。在我們最慘烈的一次爭執裡，他端出一項事實，讓我恨不得拿鏟子打他的臉。

丹尼爾讀出了我的困惑。「就是製作蕾絲的意思。」

「蕾絲的歷史？」這個點子簡直荒唐。

「製作蕾絲的歷史。」

我怒瞪著我男友。「你嚇到我了。」

丹尼爾又在原地轉了一圈，就像小狗躺下來以前做的那樣。

「唔，除了她有興趣出版我的書之外，我不知道還能跟你說什麼。我跟她會琢磨這本書，一起。」

丹尼爾嚼著臉頰內側。「要是她想改動呢？」

「我想她一定會想改的，那是她的職責，那叫做編輯。」

---

14 Oleg Cassini（1913-2006），美國時裝設計師，有俄國貴族血統，母親則來自義大利。

「可是，如果她想改，而你不同意她想改的方式，但是因為她是賈姬他媽的甘迺迪，所以你什麼也不能說。」

「你最好別再那樣叫她了。」

「我是認真的。要是她想把故事場景改到『鱈魚角』[15]呢？」

「你可以試著替我興奮一下吧。」

「要是她想把場景設在鱈魚角，然後把雙桅帆船加進去當成主題怎麼辦，因為那就是她和艾賽爾[16]在南塔克特島那邊做的事。」

「她和艾賽爾討論過主題的事？」

「不是啦，她們一起賽……女士帆船過。」

我既想哈哈笑，也想用頭去撞牆。「拜託不要再說女士帆船了。」

「可是……」

「她並沒有。」

「你就是知道。」

我點點頭。面對不在場的人，我不知道還能怎麼說明這次的會面。我們聊了點人物、關係、動機，我知道我們會再聊更多。可是即使沒有，我們也絕對討論過我跟她說「不」的能力。

丹尼爾終於退讓，顯然後繼無力了。「唔，恭喜了，真的。太棒了。」這回他給了我擁抱。

「謝謝你。」這就是我一直想要的。我緊緊抱住他。他的T恤有自助洗衣店芳香烘衣紙的氣味；我們比較寬裕的時候，有時就會狂買。可是不只如此，還有他獨有的氣味。丹尼爾先往後退開，正眼看著我，我咬脣免得露出燦笑。

「你害我差點跟著興奮起來，」他說，「戴高樂的那部分編得還不錯。」

什麼？

「要是你真的見到她，然後問了戴高樂的問題，你能想像嗎？」

「我真的見到她，而且就是問了那個問題。」

丹尼爾哈哈笑。「戴高樂高嗎？他很機靈，還是突出？你們兩個是不是在國家廣場一起吃飯？告訴我，賈姬，那個法國人是不是矮冬瓜的相反？」

我搥了丹尼爾的手臂一拳。通常我這樣做的時候，都只是玩笑而已。但這次我可沒那麼確定了。「我是替我老媽問的。她以前都會聊到總統出訪巴黎的事，說得好像她自己也在場，而不是跟三個不到十歲的孩子困在紐約州鄉間。我知道不管答案是什麼，她都會很愛。喔！還有一整個蒙娜麗莎的故事，我等不及要跟她講。」

「你老媽……」丹尼爾說。

「你可能記得她，我帶你見過她好幾次。」

「你那個大半輩子都很崇拜甘迺迪家族的老媽。」

啊！要命。

---

15 Cape Cod，美國東北部麻薩諸塞州伸入大西洋的半島，知名的度假勝地。

16 美國前總統約翰·甘迺迪的弟弟羅伯特·甘迺迪的遺孀。

「你寫了一本不怎麼有利於形象的書，持平來說，也不算很傷形象，針對的就是你那位愛爾蘭裔天主教徒老媽？替你取名為法蘭西斯的那個老媽？你以她為主題寫成的書，就要由賈姬·甘迺迪來編輯？」

至少他這一次沒說他媽的。

然後我突然想到一件事。丹尼爾沒馬上聽懂，雖然讓我滿挫折的，可是這份意想不到的幸運有很多層次，連我都還沒消化完畢。就像整整十四層的沾醬，我還在用薯片挖最頂端那層醬。還有十三層令人發胖的黏稠濃醬要穿過，才能到達底部。我在細想那個意象時，意識到這個隱喻很恐怖——隨著每一刻過去，我覺得自己更像沾醬的另一種意涵[17]。

「過來這邊。」

丹尼爾打手勢要我靠過去，但我僵立在原地。

「過來。這邊。」

我朝他的方向跨出兩步，他再次擁抱我，這次是認真的。「你真的辦到了，你真的見到賈姬·甘迺迪了。」他頓住，實情此時已經無可否認。他兜著我的後腦杓，按摩我的頭皮。

「我還以為你不相信我。」

「我現在相信了！看你的表情就知道了。你這王八蛋。」他和我臉頰互貼，我可以感覺他露出笑容。「我好以你為榮。」

他將我摟得更緊。

「另外，我覺得這種媒合方式太棒了。」

「你又不相信婚姻。」我心不在焉說，我的心思早已飛到幾百英里之外。

「我是不相信一夫一妻制和女人的屈從，可是在這個案例裡我不怎麼擔心。」

「天啊，多謝了。」

「這可能是一樁了不起的創作聯姻，」他往後一傾，想看我是否專心在聽，「你一直那麼努力，那麼有紀律。你發光發熱的時刻到了，我真的很替你開心。」他搓搓我的頭髮。「不過說真的，你要怎麼跟你老媽說？」

「我不知道。」我嘴上雖然這麼說，但腦袋裡卻再三說著幹、幹、幹、幹，一次又一次，直到腦袋陷入黑暗。

---

17 Dip，除了有沾醬的意思，也是dipshit的縮寫，意指蠢笨、煩人或討人厭的人。

五

我在媽媽的哭聲中醒來。我伸手摸索，找到縫在床墊上的釦子，我只要夢到自己的腳被妖怪揪住而嚇醒，就會抓住那顆釦子，不過這顆釦子這次不像平日那樣給我安慰，理由很簡單——我從沒聽過媽媽哭。不像這樣。這比任何惡魔都還嚇人。

「媽？」我呼喚，可是沒人回應。

為了轉移注意力，我細看臥房在清晨光線中的模樣。我可以看到五斗櫃、玩具，還有祖母做的刺繡消防車。窗簾隨著從敞開的窗戶溜進來的微風翻飛飄盪。我知道我身在何方，清楚自己叫什麼名字，也知道自己七歲，至少這些訊息能夠給我安慰。不過，我依然覺得憂心，近乎焦慮——這樣的哭泣可能會帶來什麼消息？

我照例檢查床底下，想先確定安全無虞，才把雙腳放在地上，然後慢慢溜出房間。媽媽在客廳裡，坐在爸爸習慣坐的椅子上抽菸。她正在看我們家的小電視，一面抓著冬天用來暖手的馬克杯。螢幕上新聞人員的態度似乎比平日更肅穆。電視音量調得很低，我聽不出他們在講什麼，可是他們的表情不需要語言來詮釋。

「媽。」我再叫一次，這次叫得很小聲，免得這則新聞是我不該看到的。

為了找事做，我把玩著睡衣長褲上的釘釦，這樣要是被媽媽看到（我會被看到的），我就會顯得很隨興。我數了幾秒，不知怎的，我知道這些秒數等於替未來一個重要回憶打好珍貴的地基。我數越多秒，回憶就會越強烈。這樣的回憶不會有很多。媽媽整個腦袋好像每一面都長了眼睛。

……九……十……十一……十二……

「你應該換衣服準備上學了。」她的腦袋還是動也不動，籠罩在舞動的煙霧裡。

我將手從長褲釘釦上移開，跨近一步，一直盯著棕色的厚地毯，想像那是一窪泥巴或流沙。我趕緊輪流提起雙腳，確定自己的腳還拔得出來。

「快去啊！法蘭西斯。」她說，再次敦促我撤退、換衣服、離開。她察覺我不只沒聽話，還繼續往前走，於是將馬克杯放在托盤桌上，抖了抖菸灰，用雙手背面抹了抹眼睛，想把這個哭泣中的陌生人，變回我所認識的母親，但只是白費功夫。

我戒慎恐懼將一腳放在另一腳前面，每一腳都先靠上另一隻腳，然後才會再往前走。我可以聞到媽媽香菸的刺鼻氣味，我深深吸了進去，吸進她的氣味。最後來到她身邊。我抓住椅子扶手，不敢向她伸手，害怕她陷在奇特的恍惚狀態，只消輕輕一碰，就可能像菸灰那樣整個化掉。

「是巴比。」她啜泣起來。啜泣看起來這麼像笑，令我吃了一驚。她將腦袋塞進臂彎，看起來就像以前會到我們家鴨池來的天鵝彎身整理羽毛。「他們對他下手了。」我絞盡腦汁想弄清楚這個巴比是誰，分辨他跟我們家的關係有多近。他們對他下手了？我連這句話的意思都不確定。有一輛廂型車追上他了嗎？他是表親或家族的朋友嗎？如果他們逮到他，那我們是不是也有被抓走的危險？

我仔細看著，可以看出蓋住她細長手臂的襯衫衣袖上的淚漬。我想要舔舔她的淚水，我的倉鼠死掉的時候，我們家的狗賈斯柏就是那樣安慰我的。我記得我在那一刻深深感受到愛，小狗舔遍了我淚鹹的臉，觸感有如我爸爸工作間裡顆粒最細的磨砂紙，粗糙又柔軟。我滿心希望媽媽也覺得自己那樣被愛。可是就在我鼓起勇氣，感覺小小舌尖越過了嘴唇的門檻時，媽媽深深吸了一大口菸，菸紙和菸草劈啪作響，不知怎的成了客廳裡最響亮的聲音。

她吐出話來。「他們殺了他，就像對付他哥哥那樣。」

媽媽說的話不曾這樣撼動我。我目睹的不是傷慟，而是怒火。我想問他們是誰，執行殺戮行動的是誰，可是我知道最好不要開口。我想知道人怎麼會這樣憤怒或暴力，可是我不知該如何將這些想法化為話語。此時還無能為力。能夠從媽媽口中套出更多訊息的唯一方式，就是保持沉默，讓她自願說出口。我細心地用目光追蹤她前臂上的五顆雀斑，我已經記在心上。它們是星辰，是組成星座的要素，裡面充滿了星塵和物質，握有一切疑問的解答。你只要靜靜傾聽就可以，所以我將耳朵貼在她的手臂上。

她在陶製菸灰缸裡捻熄了菸，那只菸灰缸是我在童軍活動裡替她做的，她全神貫注在我那件工藝品上，彷彿看盡它的不完美、斑駁的造型、不平均的釉彩。然後轉向我，看到我依偎著她，嚇了一跳，這次盯著我瞧，看盡我的不完美；假如我是別人的兒子，她可能會找什麼藉口不再愛我。

「記住他的名字，羅伯特・F・甘迺迪，他是個好人。」

即使有了全名，我也不知道他是誰，所以我盯著電視，希望那些影像幫得上忙。那些圖像大多都是一片混亂，移動得過度快速，無法釐清多少東西。

「他是誰？」

媽媽思考該怎麼回答。「他跟我們一樣都是愛爾蘭裔，跟我們一樣是天主教徒。」她抓住脖子上的十字架。「他代表了一種希望，未來會是美好的。現在我想我一點都不了解未來了。」她吻了吻我的腦袋，彷彿賜福我在那些無從掌握的時刻裡能夠享有好運，我湊了上去，試著要她再做一次。可是她許久都沒再多說，我以為這段對話已經結束。接著，無來由地，她補了一句：

「其實你有個名字跟他一樣。」

我想想我的名字，詹姆斯．史麥爾，發現沒有重疊的地方。

「法蘭西斯，你們有同樣的中間名。」

「妳叫我法蘭西斯的時候，爸都會生氣。」

「你爸氣很多事情。」

「我喜歡法蘭西斯。」我說，我巴結媽媽的能力無遠弗屆。

「你爸爸的名字是詹姆斯，他希望你也可以取這個名字。可是我選了法蘭西斯，所以變成了你的中間名。」她又開始顫抖，可是這次情緒並未崩潰。她起身關掉電視，我聽到靜電的嗡嗡聲，然後螢幕空無一物。寂靜，只有屋外餵鳥器旁邊的小鳥啁啾聲以及時鐘隱約的報時聲。我希望媽媽別再哭了，可是我也知道，她傷心的時候，只有我安慰得了她——那就表示，今天也許可以不用去上學。

所以我靜待不動。

六

「都兩分鐘了。」

電話另一頭的沉默如此徹底，我發誓我可以聽到媽媽冰箱的嗡嗡聲。我頭一個直覺是等待時機，以後再當面告訴她賈姬的事，可是我心知肚明，這個消息拖久了沒好處，最好趕快一了百了，像忍痛一把撕開OK繃那樣實話實說。為了得到勇氣，我先灌了半瓶的梅洛紅酒，然後摳著五點九九美金的價標，跟電話機進行瞪眼比賽[18]；最後我先眨眼落敗，這才撥了電話。她接聽電話時，說她很高興接到我的來電，因為之前才跟鄰居有場不自在的談話，事關一棵快速抽長的樹木逾越她的土地邊界。她講完那件事以後，我問起達米諾的事，就是她那隻體重過重的可卡犬，近來診斷出犬類糖尿病（我想這也不意外，因為他的名字就是來自黃色袋裝的砂糖品牌）。我們把所有可能的話題都聊完以後，我拋出我的消息，有如在沙漠風暴行動裡地毯式轟炸巴格達。我查看手錶。「三分鐘了，可以請妳說點什麼嗎？」

我頭一次向母親提起那本書，是一年多前的事，當時我剛完成初稿。我的兼差工作之間有了意料外的空檔，於是我開車去探望她。我天真地以為她會很好奇，想知道這本書的一切，所以我在我們家公寓附近的店面複印一份給她，還加了螺旋裝訂——令人想起我以前用她的打字機打的那些故事。當我跟她談起這個寫作計畫、解釋靈感來源以及描述自己投注多少時間，她勤奮地咚咚切著番茄。我講完的時候，她只說了：「吃點番茄吧！」然後把砧板朝我推來。

「我不想吃番茄。」我回答。我希望她針對我寫了本書給點反應。一本書耶！

「唔，這就是晚餐，」我記得她說，「我沒料到會有人來。」

「晚餐就是一顆番茄？」

「對。」

「即使妳沒料到有人來，番茄也不能當晚餐吧！我還以為我們可以慶祝一下。」

我永遠不會忘記她臉上的神情，缺乏血色但怒氣沖沖。「慶祝什麼？」

慶祝什麼。這就總結了我們從那之後的關係。

我正準備把電話換到另一耳，查看手錶第三次時，母親終於開口：「我不知道你要我說什麼。」如果我沒聽錯，她的語氣裡帶有驚慌，但也許只是詫異。

「妳能不能至少讀一下？」

又是良久的沉默。

「妳還是不打算讀嗎？」

「我現在讀不讀，又有什麼差別。」

我很困惑。「妳難道不懂？對我來說差別很大。」

---

18 兩人互看，誰先眨眼或移開視線就算輸。

「唔，我想不會有什麼差別。」

「妳瘋了嗎？」我沒有指責的意思，但話就這樣脫口而出。

「對你來說不是很棒嗎？現在你可以跟甘迺迪夫人說我瘋了，而且是真心這樣想。」

「妳覺得我跟她說妳瘋了，然後當時不是真心這麼想？」我露出笑容，因為這段話還滿妙的，雖然我意識到母親在電話上看不到我的笑容。我轉著杯裡剩下的酒，看著酒液放慢轉速、靜定下來時，心中倏地湧起羞愧。我知道母親沒心情說笑。

「你一定真心這麼想。」

「我沒跟她說妳瘋了。」

傳來鍋子碰撞聲。我打電話來的時候，她老是做些荒唐的事。看來今天的計畫是清空櫥櫃。

「也許你用別的方式說。」

「也許我根本沒說過類似的話。我不覺得妳瘋了，所以也不會說這樣的話。」在電話上聊，很容易就能在腦海中喚起母親過去的模樣，我們還很親近的時候的模樣。她說話的語氣差不多一直是這樣，至少從她戒菸以來就是。我喜歡這麼想：她凝結於時光之中。這麼說也沒錯，在我眼裡，她的模樣正如我還是十四歲的時候——不年輕，一點都不老，有種自然從容的美。唯一的差別是：經年以來，她的髮色越來越淺，也許是為了遮掩灰絲而染髮。我忖度她是否強烈意識到光陰的流逝，對變老感到不自在。可是我永遠問不出口。她當然不可能用同樣懷舊的柔焦濾鏡來看自己。看著我並想像我還是十四歲，對她來說一定困難多了。

「現在大家都會讀到了，你就是要跟我說這件事嗎？」

我清清喉嚨。「我的小說嗎？希望囉！所以我才覺得妳先讀過是很重要的事。」

「他們就要讀到，我烤焦聖誕火腿的時候，站到餐桌上，替〈聖誕鐘聲〉填詞。」

「所以妳讀過了。」

「娜歐米跟我說的。」

「娜歐米跟妳說的，」我複述，想像她和我姐姐之間的對話，「唔，妳烤焦聖誕火腿的時候，確實站在餐桌上，替〈聖誕鐘聲〉填詞，或者該說是改編歌詞，因為這首歌早就有歌詞了。」我從她的沉默裡可以聽出，她認為我偏離了主題。「妳還拿一根木頭湯匙，指揮了隱形的交響樂團。」

「那這樣怎麼還可以算是小說！」

我必須化解現況，我們不能針對書裡每個她可能或可能不是從別人那裡聽來的場景爭辯一番。沒辦法在電話上這樣。「那時候爸剛……算了。妳沒瘋。妳是個凡人。那個時刻滿美的，我也照實寫下來了。讓陌生人讀到又有什麼關係？」

「甘迺迪夫人不是陌生人。」

我一時摸不著頭緒。「難道妳們是朋友？」

「她讀到我站在餐桌上揮著木頭湯匙。」

「對，她讀到了，」接著我補充，雖然我不知道自己為何這麼做，因為對我來說沒幫助，「還讀了兩次。」

我現在到了自己的廚房，我不記得自己是怎麼走到這裡的——我最初撥電話給她的時候，人在走廊上。無線電話夾在肩膀和耳朵之間，我伸手去拿一盒炸麵包丁，往嘴裡丟了一把。

「你在吃什麼？」她問。

「麵包丁，」我嚥下去時又補了一句，「在這邊永遠不退流行。」不過，麵包丁目前在我心中就很有魅力。餓肚子的作家比餓肚子的兼差員工時尚多了。

「麵包丁，」她不以為然地重複，可是在番茄事件之後，我懷疑她的飲食內容並未改善。我們應該更常聚聚，麵包丁搭番茄切片幾乎都能做沙拉了。「真不敢相信你讓她讀那種東西，」她終於說，「關於我的東西。」

「是關於露絲・莫里根的東西，一個虛構的角色。」

「是根據我——艾琳・史麥爾改編的。」

「她又不認識妳。」

「她知道你有個老媽。」

「我想她總不會以為我是處女生的吧[19]！」

母親挑釁地吐了口氣。我差點犯了褻瀆上帝的失誤。

我聽到櫥櫃門關起來，滿腦子只有她該賣了那間房子的事。我已經往前走了，她應該也要。兩、三年前，娜歐米差點成功說服她，介紹她給一個房仲朋友。「這房子對妳來說太大。」我們都跟她說過了。可是最後她動搖了，我們只好退讓。我記得自己當時哭了，因為我都準備要跟這房子道別了。我已經準備好一陣子了。

「每個人都會知道是我。」

「每個人指的是誰？」

「讀了這本書的每個人。」

「那又怎樣？」我看不出有什麼大不了的。要是有人寫了本關於我的書，我會備感榮幸。

「我想買書的人都很清楚什麼是虛構。」

「寫你知道的。大家不是說作家都這樣嗎？作家寫自己知道的事。你知道我，所以她就是我。」

她的邏輯推論差點讓我覺得佩服。「Res ipsa loquitur。」

「什麼？」

「當我沒說。」

「什麼啦！」

我嘆口氣。「是拉丁文，『事實本身說明一切』。」

令我訝異的是，這點現在成了她糾結的地方。我頭一次請她讀這份書稿時，她態度堅定地表示，那個母親角色不是她。

「講的不是我。」她當時說。

「不是嗎？」

19 典故出自聖經，聖經中記載，尚未出嫁的瑪利亞突然接到天使報喜，說她懷了神聖的孩子，而這孩子即將拯救苦難人民。而後瑪利亞以處女之身生下耶穌。

「不是。你知道我是怎麼知道的嗎？因為你並不認識我。」

這真是終極的侮辱。兒子對母親而言是個陌生人——他怎麼可能針對她寫了整整一本書？一位母親對兒子來說是個陌生人——她讓自己成為被觀察而不是被看見的對象。

起初，娜歐米挺身捍衛我們的母親。當我打電話去抱怨時，她告訴我：「如果角色顛倒過來，你的感覺就不一樣了。」

「如果我暴露了自己的事？」

「沒錯。」

「妳覺得那本書的每一頁上沒有我自己的點點滴滴？不然妳以為寫作是什麼？」

我記得她一時頓住，並不彆扭，而是真心思考這件事。「我想我沒認真想過。」

至少我拉攏了一個盟友。

「我不知道妳何必這麼擔心，」我現在對母親說，電話線靜了這麼久，我差點忘記我們還在通話，那盒麵包丁已經空了。「沒人是完美的，我想大家都承認這一點。」

「在這個家庭裡就不會。」

「在任何家庭都會。」

「我不……」母親打住，「現在很晚了。」

我思索這世界的不完美。甚至不用想到這世界的不完美，而是我們家的不完美。每個人都心照不宣，保留很多東西不說。每個人都是，除了我之外。

「我不想成為被寫的對象。話點到這裡就好。晚安，詹姆斯。」

「妳連她——甘迺迪夫人說了什麼都不想知道嗎？」

母親關起另一扇櫥櫃門，一切又沉靜下來。我幾乎確定自己聽到她喀答關掉廚房燈光。「我想上床睡覺了，我累了。」

「這一天多花兩分鐘是很值得的。」我差點加上我保證，可是我沒把握自己保證得了。

「我不是因為今天覺得累，而是因為養了孩子四十年而覺得累。」

「妳的孩子已經很多年沒剝奪妳的睡眠。」

「你現在就是。」

我趕在她掛掉電話以前繼續說下去。「她說她很欣賞那個母親。她說她之所以對這本書這麼有共鳴，就是因為她欣賞這本書的核心人物。」我先讓前面的話沉澱之後再強調。「等於是說她很欣賞妳。」

我可以聽到老媽吃力的呼吸聲，我們還小的時候，她偏頭痛發作時就會這樣。

「而你信了她的話。」

喀答一聲，通話斷線。

七

我經紀人的辦公室位於西五十九街的一間小套房裡。舒適陰暗，百葉窗大多時候都拉起來，照明靠的是蒂芬妮桌燈的柔光。就是大家覺得文學經紀人辦公室曾經擁有，而且至今依然該具備的特色：就是你會想拿本書蜷起身子閱讀的地方。你可以在這裡找到不少──書──唐娜安坐的那個主要房間，牆上淨是深色核桃木書櫃，上頭擠滿了繁不勝數的書。辦公室剩下的空間則是散落著一疊疊蒙塵的報紙、舊版的《紐約時報書評》和過期的《紐約客》。有時候我為了要找地方坐，還得將椅子上的文件挪開。

唐娜通常會以成天獨留家中的貴賓犬那種熱度來迎接我。艾倫的事務大多透過電話和傳真辦理，他的客戶遍布全國，我想他們平日沒多少訪客。可是當我走進門口，辦公室安靜空蕩，門在我背後關上時，我嚇一跳。

「艾倫？」

無人回應。我隨意瞥了瞥唐娜的辦公桌，看看上頭有沒有寫了我名字的文件。我沒有看到，於是再往辦公室後側走，差點被UPS快遞的箱子絆倒。通常我會聽到艾倫在講電話，可是四下靜悄悄，我開始納悶，這種理想的經紀辦公室是不是也滿適合作為踢到一、兩具屍體的故事場景：手持羽毛筆的藍夫人在辦公室裡[20]。

「艾倫？」我又叫了一次，這次稍微大聲點。

他的辦公室有動靜，我一時僵住（殺人兇手還在嗎？），接著艾倫從門口探出腦袋。「我還以為是唐娜。」

「不是，只有我。」

「過來吧。」艾倫揮手要我進他辦公室，隨手關上門之後，開始解襯衫鈕釦。

「你灑到東西了嗎？」

「沒有。」他定定看著我。

「艾倫……」當他把襯衫鈕釦全都解開的時候，我舉起雙手，彷彿要抵擋攻擊。「不、不、不、不、不、不。」

「看看這個就好。」

我緊緊閉上眼睛。「我很感謝你為我做的一切，可是……」

為了自身安全，我只睜開一眼去看。他將襯衫從肩頭往後褪下，露出寬闊結實得令人驚訝的體格。

「艾倫，我受寵若驚，只是……」

我從眼角餘光看到紅色一閃而過，忍不住好奇，於是完全睜開雙眼。他的背部傷痕累累，是

---

20 典故出自經典推理探案桌遊《妙探尋兇》（Cluedo），藍夫人（Mrs Peacock）是裡頭的角色。

卡本內紅酒的濃郁色彩。

「有沒有瘀血？」他問。

「老天，發生什麼事了？」

「雷吉。」艾倫興奮點頭。

我壓低嗓門說：「要不要我報警？」我掃視辦公室找武器。用打洞機對付得了攻擊者嗎？

「不，不，當然不用。」他把襯衫穿回去，開始扣釦子。

「這是談判的結果嗎？」我困惑不已，也許有點佩服。我納悶，艾倫為了客戶，是否真的會這麼拚命。

「是雷吉啦！中國城的一個傢伙。我付錢要他弄的。」

我驚愕極了，但也為之著迷。「付錢要他把你打個半死？」

艾倫滿臉得意。「有幾下還挺不錯的。」

我心中的作家當然什麼都想知道，可是他已經走到辦公桌後面，轉換了話題。

「所以，合約。」他說，襯衫塞回長褲，往一疊文件底下找。

我頭一次踏進雙日出版以來，已經過了一個半月。艾倫履行職責，替我談了不錯的條件。我不確定賈姬是否有決定權，也沒把握這本書是否真的好，或者他們是不是隨她的意思買書，免得她會把自己的聲望帶到別的地方去。艾倫告訴我正式的報價時，我必須先坐下來，以免站不住。搖撼我的不是錢（預付款不算多），而是賈姬真的說到做到，這件事不是幻夢——真的在發生。

契約寄達時，艾倫請快遞送了份影本來給我，我們在電話上討論了一、兩個鐘頭。他指出他替我爭取了什麼，還有哪些是標準的業界條件。我覺得已經盡我所能理解這份協議時，約了簽約的時間。

「你認識她嗎？」

「賈姬嗎？」他問，「在電話上談過。」

「我是說碰面。」

「坐，坐。」

難得有張空椅，可是我必須先把地上的幾份書稿推開，才有空間擱腳。

「可不像你那樣一對一，大紅人。不過她當初在維京出版的時候，我們見過。我認識那家的發行人湯米．金斯堡。我們有生意往來，他知道她會過去的時候，就邀我到辦公室去。她滿高的。驚訝吧？」

「她大多時間都坐著。」

艾倫大笑。「真希望我當時在場，就可以看看你的表情。」

「嗯，哼，你真不夠意思。」

「聽著，我不希望你老在自己的腦海裡打轉。記得我們頭一次碰面？你雖然滿有魅力的，可是有時候會成為自己的阻礙。」我搖頭抗議，雖然他一語中的。我們首次會面時，我試著針對他的資歷開玩笑，結果念錯 Emeritus（榮譽教授）這個字眼。後來，我在整場對話裡講起話來都磕磕絆絆。

「過去的事情就算了，好嗎？我總算讓你們兩個共處一室了。」

「你還真愛管閒事。」

艾倫依然一副得意洋洋的樣子，咯咯笑得一臉狡猾。他往後靠在椅子上，接著臉一扭，往前猛彈。

「瘀傷的關係嗎？」

「對，會痛個幾天。不管怎樣，我搞不懂湯米為什麼要雇用她，她又沒經驗。我猜是因為她的人脈吧！湯米可能覺得她若是選書編輯，可以吸引大書進來。我想他付她兩百美金的週薪。我不確定那整份經驗是否值得花那筆錢。」

「為什麼不值得？」我很好奇。

「那段工作關係只維持兩年就鬧翻了。公司做了一本沒什麼價值的小說，講泰迪・甘迺迪的刺殺事件，她就辭職不幹了。」

「你是指巴比嗎？」我很困惑。

「不是，是泰迪。算是架空歷史小說類的書。她就在大半夜寄了封辭職信。大半夜耶！那本書寫得很差，可是也不必弄到這個地步吧！至於那兩年呢？簡直一團亂。」艾倫在桌面上找來找去，終於拿出一枝筆。「你必須放在脈絡裡看。她頭一次出現在大眾唾手可及的地方，令人垂涎。她有一間辦公室，按時上下班。可憐的櫃臺人員必須攔截踏出電梯想來見她的每個怪人。大家會帶著一疊白紙過來，要求會面，彷彿自己是下一個馬利奧・普佐[21]。同時，電話響個不停。記者邁克・華萊士在一線！芭芭拉・華特斯在二線！有些家庭主婦天天按時打電話來，想知道賈姬做什麼打扮。有個男人跑過來，櫃臺人員拒絕他的時候，他還說自己身上綁了炸藥！湯米必須親自出面，勸退那個男人。哈！」他看到我震驚的神情。看來我不像他那樣覺得有趣。「啊！嗯，你要認識湯米這個人才懂得笑點。」

「所以，出了什麼事？」我猶豫地問。

「欸，」他揮揮手不把我的憂慮當回事，「沒炸藥啦！」

我翻翻白眼。「現在還是那麼誇張嗎？我需要準備一件防彈背心嗎？」

「喔，不用啦！她開始埋頭工作，忙得不見人影。新鮮感就慢慢淡掉了。」艾倫把出版協議的四份副本和筆遞給我。

「所以，簽下這些不算瘋狂吧？」

「你這個人也許瘋瘋的，小子，可是簽這些不算瘋。」

我把頂端那份契約翻到最後一頁，上面標明了「簽這裡」。我頓住，想說是不是應該做點特別的事情來紀念這個場合，可是最後決定最好不要拘泥於形式。我拿著艾倫的筆，貼在紙面上……什麼都寫不出來。沒水了。我甩了甩筆，再試一次，還是沒有。「我希望這不是什麼徵兆。」

「喔，別胡思亂想，」艾倫在抽屜裡摸索，「唐娜！」

「我想她不在。」

「你慶祝過了嗎？」他從上往下拍拍身子，看口袋裡有沒有筆。

21 Mario Puzo（1920-1999），美國犯罪小說家。

「沒，就等著簽這些東西。」

「家人高興嗎？」

「我盡量保持低調。基於迷信的關係。」我雙手同時叉指比十字，以示強調，最後才想起有人認為這樣反倒會招來霉運。

艾倫抬頭看我。「你母親？」

我用手指抵住鼻子。「我不知道她怎麼想，她還沒讀。」

「你說她還沒讀是什麼意思？」

「我請她看一看，結果她給我一顆番茄。」

「她拿番茄丟你？」

「不是，只是拿給我，請我吃。我對她要求第二次，她說寧可不要。」

「寧可不要什麼？」艾倫又變出一枝筆，拔掉筆蓋遞給我。是紐澤西一家紙業公司贈送的宣傳品，筆的頂端有咬痕。真是反高潮。我想像賈姬是不是回簽這些協議的人（而不是商務部的某個人），想像她是不是會用優雅的鋼筆來簽。我猜，手邊有什麼就用什麼。

「寧可不要讀吧，我猜。可是我想她寧願這本書根本不存在。」筆懸在契約上方，手在發抖。

艾倫注意到我的猶豫。

「充滿愛意的描寫。」他說。

「是坦誠的描寫。」

他吃吃笑。「她會想通的。如果沒有，反正你現在也有備胎了。」

「什麼，誰啊——賈姬嗎？」我的臉脹得跟艾倫的背一樣紅。

「編輯就是某種母親。」

百葉窗開得不夠，讓我覺得心煩，要不然我就可以動作誇張地望出窗外，盯著五十九街。這就是我最後一次機會可以照母親的意思來。不過，對我來說是對的嗎？以他人為優先，是不是成熟的標記？還是要堅守自己的願景、自己的作品、自己的世界觀。額頭浮出汗水，我必須抹抹眉梢。

我的手還在發抖，好不容易簽妥四份協議。我盯著自己的簽名，幾乎認不出自己的筆跡。我的名字看起來很陌生。彷彿不屬於我，而是屬於我父親——就是某個讓我母親失望的人。我覺得這樣滿有趣的，我覺得自己會想記住這個時刻，但事實上，我只想繼續往前走。「什麼時候會拿到錢？」

「履行協議的時候，就會收到第一張支票！」艾倫從我手中拿走契約，我將筆往空馬克杯一插，希望那是個筆筒，而沒有他早上喝剩咖啡的渣渣。他翻過這幾份協議，確認一切都沒問題。

我突然看出付錢請人揍我這當中的智慧。我甚至考慮向艾倫討那個傢伙的電話。如果我造成母親的痛苦，自討皮肉痛不正是恰當的贖罪苦行嗎？即使不是，我也覺得自己一時換不過氣——也許給我幾個快拳可以讓我恢復過來。我往前屈身，將腦袋塞入雙膝之間。

「你還好嗎？小子？」

「以為掉了東西。」我沒告訴他，我是突然一陣噁心。

「一份給你、一份給我，兩份給他們。我會請唐娜這個下午寄過去，就等唐娜從哪裡逍遙回來。」

他把契約對齊疊好，以長尾夾固定，最後塞進一只大信封。我坐直身子。

「沒問題吧？」艾倫問。

我點點頭，沒辦法說更多。

「還有一件事，」艾倫將一張寫了電話號碼的紙朝我塞來，「你的新媽咪要你打給她。」

八

萊拉領著我穿過長走道、前往會議室。再兩分就五點了。她的同事們正收拾要回家。我試著跟每個人眼神接觸，露出笑容好淡化他們的惱怒。我可以在他們臉上讀到壓力。我們都要離開了，又有誰來了？我必須留下來嗎？我會不會錯過火車？萊拉維持一貫的步調，要不是我們之前見過面，不然我也會覺得她急著想走。萊拉或許也想走，不過反正她也只有一種設定：急躁。這一次我們抵達會議室時，急轉向右，穿過另一條走道，我想是要到賈姬的辦公室。

「要咖啡嗎？」

我可以想像咖啡杯已經洗淨收妥，如果我說要，會引發什麼騷動。「不用，謝謝。」在萊拉身邊我就是忍不住要嘮叨。「這麼晚了，咖啡因會讓我神經緊張。」我不想說我們兩個心知肚明的事情：我已經夠神經緊張的了。

有個俊美的金髮青年朝我們走來，也許二十五歲，他正要穿上休閒外套，就像我想像中大學划船隊員那樣使勁轉著手臂。他跟我對上目光，彷彿我們在僻靜的公園裡尋覓上床的對象，雖然我心裡七上八下，但並未撇開視線。我耗費這麼多年時間就是希望能在這些走廊裡找到歸屬；要是視線往下游移，可是會傳達錯誤的訊息。

「喔，嘿，」萊拉要我們停步，「這位是馬克，他是歐納西斯夫人的助理。馬克，這位是詹姆斯．史麥爾。」萊拉以不感興趣的語氣念我的名字。

「詹姆斯．史麥爾。」馬克邊說邊跟我握手，一面試著搞懂我是誰。

萊拉翻翻白眼，希望是對馬克，不是對我。「賈姬新入手。」

「對。」馬克用另一手扣住我的手，觸感柔軟溫暖。

「入手？」就像她在異國旅行時新買的古董？「我想我們會一起工作。」

「期待。」馬克眨眨眼之後才放開我的手。還好萊拉沒看到，不然可能反感到眼睛整個翻到後腦勺。他路過我身邊，我們兩人都回眸看最後一眼。我常常覺得自己是隱形的，沒什麼魅力可言，所以當我看到他對我一笑，幾乎暈陶陶起來。丹尼爾也不是沒有盡力提升我的自尊心，可是那是他身為男友的義務；我的鑑賞期老早過了，而且他弄丟收據退不了貨。不過這算是調情嗎？或者只是積極的友善表現。我往前蹣跚地追上萊拉的腳步。不管剛剛那個是什麼，我都沒時間好好消化。

我們停在微微開啟的一扇門前。

「到了。」萊拉往門上敲三下。敲得很大聲。如果是我，就會合乎禮儀地輕輕敲。我立刻大驚失色，正要轉頭抗議時，她已經不見人影。

「找到了！」辦公室傳來說話聲，是她的聲音沒錯。

我又敲敲門，這次小小聲，把門再推開幾英寸。「歐納西斯夫人？」我繞過敞開的門往辦公室一探，誰也沒看到。我及時咬脣免得說出「賈姬」。我再往房間裡瞧，發現她正站在門後的空間，就在書櫃旁邊。「喔，哈囉，又見面了。」我彆扭地說。我搞不清楚當前的狀況，為了自己著想，希望她找到的不是比我的書更引人入勝的書稿。「妳找到什麼了？」

「我從家裡帶來的一本書。進來啊，進來。」她迎我進她的辦公室，我隨手將門關起大半，我知道該留個縫隙，至少大到不會被人指控我做了什麼不得體的事，跟她閉門同處一室感覺就是不恰當。

這間辦公室我並不覺得小，雖說也談不上富麗堂皇，但還滿不錯的，甚至算是舒適，也適合初次碰面。我現在納悶，她當初選擇會議室作為中立場地，是不是為了讓我更自在。現在我突然覺得雙手空蕩蕩，有如紳士登門拜訪卻沒帶鮮花、美酒或巧克力。

「很高興又見到你，詹姆斯。」

我感覺自己臉一紅。「也很高興見到妳。」

賈姬跨過幾個箱子（我猜都是書），她穿著裙子，需要不少靈活度。這些箱子看起來格格不入，混亂的狀況很不符她的風格，可是更仔細一瞧，可以發現她的架上擠滿了書稿和印刷校樣。牆上掛了描繪舞者的畫作，看來價格不菲，可是我對藝術懂得不夠多，無法確認。我多少希望她的辦公桌像是她丈夫在白宮橢圓辦公室的那張，但卻只是一張美耐板表面的醜東西，更像國中理化老師用的那種。辦公桌上堆了更多書稿，用裝飾性的玻璃紙鎮壓住。

賈姬用雙手捧起書，繞到辦公桌後面就座。「我想今天晚上一起工作正好需要用到這本書。你讀過希臘詩人康斯坦丁諾斯．卡瓦菲斯的作品嗎？」

我瞥了瞥那本書——是他的選集。「沒有，沒讀過。」我等她在辦公桌後面落座，才在一張客椅上坐下。我希望自己看起來飽覽詩書（如果這次會面之前得做功課，我也希望自己做了），可是這個詩人不那麼知名，沒辦法假裝自己略知一二。

「在美國讀他作品的人不多，是我第二任丈夫介紹給我的，很快就成了我的最愛之一。他有首詩叫〈伊薩卡〉[22]。」

「就是我這本書的地點。」我說，雖然可能是很不一樣的伊薩卡。我懷疑任何一個叫康斯坦丁的詩人會拿紐約州中部的地名來入詩。

「我在想，是不是適合拿來當你小說的書名。」

「伊薩卡嗎？」我一時喪氣，我並不是那麼留戀原本的書名，而是因為已經要正式投入工作。我已經開始想念自己和作品受到奉承的滋味。難道不能再多幾次那樣的會面嗎？

「雖然出書的時候，我們一般都會避免負面意味的擬聲詞……」

我琢磨了片刻。伊薩卡。「Ick[23]嗎？」

「行銷部門不喜歡。」

她是不是在開我玩笑？一陣不自在的停頓之後，我客氣一笑，但只是輕輕一笑，免得誤讀她的意思。我環顧辦公室，看看有什麼可以讓我安心的線索，就是認出可能屬於某人的東西，好讓我們的互動恢復正常。事實上，這裡中規中矩。就是一間普通的辦公室而已。

「所以為什麼是伊薩卡？」賈姬說了下去，「為什麼把場景設在那裡？」

「喔，」我說，這個問題讓我頓時恢復正常，「我在那裡長大。唔，就是個小小城鎮。有人問我哪裡來的，我都這麼回答。」丹尼爾的聲音灌滿我的腦海。「妳該不會想改成鱈魚角吧？」

「抱歉？」

我微微搖頭。「有人告訴我說妳會想……算了，沒事。伊薩卡很小。聽起來也許滿異國風情的，我喜歡那個希臘名字。想說可以喚起那本書潛在的悲劇。不過，除此之外，沒有其他特別的地方。就像那些角色本身，乍看之下都沒什麼突出的地方，表面上可以是任何母親和兒子。但我發現，簡單有時候也可以……很複雜。」

「喔，我也有同感。你在書稿裡只是稍微提了一下城鎮的名字。我不禁想到，你用這個名稱可能是在講一種心態，或是一種存在狀態。這樣說有道理嗎？」她一定知道這樣當然有道理，只是為了得到我的附和而形塑成提問。也許這是她過往常用的技巧，藉由他人的參與來維護自己的想法。

「確實是。」

賈姬一副欲言又止的樣子。她想了想之後又拿起那本書。「我標示了那一頁，我沒帶眼鏡過來。能不能麻煩你？」她翻開書並遞給我。片刻之後我才意識到她要我讀出來。

「我很樂意。」

「最後幾行就好。」

我笨拙地把弄那本書，險些弄丟標示的地方，好不容易才把書抓穩。我往下掃視那首詩，找

---

22 Ithaka，古希臘愛琴海上的島國，相傳為荷馬史詩中，英雄奧德修斯的故鄉，小說主角兒時長大的紐約州城鎮則是 Ithaca。

23 英文裡表達反感嫌惡的聲音。

出該念的地方。「伊薩卡賜予你一段妙不可言的旅程……」我已經感覺喉頭堵堵的，於是一路默讀到最後。「如果你發現她殘破舊陋，伊薩卡並未有意欺瞞。你長了智慧，變得見多識廣，對於伊薩卡的種種意涵，你必定了然於心。」我抬眼看看賈姬，她的視線穿過我，彷彿頭一次再次思索個中意涵。「真是……哇！」我說。我早早離開公寓散步過來，在提神醒腦的三月空氣裡，沿途鼓起勇氣，急著想出什麼睿智之語和閒聊話題，對話不順時就可以拿來填補空白。可是，我最後竟然只說得出「哇」。

不過，這段話真的寫得很好，尤其如果伊薩卡不是一座城鎮、一個地方或是存在的狀態，而是做為一個人、一位母親、一個靈魂。確實，她並未欺瞞過我，我肯定一直了然於心。

賈姬再次張嘴要說話，然後打住。但接下來，她毫不猶豫劈頭就說：「我有個想法。」

「喔？」

她咧嘴笑開，隱約流露出人們向來懷疑潛藏在禮儀底下的那個女人。她拉開桌子抽屜，抽出一瓶看來頗為昂貴的萊姆酒，砰地放在桌上。酒液在瓶內潑濺，蕩漾出彎月。

「我有個作者最近到巴貝多帶回來送我的。」

我不確定我跟得上她的思路。「萊姆酒就是妳的想法？」

「差不多，」賈姬說著便站起身，舉起那瓶萊姆細看。她肩膀往後一挺，彷彿免得因為酒瓶笨重而往前仆倒。艾倫說得對——她真的滿高的。「來調個戴克利吧。」

脫口秀主持人大衛．賴特曼近來公布了前十名最不受歡迎的紐約市攤商，第一個就是供應「紙杯裝的驚呆老鼠」的攤商。我不知道現在為什麼會想到這件事，只除了這件事成了丹尼爾和我之間的笑料（今天想吃什麼當晚餐？要不要來點紙杯裝的驚呆老鼠！）。然後說起「驚呆」，連我都希望可以看到自己臉上的表情。「戴克利。」像賈桂琳．歐納西斯這樣的女士站起來時，男士也會跟著起身，我手忙腳亂離開椅子。

她又伸手進抽屜，神奇地抽出看來像糖漿的東西。我開始覺得這個抽屜是魔術師的帽子。

「別告訴我，你是teetotaller（禁酒主義者）。」

我掙扎著回想teetotaller的意思，到底是不碰酒還是碰酒的人。「不，完全不是，只是我通常不喝戴克利。」

「那是因為你通常不是跟我一起喝。」她注意到我站著。「坐啊！坐，我要去拿點冰塊。」

賈姬擠過我身邊的時候，掐了掐我的肩膀，然後踏出門口。我獨自在她的辦公室裡，身子前傾抓起那瓶萊姆酒。很難不覺得她在捉弄我。我將酒瓶舉至鼻前，裡頭不只裝了酒，而且濃度可能高達七十五％。就我過去所知，她會喝酒嗎？我看過她喝酒的照片嗎？雜誌報導過她喝酒的習慣嗎？如果我是她，我絕不可能不碰酒。我應該阻止這件事嗎？這樣好嗎？我將酒瓶放回桌上時，她正好端著一個銀製小托盤回來，上頭放了幾顆綠檸檬、一把刀、蘇打水和兩個裝了冰塊的玻璃杯。

「妳的辦公桌裡還有什麼？一棵椰子樹嗎？」

「千萬別低估我。」

「我絕對不敢。」我說，那是絕對的真心話。

「我想你會喜歡的。從糖蜜提煉出來的，不是甘蔗。」她倒了不少萊姆酒到兩個杯子，糖漿的量則抓得比較保守。不管她在做什麼，她都駕輕就熟。接著她切開幾顆檸檬，盡可能將汁擠進杯子裡。我可以看到她結實手臂上的筋腱。「我提前跟員工自助餐阿姨[24]借了這些東西來。」

天啊！原來她已經計畫了一整天。「我希望她們不會介意。」我應不應該挑明，這些東西她們拿不回去？

「喔，她們喜歡我。」她又拿了顆檸檬重複同樣的程序，接著將蘇打水倒滿杯子。「我頭一天來這裡上班的時候就這樣了──到現在已經滿久了……」

「十四年了？」我試著回想她在我們頭一次見面時提過的履歷。賈姬從筆筒裡拿了把銀製拆信刀，將兩杯調酒都好好攪拌了一番。

「沒錯，」她說，「當時沒人──真的沒人──知道在我面前該怎麼表現應對。我走進電梯，大家就會退出來。我穿過走廊，大家就會轉身急著朝相反方向走。我到茶水間去倒杯咖啡，大家就會陷入恐慌，把自己手上那杯遞給我。」

「聽起來……」我摸索正確的用詞，「滿寂寞的。」

等兩杯飲品都攪拌到滿意了，賈姬就在杯緣上輕敲拆信刀，發出完美的叮噹響。她端起托盤，朝我送來，彷彿自己是競賽節目雇來最大材小用的美女搭檔。

「謝謝妳。」我說著便接下一杯。雙手穩穩握住杯子，靠在大腿上，雖然杯身冰到令人碰了不舒服。

「以前確實是，寂寞得不得了。彷彿我身上有瘟疫似的。這樣胡鬧了幾星期之後，我決定到員工餐廳吃午餐。當然了，排在我前面的人馬上擱下托盤，一溜煙跑得不見人影。真是尷尬極了，因為我最不想要的，就是讓任何人以為我覺得有權直接站到隊伍的最前面。可是我也沒辦法要他們回來排隊——因為他們都不見了！總之，有個長得滿壯的自助餐阿姨，催我走到櫃臺，誇張地揮揮手，扯開嗓門說：『要吃什麼，賈姬？』」

我自在地哈哈一笑，讓自己一時措手不及。「所以，妳點了什麼？」

「如果我記得沒錯，我當時點了鮪魚沙拉。」我們都笑了。「我想不是每個人都喜歡有我在場。可是在那之後，情況有了轉變。變得更好。」賈姬步入回憶，片刻之後才走出來。「如果這個故事對你來說沒幫助，就把這杯調酒當成你的自助餐阿姨吧！」

我舉起這杯飲料，兩人開心碰了碰杯，這則長長的故事等於是對我們這段新關係以及我們希望完成的工作舉杯致意。「敬伊薩卡。」

「敬伊薩卡。」她附和。

我啜飲一口，這份調酒……辛辣清新、口感微稠。這種東西多喝幾杯會很危險。

「味道如何？」

「滿……妙的。」

「你這星期過來，算你運氣好。上星期我原本很想簽一本做冷湯的書。我跟萊拉試了幾份菜單。結果發現，在西班牙番茄冷湯之後，沒多少冷湯湯品值得一提。你有沒有喝過腰果濃湯？冷的？」

24 lunch ladies，指的是學校餐廳或員工餐廳裡幫忙供餐分菜的女性。

「還無福享受。」

「相信我，沒什麼好享受的。除非你喜歡壁紙黏膠。」

我臉一皺，然後指指卡瓦菲斯那本書，她允許我拿那本書。我翻到標示的那頁。「作者以女性稱謂來稱伊薩卡，彷彿她就是母親本身。對於伊薩卡的種種意涵，你必定了然於心。」

賈姬發出圓潤的聲音，彷彿有塊精緻的巧克力在她的舌頭上融化，「而且那只是最後幾行。寫得很美，不是嗎？你把書帶回家讀剩下的部分吧！」

「非常……中肯。」可是我原本一直都明白嗎？我的書是不是誤打誤撞，才讓我明白內心深處早已知曉的事？

「如果我沒弄錯，靈感來自荷馬。」她當然沒弄錯。

「奧德修斯返鄉，」我說，因為這次有較為明智的話可說而感到慶幸，「荷馬的作品我讀過。」

「我們在旅程之後返家，靈魂更加成熟，我想，就是任何旅人的盼望。我希望你能想想這一點，尤其放在你書稿結局的脈絡裡來看。我想那是你作品的重點所在。」

「結局。」

「書的最後三分之一，在隔離的開場時，我對你的角色們有很清晰的想像，可是到了結尾，我不大能掌握他們是誰，對他們彼此來說以及對他們自己而言。」

「我一直在想我們頭一次的對話，妳說書都是旅程。」

「沒錯。」

「可是……」

賈姬用手背撐住下巴。「怎麼了？」

我猶豫了，不確定該怎麼說。「抱歉，我以前沒跟編輯共事過。我不想越界。」

「我都跟我的作者說，我們的對話都不對外公開，就像醫生與病患。」

「律師與客戶？」

「牧師與教區民眾。懺悔也行，前提是你自己願意。」賈姬舉起杯子。

「我只是在想，如果我的書有一部分在談母職，妳也走過那樣的旅程。」

「母職給了我人生中幾個最崇高的時刻。可是你的書，沒錯，是在談母職，只是透過兒子的眼光來看，而我並沒有那樣的體驗。」

「說的也是。」我承認。

賈姬慢條斯理久啜一口。「我想在紙頁上看到真正的成長，想看到種種事件如何改變他們，尤其是兒子。你的筆法相當清新，所以我想你是有這個能力的。」

我喝得太暢快，可以感覺酒意衝上我的臉，紅了臉頰，在我的大腦裡創造出一種幸福的空洞感，讓我不至於昏過去。「我嚐得出糖蜜的味道。」

賈姬瞇起眼睛、端詳著我。「你很難接受誇獎。」

「我想我得到的誇獎不夠多，不足以知道這一點。」

「你用糖蜜來轉移話題的手法，挺厲害的。」

「又誇獎了？」

「又轉移話題了？」她再啜一口，將杯子擱在杯墊上。「不過你嚐得出來，真有你的，尤其你明明知道裡頭加了。」

我把卡瓦菲斯那本書放在她辦公桌的角落上，看看自己的杯子裡還剩什麼。

「好了，」賈姬重新聚焦，「在我們細談結尾以前，再跟我多說點你母親的事。」

我噗哧一笑，馬上尷尬起來，用手背捂嘴。

「喔天啊！我聽起來像是你的心理分析師。」

我很想知道她是否熟悉心理治療的用語。我不會覺得意外，不過很難想像她會脆弱到主動尋求協助。可是雖然我們的對話不對外公開，我確定這場對話裡，打探只能是單向的。「妳想知道什麼？」

「她以前一直很悲傷嗎？」

「沒有，」是我最初的答案，但接著我不得不思考——她目前悲傷嗎？「我想沒有吧！也許。我們談的是露絲嗎？我恐怕有點搞糊塗了。」

「這個角色裡有點模糊的地方。」她向前彎身從我手中抽走杯子，我幾乎沒怎麼鬆開手。要不是因為杯身有融冰的水滴，她可能拿不走。「有幾個時刻，你就快能表達出真實的東西，我想你用了虛構的細節來鋪墊自己的觀察，結果反倒讓你無法真正觸及某些更重要的真相。」

她往我的杯子裡倒了更多萊姆酒。「不用太多。」我說。可是就在她替我續杯的時候，我想，管他的。你知道嗎？如果要喝，乾脆喝個痛快。就讓這個成為自助餐阿姨的列隊大遊行吧！

「跟我說點真相。」她說。

「關於我母親嗎？」

「即使跟這本書無關也可以。」

我思索了一下，想想要怎樣才不會進一步背叛我母親。如果她現在正巧在旁邊偷聽，肯定嚇得六神無主。我要不要告訴賈姬，我母親因為她落得孤身一人而憎恨我？要不要說她曾經站在我這邊，結果害自己失去婚姻？要不要說，雖然她當初這樣做沒錯，但她沒料到往後的人生還有多漫長？要不要說我們母子現在幾乎無話可說？「我想我母親的一生過得不如她期望。」

「她有孩子啊！」

「是沒錯，可是別的幾乎都沒有。」

「又有誰能得到自己真心想要的呢？」

這個問題出自人生過得如此精彩的人之口，讓我覺得很怪，幾乎冒犯到我。我需要更多酒精來面對。「唔，不，我想很罕有吧！可是我也覺得她沒被給予主動追索的能力。」

「對我們這年紀的許多婦女來說都是。」賈姬走到辦公桌前方，將酒遞給我。她站著，優雅地斜倚，雙腿交錯，一手搭在辦公桌上，看來就像時裝設計師在思考服裝樣式時，會畫出來的完美素描。「我對她感同身受。」

「這樣不錯。我希望讀者都能這樣。」

「在我們共事的過程中，我會盡量不要像你的心理分析師那樣說話。我確定，單是寫下這本書，對你來說，就已經是夠多的治療。」

「如果我沒寫這本書，我想我可能會發瘋，或是變成共和黨員。反正就是某種可怕的東西。」

賈姬笑了出來，笑得並不暢快但真心誠意，我希望這算是對我永久的認可。「你讓我想到我兒子。」

我可以感覺自己的臉脹得通紅，於是低頭看著自己的雙腳，在笨重的大鞋裡看起來呆頭呆腦，跟她窄細優雅的鞋跟恰恰相反。「別這樣。」

「怎樣？」

「先說我很難接受誇獎，又大大誇獎了我，又希望我有正常表現。」

賈姬對著自己的酒揮揮手，送來一陣酒香。「也許這一巡調得太甜。」

「轉移話題！」這是萊姆酒在講話。「妳面對誇獎是不是也覺得不自在？這會不會是我們的共同點？」我得意地啜了一口。

她搖搖頭。「你並沒有誇獎我。」

「沒有才怪。」

「誇獎我兒子，就是誇獎我？」

我猛地點點頭，我看得出她被逗樂了。她走到辦公桌後面，坐回椅子。「律師考試他考了好多次都沒過，如果你讀了《每日新聞》，一定就知道。」我可以感覺她很以他為榮，彷彿是一種自謙行為。

我坐回椅子裡，輕輕笑著。我確實記得那些頭條：帥哥大敗。一定很傷人。不過。我真不敢相信我竟然覺得這麼樂。我真不敢相信人生的展望才幾個星期就有了轉變。我不敢相信這是我眼下的生活。感覺東山再起、充滿可能性，彷彿我從自己不應得的放逐回來。

「我想我的自助餐阿姨起了作用。」我透露。

賈姬啜飲自己的酒，雙眼閃著幾千個祕密的光芒。「我想我的也是。」她喝完的時候，放下杯子，遞出銀製托盤要收我的杯子。又一個太快結束的魔幻時刻，我們步入了新的疆界。「好了，」她說，「我們上工吧。」

走自己的路，一九九二年七月

九

在波士頓羅根機場降落時，只有幾分鐘時間可以提領行李，再來就要衝去搭接駁車，前往海角航空的小航廈，好飛往瑪莎葡萄園島。海角航空的飛機小得令人不安，我父親會把這種飛機叫做臂圈型救生衣。有十個座位給乘客，走道兩側各有五個，加上一個機組人員的折疊座椅。為了讓飛機保持平衡，空服員按乘客的體重分配座位，為了避免冒犯乘客，他們做得不著痕跡，但結果相當明顯。我分配到的座位，和一見即知是貴婦的女人隔著走道對望，我忖度她是否認識賈姬，她們在島上是不是比鄰而居，是否同屬某個拯救沙丘侵蝕的當地環境組織。我們客氣地微笑以對，打了聲招呼，但她沒問我此行的目的，讓我頗為失望，因為我真想主動透露訊息：我來拜訪我的編輯。

三個星期前，賈姬請快遞送來我最近的一份草稿，上頭標示了經過編輯的地方。她本人可能溫和有禮，與身為藝術家、在出版界年紀較輕且資歷較淺的我面對面時，總是細心呵護我的感受，但在書面上的表現卻完全相反。她會大筆一揮，劃掉整個段落，有時甚至是一整頁，並且在空白的地方大字寫著：刪掉！太煽情！老套！然後圈起其他部分，標注：著墨不足！膚淺！給讀者更多！我翻過一頁頁，心也隨之下沉，我以為最近這份草稿處理了她在我們早期對談時表達過的憂慮，可是依然還有好些癥結點沒解決——尤其針對結尾。我給自己一個星期平靜下來。我在電話上討論她的注記，她告訴我，她在瑪莎葡萄園島上的家工作，邀請我過去一起琢磨。

所以我就過來了，坐在基本上算是密閉式滑翔翼的飛行器裡，等著跑道清空準備起飛。仲夏晨間日暖風和，陽光從跑道上反射回來，透過飛機窗戶，烘暖了整個機艙。感覺我們就像孩子放大鏡底下的螞蟻——隨時都可能爆出火焰（雖然坐在機身裡面，不會想要這樣的意象）。我捲起亞麻襯衫的袖子，外側的兩個螺旋槳開始轉動。我回頭去看機上有沒有可能供應飲料，但看來是沒有。我們沿著跑道加速，在波士頓港上方起飛，接著轉彎往南朝著瑪莎葡萄園島和南塔克特島飛行。我從沒坐過這麼小的飛機，我很詫異竟然每個氣流都感覺得到，胃部隨著每次下沉和氣壓改變而起起伏伏。我的斜背包裡有本雜誌，可是我連假裝閱讀都沒有興致——我窗外的麻州海岸線風光有趣多了。海洋是一片翡翠綠，和遍布海岸那些熠熠發亮的藍綠色泳池成為對比——相較之下幾乎像是加勒比海。空服員終於給了我一小瓶水，我收下來可是沒喝，機上沒有廁所，而我的膀胱早就滿了。

從我跟母親提起賈姬的事情以來，我們只通過一次電話。是我刮鬍子割到自己、血流不止的時候打的。當時我覺得暈頭轉向（主要是因為想吐而不是失血），沒多想就拿起電話。總是想找媽媽，這就是一種深入骨髓的直覺反應。

「我在流血。」我在她接聽的時候說。

「怎麼了？」母親的招牌疏離語調傳了過來。

「耳朵。不是耳朵啦！是耳朵下面。耳垂跟下顎相連的地方。我不知道那裡叫什麼。」

「達米諾，下去。」母親的狗狺狺吠，然後停下，可能因為有好料可吃而安靜下來。「我是說，你做了什麼事。」

「喔，刮鬍子割到。」

我從她的沉默可以知道，她正在納悶，相隔兩百英里，我覺得她又能做些什麼。

「總之，我想說在血流乾以前，可以找妳陪陪我。」

母親哀嘆一聲。「我十一點約好要弄頭髮。」

我們的對話就這樣畫上句點。沒提到那本書，也沒問起我的生活或正在發生的美妙事情。沒問起賈姬，對我的緊急傷勢也沒有真正的關懷，雖然母親對我知之甚深，知道沒什麼好擔心（有個治療師朋友將這種行為稱為「拍賣喊價」，意思就是，我找浮誇的理由打電話回家，就是為了引起母親的反應。但母親對我的個性瞭如指掌，她這人耐性十足，從來不曾舉起買家號碼板，而是將我的拍賣品讓給其他更容易激動的拍賣會買家。）這就是我們目前的狀況，這個僵持狀態就是我們的新家。

我很想帶母親一起踏上這趟旅程。她會很討厭這種飛機，搞不好會拒絕登機，因為自己的體重默默受到評估而覺得受到冒犯。可是她會很喜歡看看瑪莎葡萄園島，親眼看看她多年來追蹤甘迺迪家族新聞所讀到的那些地方和地名。南塔克特島、海恩尼斯港，甚至是夏帕魁迪克島。幾個月毫無聯繫，在我們的關係裡不是那麼不尋常。不是常態，但也不是前所未聞。我們以前就這樣過。不過，目前這種無語有種沉重的悲傷，這段時間不只是因為太忙或太懶而不交談。我違逆了她表達過的心願——說真的，那還有什麼可說？打電話宣布我為了進行那本書，受邀到賈姬的海灘度假屋，只是在傷口上抹鹽罷了。

瑪莎葡萄園島的機場位於島嶼中央，在占地幾英畝的林地裡的空地上，我們的降落平順得令人詫異。那裡有個模樣古意的單一高塔，機場建物本身則給人一種鄉村小屋的感覺。我們走下飛機到跑道上時，鹹味空氣的味道和沙粒隨即迎面撲來。我有賈姬家的地址，就在蓋伊頭[25]附近，不過只要說出蓋伊頭，我就會忍不住竊笑，所以只好請雇來的計程車司機載我到通往莫夏道的史塔特路上（她給我的具體指示）。

我很緊張，心跳隨著計程車的計費錶加快。隨著最近幾次的編輯，我覺得賈姬對我的評價逐漸下滑；如果我沒處理好，這次跟母親鬧翻等於白忙一場。我指示司機在車道前端放我下來，因為我不希望讓他開進柵門到主屋去，免得侵擾這個家族的隱私。再一次，我不知道該用什麼樣的禮節來應對。我付車資時加了筆慷慨的小費（免得他知道這裡住誰），然後才拿起行李走上那條安靜的路，並且再次檢查摺在口袋裡的地址。這條車道兩側都是樹木，空氣裡滿是吱吱喳喳的昆蟲合鳴，聽起來既像協奏曲，又像警告。路的右側有條岔路，但我還是繼續往前，雖然我不確定這樣走是對的。我在流汗，因為七月熱氣或神經緊張，或是兩者皆是。我在另一個口袋裡撈找面紙，揩了揩額頭。走了四分之一英里左右，我繞過一個彎，來到一片空地，眼前就是看來像是主屋和客屋的建物。兩棟屋子後面有個大湖泊，我想，再過去可能就是海洋——從我在車道上的角度看不大出來，一切感覺都好遼闊。

25 原文是Gay Head，字面意思是「同志頭」。

我看到一位頭髮發白的健壯婦人，她正在車道上甩著小地毯，一面向我呼喚。「哈囉？」

「你好，我是詹姆斯，我在想我是不是來對了地方。」

我環顧四周，彷彿自己認得出什麼，至於是什麼，我毫無把握。我確定這裡沒有任何標注著「甘迺迪」的信箱。

「你在找……」

「賈姬。」我想也沒想就回答。

「你在找歐納西斯夫人。」婦人直率地說，一面打量著我，眼神流露某種程度的懷疑。

「對，」我畏縮一下，我還沒走完車道，就已經冒犯了人，「歐納西斯夫人。」

婦人猶豫一下，彷彿要判斷是否該把我轟出去。她又甩了一次地毯，我退後一步避開一蓬沙塵。「你是那個作家？」她揮手要我過去。

「是的。」在這一切發生以前，我過去總是語帶歉意說這番話，彷彿承認某種難為情或糟糕的事情。這是賈姬——歐納西斯夫人——送給我的真正禮物，也就是讓我能夠驕傲地說我是作家，雖然目前的編輯狀態讓我備感壓力。

「她通知我說你會過來。」

「我這不就來了。」我說這句話原本是想施展魅力，但話一出口卻有高傲的感覺。我趕緊補了句：「美極了，瑪莎葡萄園島。風光明媚。」

她的表情擺明她不知道該拿我怎麼辦。「航班如何？」

「才飛一下。」我露出充滿期待的笑容，在房子之間來回張望，試著掌握現況。「歐納西斯夫人在嗎？」

「她在休息。我先帶你到客屋安頓下來，晚餐她就會跟你碰面。」她伸手要替我提行李，但我搶先一步提起來，擠出友善的笑容。我們一起漫步走向較小的那棟房子時，輕柔的微風揚起。

「我叫瓊恩。」她終於主動說。

「我是詹姆斯．史麥爾，很高興認識妳，妳替歐納西斯夫人工作？」

「七年了。」

「這是我們合作的第一本書。」我主動提起，希望可以招來一些同情，從瓊恩悶哼一聲看來，她覺得這點頗為明顯。我們抵達客屋，雖然比主屋小，但還是相當寬敞。「整棟都給我一個人住？」

「對。不過你可能不需要用到一整棟，我們在二樓安排了間臥室給你用。」

「這裡是不是……」我制止自己，心知我的問題不恰當。

「這裡是不是什麼……？」瓊恩問。

我臉一紅，編不出好謊言。「是不是小約翰[26]待的地方？」我羞赧地看著瓊恩。瓊恩回了一聲「嗯」，彷彿這個話題說到這裡就夠了。

「唔，謝謝，我當然用不上全部的空間，可是我保證不會弄得亂糟糟。」

「冰箱裡有一壺冰茶，今天早上才泡好的。歐納西斯夫人六點會在主屋跟你一起用晚餐。」

---

26 指的是約翰．甘迺迪二世，賈桂琳的兒子。

「謝謝妳，瓊恩。」我希望至少可以跟她互稱名字。

瓊恩替我打開門，我走了進去。她遲疑一下才關起門來。「可以給個建議嗎？」

我點點頭。只要有建議我都用得上。

「你是到別人家作客，記住這一點。她邀請你過來，可是不表示你可以沒有顧忌。她很重隱私，請尊重。」

「是的，女士。」

「她因為信任才邀請你來。」

「是的，女士。」我重複，表現自己有能力表示尊重。瓊恩這人真有點掃興。

她再次望著我，要看我會不會牢記她的建議。當她判定自己成功了，便轉身重複：「晚餐六點，別遲到了。」我正準備說我才不敢，紗門便在門後砰地關上，我嚇了一跳。我覺得她是故意的。

這棟房子裝飾簡單但無懈可擊。我把行李擱在地板上，自由自在地走走逛逛。室內刻意營造成雷夫．羅倫的海灘風，雖說四處流露著歐洲風情。舒適討喜的客廳舊沙發旁邊，有張法式鄉村風的休閒椅，隔壁放了張一九五〇年代的丹麥邊桌。藝術品以航海為主題，採富男性氣概的狂暴色調，有好幾幅鐵灰色天際的海景。廚房裡，在夏克式餐桌椅附近掛了家族照片的拼貼。不知怎的，一切融合無間：美式加歐式，博物館級的藝術品配上家族照片，世紀之交的工藝品搭上二十世紀中葉的裝潢。看來信手拈來，但只有風格品味絕佳的人才辦得到。樓上只有一間臥房的門開著，顯然就是給我用的。我把行李放進房裡，用力坐在床上。

我立刻想打電話給丹尼爾。住在約翰．甘迺迪二世的居家空間，至少對精力旺盛的同志來說，比在白宮二樓的林肯臥室[27]過一夜刺激許多。簡直是夢幻成真。可是不知道丹尼爾願不願意接電話。出門前我和丹尼爾起了小爭執，我不大確定起因是什麼。這趟旅行好像惹惱了他，起初我以為他也希望受邀，可是他最後終於鬆口，他是擔心這樣不知道會對我母親有什麼影響。

「你應該打電話給她。」他說。

「我打了啊！」我回答，扯了扯耳下之前的傷口。

「你要去，她可以接受嗎？」

我不了解為何需要她批准，於是扯了謊並說：「可以。」

他其實並不相信我，可是這段對話轉眼就結束了。我不喜歡跟他針鋒相對。目前還願意跟我講話的人似乎迅速減少，總不可能把瓊恩算成我吐露心事的對象。

我望著白色的天花板（我確定不是白色，而是某種顏色，艾德華亞麻或光彩這類的名稱），想像在我之前待過這裡的人：名人、政客、作家、生活風格家。想打個盹可能也睡不著，所以過了一個小時左右，我回廚房喝點冰茶。我從壺裡替自己倒了一杯，決定漫步到濱水區。我走出屋外，踏進淡薄的午後陽光，徐徐輕風撥弄著我的頭髮。紗門又在我背後砰地關上。

有條步道沿著湖泊延伸，如果我記得沒錯，賈姬的邀請函上提過這個湖泊有個像是斯魁瑙可特的印地安名字。我順著步道繞過湖泊的西端，最後走到了海邊，沿途只暫停一次腳步，在起

27 Lincoln Bedroom位於白宮二樓的東南角，是客用套房的一部分。這個套房的另一部分是林肯起居室，林肯曾經在這裡辦公。

伏的水面上用小石頭打了幾次水漂。我走到沙丘那裡，脫掉帆船鞋，捲起褲管。我隨身提著鞋子走，就像在澤西海岸那樣，雖說把鞋子留在這裡的沙地上可能滿安全的。我來回眺望海岸線，只見區區幾個人，都不在可以聽到叫聲的範圍內。有個男人揮揮手，我禮貌地揮手回應，我們之間有幾隻鷸虛弱地跑向後退的浪潮。

這裡真美，一望無際——我真想脫掉所有的衣物，赤條條衝進水裡，像是進入新生活以前的某種洗禮儀式，將舊有人生的憂慮在大西洋的鹹水裡沖刷盡淨。只留下我，赤裸而純潔。

可是我當然沒這麼做。

反之我往外遠眺海洋，望向英國，望向愛爾蘭，我們兩個家族的祖先來自的地方。一個家族等於是美國夢的體現，孩子們竄升到權力的最高峰，然後美夢慢慢變成了夢魘。另一個家族則從來不敢勇於作夢，太受到規則的制約，不曾真正飛黃騰達，這個家族生出怯懦的後代，在各自的人生中靜靜承受磨難。我納悶，海平線有多遠，我真正能夠看多遠。當然了，如果地圖是可信的，我看的根本不是愛爾蘭，而是葡萄牙或法國。

我光裸的腳趾踩壓著溫暖的沙粒。覺得自己好像站在沙漏的細沙之中，堅實的海灘彷彿緩緩落入我腳下另一個空間。我突然感覺到時間的急迫性，怕時間不足以把書做好，不足以跟賈姬、跟我母親打好關係。可是海灘是個誘人的情婦，於是我急急轉向東邊，希望在回去吃晚餐以前，最遠能走到蓋伊頭懸崖。

十

散步過後，我沖了澡，穿上白襯衫搭 J. Crew 牌的長褲——目錄上形容為合宜的南塔克特紅，作為晚餐的裝扮，六點整站在主屋門前階梯上。我檢查襯衫是否整齊塞好，拉正腰帶，然後輕手敲響紗門。紗門在木框裡咔啦響，就像我們家的農舍，因為曝晒或淋雨而微微變形，我立刻回到了童年。聽起來就像我成長期間的那扇門，我還以為會聽到母親的呼喚。

「詹姆斯嗎？是你嗎？」

當然不是我母親。

「歐納西斯夫人嗎？」

「請進。」

我打開門，賈姬走上前來，手裡翻著一小疊郵件。在我腦海裡，她手裡拿的是手寫信件，因為她在這樣空靈的場景裡，太過超俗，不該受到陳情信或帳單的拖累。她穿著海藍色長褲搭白色絲質女衫，肩上披著羊毛衫，女星洛琳．白考兒那樣的女性會在雜誌裡做這樣的打扮，但現實生活中很罕見。我詫異的是，她竟然親自來應門，態度隨意地說「請進」，彷彿這樣很安全。我納悶瓊恩為什麼沒像棒球投手那樣穿好防護衣、守住門，抵擋可能的入侵者。

「你的旅程如何？」她問，我們客氣地擁抱一下。我不敢把她拉得太近或太緊。我想像她就像小鳥一樣骨頭多孔易碎。

「滿輕鬆的，還不錯。」

「太好了，歡迎來到紅門農場，我帶你隨意逛逛。」

主屋的裝潢風格和客屋差不多，稍微女性化一點。每個房間裡都有書，真希望可以在這裡靜靜花幾個鐘頭瀏覽她的藏書，細看書名，看看哪本書的書脊龜裂了，就為了跟她更親近些。我知道她曾經在電視上導覽白宮而聲名遠播（「外交禮賓室在這邊」），可是這次有一種沉靜的不拘禮節，在之前那次幾乎看不到。

「妳家真不錯。」我說，但說出口聽起來卻像客套話，而不是自然的反應。

「謝謝你這麼說。」

我們一路閒聊到用餐為止，我形容從飛機窗戶看出去的景象，彷彿我是某種國家地理雜誌的文化人類學者。她一直細細聆聽我說的話，彷彿這種航程她不曾經歷過上千次，我覺得自己好像是隱形舞會上最美的女子。餐點是大西洋鱈魚佐黑醋，加上米飯和四季豆。

「天普曼先生會一起來用餐嗎？」天普曼先生就是莫里斯．天普曼，是她這幾年來的追求者。在我們共事的短暫時間裡，我聽她說起他，說是她的同伴、她的「比利時人」，甚至開玩笑說他是「甘迺迪．歐納西斯先生」。

「他到歐洲出差去了，我希望有我陪你就夠了。」

我們兩人會心一笑，看出這句話的荒謬本質。出於單純的好奇心，我很想觀察他們共處的場景，看看她在男性面前的言行舉止（我一時忘了自己也是男性），可是不必繼續閒聊、絞盡腦汁多問些關於安特衛普的客套問題，倒是讓我鬆口氣。賈姬在餐桌上，告訴我一點這座島的歷史。這座島成為富裕人士和知名家族的避暑勝地以前，是萬帕諾亞格族人的家。英國人十七世紀開始到這裡開墾定居，十九世紀這裡因為捕鯨業而崛起。她無所不知，至少看起來是，她知道的細節令人稱奇。

「你有沒有聽過南塔克特雪橇行？」用餐到一半的時候，她問。

「沒有。」

「捕獲鯨魚之後，拖著鯨魚走，直到牠累到斷氣。」

「妳在說笑吧！」這個資訊逗樂了我，「這也太有意思了。」

「我想對鯨魚來說並不是。」

我笑了。「對，我想不是。」

這裡並沒有葡萄園（我問了），以前也不曾有過；不過，這座島上過去曾經長滿了野生葡萄。一九七〇年代有個分離主義運動，那次的活動旗幟依然在島上飛揚。她對這座島認識得很徹底，也很熱心分享，我納悶之後會不會有個測驗。如果她想要，可以輕易勝任島上的兼職導覽，或是替美國商會工作——這本身就是個令人愉悅的逗趣形象。

晚餐時，我們各飲一杯白詩楠白酒，我牢記瓊恩的建議，緩緩啜飲，免得想要更多。（儘管我們在紐約對酌過戴克利，也許瓊恩說得對——登門拜訪更要注意禮節。）晚餐快結束的時候，我們的話題才回到那本書上。

「所以，詹姆斯，我們必須多談談你的結尾。」

「我知道避不了。」我放下叉子，對那本書覺得氣惱，彷彿它成了我倆關係的阻礙，而不是我們關係的起因。

「你太輕易放過那個母親。」

就我和母親目前的關係來說，很難想像再對她更嚴厲。我一定退縮了一下，因為賈姬緩和了態度。

「我一直在想，一位有才華的作家擁有什麼力量。」

「妳有沒有考慮過當作家？」我問，試著模糊焦點，因為我的草稿修訂顯然不符她的期望。

「我母親以為我有那種特質，可是我發現寫作過程太費功夫。單是擬一封信就耗掉我大半天，我真不知道我這樣要怎麼寫一本書。」她從懷裡拿起餐巾，放在桌面上，然後交握雙手抵住下巴。

「是很花功夫，」我同意，「有時滿痛苦的。」

賈姬瞇細眼睛。「對，可是了不起的藝術從痛苦而生。」

「我不會朝自己臉上貼金，想說妳在講我的書稿。」說到底，我眼前這位女性可是見識過，也接觸得到全世界最了不起的古物的人。

可是她幾乎接著追問：「為什麼不？」

我嚼著嘴脣，這種簡單提問的深度淹沒了我。我為什麼不會在未來創造出有價值的作品？我為什麼這麼輕易就懷疑自己的作品？「為什麼不。」我說，我以陳述來取代疑問句。

「就我看來，你還滿有能耐的。我相信作家的能耐，而我相信你。」

「我一直覺得，身為編輯有魔法。」我可以感覺自己臉又紅了，熱氣快速竄上臉頰。「誇獎。」我說，回溯我們最後一次的會面。

賈姬點點頭，然後往下盯著自己的盤子。我開始認出真正的模式：我受到誇獎時會把臉撇開，而當她成為對話的主題，她就會垂下目光。如果繼續這樣下去，我們接下來幾天可能都會避開彼此的目光。「是很特別沒錯。在書稿裡找到並看出熟悉的真相，也找到以新穎、明確有力的方式將智慧化為文字。這就是為什麼你的書稿挑起我的注意。你打開我的眼界，讓我看到了什麼，詹姆斯，一種新鮮的真相。我想很多讀者也會有同感。」

我吞下最後一口酒。

「可是你太有保護欲了，對你的母親。這點令人激賞，我很佩服。我也希望自己的孩子會這麼保護我。可是這樣會犧牲到這本書。」比起她在列印紙頁上的編輯注記，這番話更容易消化。把評注包裝在再一次的誇獎裡，進一步地誘惑，讓我從她的角度看事情。「你進入了隔離……」

「……是羅素……」

「抱歉，」她微笑，「羅素心懷情有可原的不滿，進入了隔離狀態，有一連串的事情等待完成。一開始，你就建立了兩個核心問題。她是誰，你母親，我是誰，你。」

我準備要抗議，準備要再說羅素，可是她說的話明顯得令人尷尬。「這兩個問題一直沒有得到解答。」

「不只是他們在小說開頭時是誰。他們後來變成誰？他們學到了什麼？」

「靈魂的成熟，」我說，回到了荷馬，「我面對自己的義務時很掙扎。」

「當你以真人作為根據，來寫虛構的角色？」

「對真相的義務。」

賈姬從座位上起身，繞過餐桌，走到我身邊，拉開我旁邊的椅子並坐下。她將手搭在我的手背上。「你寫作的時候，為我做件事。」

「什麼都可以。只要能給我靈感的，我都願意接受。」她的手搭在我的手上，起了一種令人暈眩的效果，讓酒精的效力竄升兩倍。我覺得有點頭昏眼花。

「想想治療和療癒之間的差別。」我一定露出了困惑的神情，因為她說，「該怎麼解釋我的意思好呢，」接著坐定不動，一面思考，「你知道伊西絲和歐西里斯的故事嗎？」

我搖頭表示不知道。「其中一個人是不是飛得太靠近太陽？」

「那是伊卡洛斯。歐西里斯跟他兄弟賽特在爭鬥中喪命。其實非常暴力——他被碎屍萬段，遍灑在埃及大地上。他的妻子伊西絲到處搜尋，將那些屍塊蒐集起來，最後把他拼了回來。她葬下他完整的遺骸，相信他的靈魂會永垂不朽。」

「妳該不會建議我把我母親碎屍萬段吧！」我隨口說了個笑話。

「恰恰相反，你已經這麼做了。我要請你把那些碎塊拼湊回來。」

我想表示異議，可是接著想起我們之間已有共識——我已經承認——我和母親的關係就是書寫這本書的主要推動力。我決定要向她坦承。「我猜我不確定那解釋了當中的差異。」

賈姬往後靠坐，邊思考邊用雙手爬梳頭髮，將頭髮疊在頭上再放下來。「不要叫你的故事去改變過去的事情，過去在本質上是無法改變的。沒有治療的方法。」

「可是會忍不住想改寫。」我立刻覺得很蠢——看看我在跟誰說話。

「可是那並不是那場隔離的目的吧？」

「不是。」

「是為了找前進的道路。所以，我希望你把焦點放在療癒上。回想過去，然後把所有可愛的碎片都拼組起來，就像伊西絲那樣。真正回想，我相信，就是療癒。」

「在紙頁上回想。」

「沒錯，我想，要寫成故事而不要陷入陳腔濫調，處理起來最困難的，就是母親對孩子的愛。而你已經做到了。不是身為母親，不是身為家長，而是身為孩子，我想這樣更令人佩服。至於編輯你的部分，讓我來操心就好。」她用食指輕敲桌面。「你不要編輯自己。」

我想憋住微笑，但沒成功。

賈姬腦袋一偏。「怎麼了？」

「我就是忍不住要想，如果這本書寫的是妳，妳會給我不同的建議。」我豎起耳朵要聽瓊恩是不是在，忖度她會不會突然出現，猛敲我的指關節，或是明天針對我每次的逾矩削我一頓。

「這本書講的是我沒錯啊！」賈姬再次握住我的手，我們專注地對望。我內心有一部分，在我昏亂腦袋的深處，正在納悶自己是不是被騙了。可是我就是想不通，短期詐騙？長期詐騙？這會是什麼樣的騙局。

「真難，這份工作。」

「難以接受的真相可能會令人漸行漸遠，可是偉大的藝術可以將人再次凝聚起來。」

我急著想在心裡複述她講過的話，免得忘記。等我坐下來再次面對書稿，我必須好好琢磨她的話。

「好了，」她說，站起來放開我的手，「我等不及要看你在擺脫鐐銬之後，會構思出什麼東西。」

「是的，女士。」

她收攏我的盤子，我開口抗議。「不，請讓我來。」我再次四下張望找瓊恩。

賈姬不理我，逕自消失在廚房裡，我聽到她將碗盤放進水槽。置身於她的家讓一切變得更正常也更超現實。一位女性在廚房裡清理碗盤：正常。賈姬剛剛清走了我的晚餐餐盤：超現實。我不確定該把自己放在哪種現實裡：島民分享當地歷史，還是國寶級人物針對寫作提供洞見。不管是哪種，遠離紐約那種強烈的場景，她看來人性許多。

「喔，還有一個建議！」她從廚房裡呼喚。

「什麼呢？」

「學學佛雷．亞斯坦[28]吧！」

「向琴吉．羅傑斯示愛嗎？」我困惑地回喊。

賈姬把頭探進飯廳，指節輕敲門口。「別露出辛苦斧鑿的痕跡。」

十一

我回到客屋時，拿起電話，打對方付費電話給丹尼爾。電話響了四次他才接聽，我雖然確定他不會這樣，但我的腦海裡感覺他先躊躇一下才答應支付話費。

接線生掛掉電話後，只剩我們兩人。我聽了電流的嗡嗡聲片刻，想著靜電裡或許藏有祕密訊息，然後說：「嗨。」

「嗨。」他回應。

接著是一片靜默。

「我們剛剛用完晚餐，想說打個電話給你。」

「還打對方付費的。她沒替你付打電話回家的錢嗎？」

「我是客人，在別人家作客。」

「她一定把歐納西斯的錢都燒光了。」

28 Fred Astaire（1899-1987），公認為影史上最具影響力的舞蹈家，同時也是美國電影演員、舞臺劇演員、編舞家等。參與過三十一部歌舞劇的演出。最常與琴吉・羅傑斯（Ginger Rogers, 1911-1995）一起合作，兩人曾搭檔演出十部電影。

我把話筒拿離耳邊，心煩地瞪著它，然後才說下去。「丹尼爾，感覺這樣做才對。」我確定她不會在意——我幾乎可以肯定她連帳單都不會去查，可是我多少想要保有隱私。她透過那本書已經知道夠多我的事。

「房子如何？」丹尼爾問。

我停頓一下，然後因為這是個完美的設定，我就回說「簡直．是個．垃圾場。」我發誓我可以聽到他在電話另一端微笑。「嘿，哪來的？」我們兩個當然都知道是哪來的：是《誰怕維吉尼亞．吳爾芙》這齣戲的開場。我們老愛互相引用那齣戲的臺詞。我其實不真的在問。那幾乎就是戲裡的下一句臺詞。所以我重複一次：「嘿，哪來的？」

「你現在想演喬治和瑪莎[29]？」

「老天爺，哪來的？」

丹尼爾笑了，這次是真笑，我們之間的緊繃感隨之融化。

「你以為我什麼電影都記得嗎？」他說，終於配合演出。

我們其實沒記住準確的臺詞，可是盡量貼近原作的意思。「不是每部史詩都記……」我繼續說著那是華納影業推出的電影，說貝蒂．戴維斯得了腹膜炎[30]。我們兩人都笑了出來，感覺真好——甚至撩人。引用愛德華．阿爾比的劇作，這就是我們兩人之間的電話性愛。我原本想要繼續閒扯下去，說貝蒂．戴維斯得了腹膜炎還試著塗口紅，結果塗得滿臉都是，但還是決定趁自己還占上風的時候收手。

「房子不錯。」

「想也知道。」

「你有沒有聽過南塔克特雪橇行？」我突然想到丹尼爾對這種冷知識可能會有興趣。

「不知道，某種性愛姿勢嗎？你們到底在幹嘛啊？」

「什麼？喔我的天，不是啦！」

「那是什麼？」

「等我回家再跟你說。你今天過得怎樣？」

丹尼爾嘆口氣。我們稍微有點不合拍的時候，我就覺得渾身不對勁。大多時候他都很通情達理。不只是他口中吐出的話語，還有他在我們家裡給人的感覺、他在我生活裡的位置。家裡有他如此自然，他在場通常就跟我有左手臂一樣平凡無奇。只有偶爾，我才會覺得這樣的親密很奇怪。唯有在輾轉反側的深夜裡，我清醒地躺在床上，才會納悶他是不是某種外星異形複製人，哪天會蛻掉人形，將我一口吞掉。只要他在針對關係的建構、一夫一妻制的迷思，或異性戀常規化的框架，發表長篇大論的時候，我就會很想到他衣櫃裡撈找所有的口袋，翻遍他的書找畫線的段落和線索，摸遍他床邊抽屜搜找藏起的藥丸，那些藥丸讓他免於露出外星異形的爬蟲外表。我想我之所以會這樣疑神疑鬼，就是因為我身為我母親的兒子，自然推想每個人都懷藏祕密。

29《誰怕維吉尼亞・吳爾芙》（*Who's afraid of Virgnia Wodf*），是美國劇作家愛德華・阿爾比（Edward Albee, 1928-2016）的經典劇作，一九六六年華納推出改編電影，喬治和瑪莎是這部戲的男女主角，原本計畫找貝蒂・戴維斯扮演瑪莎。瑪莎在劇中提起貝蒂・戴維斯並引用「簡直是個垃圾場」。

30 電影《越過森林》（*Beyond the Forest*）的劇情，貝蒂・戴維斯主演。「簡直是個垃圾場」是劇中的臺詞。

「我沒拿到那個案子，你知道，就是那個外百老匯的表演。」他終於退讓。

「不！你明明很適合。」

「顯然不夠適合。」

我真想透過電話伸手擁抱他。「他們會後悔的，你等著瞧。到時劇評會很糟糕，他們會痛批導戲的技巧，整個爛攤子會在試演的時候就草草收場。」

「不必一直放在心上啦。」

我的心為他而碎，我回顧我們之前的爭論。「你知道我出書的事來得有多突然嗎？」

「對的機會會自己出現，對啦我知道。」

「是真的！羅莎琳・卡特[31]明天就會打電話給你，找你把她的人生故事搬上舞臺。」

「他們已經做了《史努比》的音樂劇。」他陰沉地說。

「你想多來點喬治和瑪莎的對話嗎？貝蒂・戴維斯從雜貨店裡回家？」

「貝蒂・戴維斯是雜貨店店員嗎？」他回答，可是這個遊戲已經玩不起來了。

我們結束對話，互道晚安。他掛掉電話的時候，我聽著切斷的連結，幾秒前他還存在的地方，然後猶豫不決地把話筒掛回擱架。我不確定我倆目前的狀態和關係如何。我想總比打這通電話之前好。不過，當我重溫我們的對話時，就像看著有點故障的卡式錄影帶——我們的嘴巴在動，但影像走走停停，播不出正確的臺詞。

我走到外面。溫暖的夜間微風立刻迷住了我。它召喚我順著小徑走向海灘，我走到離房子二十英尺的地方，就後悔沒帶手電筒。我們還小的時候，都會在阿第倫達克山區租地露營，夜裡，父親會帶我們到船塢那裡，我們會躺下來仰望星辰。我從未見過那樣明亮的夜空。

「沒有光線的汙染。」父親會說，將相機放上腳架，試著拍下銀河的長時間曝光照片。

那是我頭一次聽到有人說光線是汙染。即使在當時，對我來說，光線和汙染兩者都是對立的。或許可以說是有害——即使這樣說都有點牽強。可是汙染？那時他不准我們用手電筒，我們只能仰賴夏季月亮的指引。

我悄悄路過湖泊，步步為營，免得偏離步道。有兩次我聽到雜草裡傳來窸窣聲，我必須提醒自己，新英格蘭沒有鱷魚，但這個想法轉眼就失去了鎮定心情的效果。我不知道葡萄園港口裡潛藏著（或者說賈姬引來）什麼怪物。我加快步調，直到感覺步道上的硬沙變成了海灘柔軟涼爽的沙粒。直到現在我才意識到自己光著腳丫。我又走了十步，一屁股坐在沙地上，筋疲力盡。不是真的筋疲力盡，而是感覺被掏空。

海灘上四下一片陰暗。放眼只見細細月彎映亮的一點海浪，以及海面上指引船隻的幾盞閃爍航標。要是它們也能指點我方向就好了。遙遠的海平線上隱約透著微光，也許是我自己的想像。我面朝南方，背離波士頓，如果我看得沒錯，可能只是曼哈頓永不熄滅的燈光。

回到屋裡，我在浴缸裡沖洗腳上的沙，從行李裡取出書稿。我拿掉捆住紙頁的橡皮筋，將頭一章五頁分成一疊，在床罩上排成兩列。弄完的時候，再將第二章一頁頁鋪在地上。床鋪的遠側只夠容納第三章，於是我將第四章和第五章沿著走廊鋪排。第六章則順著樓梯排下去。不久，整

31 Rosalind Carter，美國第三十九任（1977-1981）總統夫人。

本書攤在整間客屋裡。如果瓊恩走進來，會以為我瘋了，覺得我不再是那個態度從容、前景看好的年輕作者，而是狂熱且不拘一格的宣言書起草人。

這就是了，我母親的碎碎片片。現在我的工作就是要回答那些問題，然後將她拼湊回來。不只是寫些美麗的詞藻，而是揭露我倆關係的赤裸真相。我是誰。妳是誰。這些答案如何交錯糾纏？看到書稿這樣攤開，可以從一頁走往下一頁，從起頭到結尾，我突然能夠把這本書當成是一趟旅程。我必須步步回顧的旅程。

這趟旅程的結尾還需要闡明。

十二

我們坐在農舍的前廊上，小心不讓剝落捲起的漆料刮到光裸的雙腿，陣陣強烈的夜風搖動樹葉，葉片背後襯著鈷藍色天際，翻飛有如蝙蝠。這個景象就八月夜來說有點驚悚。這樣的風勢通常會隨著十月那種久久不散的寒意而來，可是我們頗為感激——我們兩個都是，因為沙沙作響的樹木可以填補裂口般的沉默。

「法蘭。」母親開口了。

「還滿不……」我不知道該怎麼結束這個句子。滿不順利的？跟計畫的不同？我原本以為會如何？

遠方傳來蟋蟀聲。在尖聲呼嘯的風之間，可以聽出牠們的聲音，牠們實際上與象徵性的存在[32]令我暗自發笑。讓我想到，沉默可以有多響亮，也許那是我父親怒吼反對的遙遠回聲。他原本是個安靜的男人，直到他打破了這個形象。

母親站起來走進屋裡，紗門的木框在她背後砰咚關起。我很驚愕。我們講完了？這件事結束

32 在電影裡，夜間蟋蟀的叫聲象徵著徹底的靜寂。

了？她是不是跟我父親一樣，就這樣走開了？車道看起來很詭異，沒了我父親的車，在夜裡感覺空蕩蕩。他去了哪裡？會不會再回來？我胸口有股壓力，這份深沉的重量正將我的肺部壓進橫膈膜，慢慢將空氣擠壓殆盡。十七歲有沒有可能心臟病發？我試著深呼吸，讓肺部恢復原本大小，可是感覺就像手臂無力的弱雞揮舞著木槌，徒勞地想在嘉年華會的大力士比賽裡贏得獎項，而旁觀者邊看邊笑。看著鐘錘逼近頂端掛鐘，卻永遠敲不出鐘響。這件事是怎麼發生的？我為什麼要急於一時？一切對我有什麼重要的？我為何這麼急著想敲響該死的鐘？為了證明自己是男人，同時宣告自己——至少在我父親眼裡是——缺乏男子氣概？我失去了所有的自我感。

紗門再次砰了一聲，尖銳地宣布母親回來了。她拿著兩瓶開了罐的啤酒，遞了一瓶給我，然後回到自己的座位上。啤酒瓶握在手裡很冰。有種刺痛感，但這種感受來得正好，不過我們應該這樣嗎？拍掉脖子上的蚊子，然後按摩史考特嘴唇幾個小時前貼過的那片肌膚，在我們被我母親打斷以前——那也就是這一連串事件的催化劑。她原本怎麼也不會對我父親透露什麼，可是我不希望她必須在我越撒越大的謊言下生活，未來我也不想閃避她的目光、避談我倆早已心知肚明的事情。

「我想我們都需要來一點。」她邊說邊指啤酒，接著啜飲幾口。

「妳不擔心這樣會帶壞妳未成年的兒子嗎？」

她認真思考了一下，我們看著不幸的昆蟲撞上了捕蚊器。「我不擔心你。」

這當然是謊言。我是家裡的寶貝，除此之外，也是媽媽的寵兒。她成天為我操心。今天晚上，我多添了上千個新理由讓她為我煩憂。

我拿啤酒瓶頸跟她的互碰，按照我看過成人做的那樣，然後長長地啜了一口滿嘴的麥芽味。我讓啤酒在我口中滾動一番才嚥下。我以前就在莎賓娜．侯坎的派對或類似的活動上喝過啤酒，可是——我不知道——只有在腎上腺素飆高的時候吧！那種情況下，我不會去思考啤酒的口感。那種苦澀的餘味讓我想起鄰居讓我刷馬匹的皮毛時，鞍毯散發出來的氣味。

母親開了口又打住。「你爸……」還有什麼可以說的呢？「這可能都是我的錯。」

「別這樣。」

「怎樣。」

「找藉口。」

「他也認為是我把你養成這樣的……」她吃力地摸索措辭，我想幫她找到正確的字眼，可是我並沒有。她摳著啤酒瓶上的標籤，直到標籤像階梯上的漆料一樣剝落。「你怎麼知道，法蘭，你怎麼有辦法確定？」

我想了想史考特趴在我身上的重量、史考特的滋味。他的吐息呼在我的鎖骨上。我覺得渾身充滿生命力，覺得自己可能會爆炸，要是母親沒有出面打斷我們，我可能真的會爆成數不清的粒子，遁入虛無。可是要怎麼把這些想法訴諸於話語呢？「就是知道。」

母親搖搖頭。不是否認，而是承認自己不明白這世界的運作方式。可是，跟我父親不一樣，這一次她似乎不因為自己不明白的事情而感到害怕。為了這點，我想答謝她。

「妳知道我以前怎麼學到，妳很美嗎？」我問。

母親呵呵笑著放下啤酒瓶。「這種事你還必須學？」她要掩飾驚愕的時候就會像這樣說笑——

我不確定自己以前有沒有大聲說她美過。

「唔……嗯，我是後來才學到的。」

靜默。然後她忍不住好奇。「你怎麼學到的？」

「妳知道科學家發現新行星的方式嗎？太陽系外行星？」

「太陽系外……？」

「就是遠到看不見的行星。」

她不解地看著我。

「天文學家會在看得見的、較大天體的重力場附近，看看有沒有扭曲變形的地方。」

「你怎麼知道這個？」

「我讀到的啊！總之，我就是這樣學到的。以前我自己看不出妳很美，起初沒辦法，畢竟妳是我媽。可是我漸漸看出別人面對妳時的表現。他們會討好或是有點積極過度，就像重力場裡的扭曲。」

母親盡量把話聽進去，但連我都知道要消化的訊息不少，所以我們坐著，等待一股強風平息。

「今天晚上就有點像那樣。我就是這樣確定的。在某個層面上，我自己一直都知道，不過，是透過周遭的人來認定的。」我忖度她是否懂得我在暗示什麼，可是事實上我不完全確定自己明白。比方說，史考特。我班上的其他男生，比較卑鄙的那幾個，他們似乎有魔力，比我還早知道我是誰。把我當朋友的那些女生，她們把我當成姐妹淘。連我母親自己，她在某個層面上也明白我很纖細，用同樣纖細的名字來叫我。

「你幾乎成年了，法蘭。」

我盯著自己的啤酒瓶，納悶她為什麼說幾乎。她不是才遞啤酒給我嗎？我堅守立場跟父親僵持不下，不就暗示了我已經完全成人了？

「然後呢？」

「可是。」母親修正，但將餘下的思緒拋給了一片靜默。

「妳愛他嗎？」我問。

「你爸爸嗎？」她想也沒想就說，「我當初選了他啊！」

這個答案真怪，等於沒答。是什麼意思？什麼時候選了他？為了什麼選了他？在他和誰之間選了他？

這時我才注意到卡本特兄妹的隱約歌聲（They long to be……），是唱機在播放〈*Close to You*〉這首歌。

「他們在播我們的歌耶！」我對母親說。

她湊過來，用肩蹭了蹭我的肩。「我剛進去的時候，放了那張唱片。」

我有了想哭的衝動，因為我登時明白，人生中最美的事物也是最脆弱的。就像凱倫・卡本特[33]，一個歌聲好似淡淡藍光的女鼓手。我望向空蕩蕩的車道。我父親負氣離開，也許永不復

---

33 Karen Carpenter（1950-1983），木匠兄妹合唱團的主唱，因厭食症，三十二歲過世。

返。我想為了這點而哭嗎？或者因為害怕我母親接著也可能消失而哭？

「法蘭，有些事情是你不了解的。」

我轉身怒瞪著她，起初很生氣，彷彿她告訴我，我不認識自己，或者說我今晚的聲明不是真的。可是從她轉頭的姿勢——稍稍往下、微微撇開——我便知道，如果我不了解某些事情，錯並不在我。「什麼意思？」

「我不知道從何說起，」她說，「不是你的錯就是了。」

我以年少輕狂的氣焰宣布：「我本來就不覺得是我的錯。」我坐在那裡，因為說謊而忐忑。

「不是你的錯就是了，」她重複，因為只要我說謊，她總是知道，「有些事情必須讓你知道。」

我不確定自己想知道她要說的事，但今天晚上我不準備退卻。「告訴我。」

「今天晚上不行。」她把啤酒瓶湊到嘴邊，似乎足足灌下半罐。她擱下啤酒瓶的時候說：

「我替你覺得害怕。」

「因為爸的關係嗎？」

「我怕你不會快樂。」

「我怕我們沒人會快樂。」我也不知道自己這麼說是什麼意思，只知道這個世界感覺是個嚇人的地方。即使這個國家沒有自己的問題，還是有不少人一心想讓我這樣的人過得慘兮兮。我啜了口久久的啤酒，頭往後仰，讓啤酒直接滑下喉嚨。「我滿怕的。」我說，但不確定到底怕什麼。我猜，是害怕長大、害怕離開家、害怕離開母親、害怕必須停止當法蘭西斯。害怕必須成為詹姆斯。

母親將我的髮絲從額頭撥開。「你讓我想起某個人。」

我滿懷期待仰頭看她，有如一個幼小的孩兒，希望母親能夠修復這個世界，帶走他所有的痛苦。「誰？」

「某個人。」她說，彷彿這算得上某種答案。但就某種詭異的角度來看確實是。

我確實是某個人。

十三

早晨來到，我透過瓊恩傳話給賈姬，說我在夜裡尋獲靈感，問說，如果她不介意的話，我能否整天埋首工作。瓊恩回來時，端了盤水果、抹了奶油的英式瑪芬、一壺咖啡和賈姬說沒問題的訊息。瓊恩來的時候，我只把門開了個縫，我不想讓她看到我用書稿把房子弄得一團亂，免得她又訓斥我放肆。我也擔心只要揚起一點輕風，就會吹得那些紙頁像龍捲風一樣狂飛。我猛灌一杯杯的咖啡，竭力回想不同時光裡的每個細節、每個奇特之處，扯動每條情緒線。我處理第三章的時候頓住了——這部分的父親有什麼感覺就是不對。

我透過臥房窗戶瞥見賈姬。她靜靜越過草坪，披著絲質印花罩袍、頭戴黃色泳帽，捧著一條毛巾和小小的白色罐子。她走到斯魁瑙可特湖的時候，褪下罩袍，露出樣式簡單的一件式黑泳裝。隔著這段距離，很難看清她的一舉一動，可是她似乎打開了罐子，將內容物仔細抹在手臂上，再來是雙腿上。是乳液？或防晒乳？

也許是冷霜。一如往常，她的動作如此優雅，好似白鷺鷥在鹽沼裡走動，我納悶這是不是她每天的固定活動。即使她不認為有人在看，還是如此鎮定自如，令我感到佩服。也或許她本能以為永遠有人在看。她抹完之後，用腳趾試試水溫，然後緩緩隱入湖泊深處。我看著她的泳帽在昏暗的水面起起伏伏了幾分鐘，然後才脫離出神狀態，把注意力轉回寫作上。

下午一點的時候，我打開前門，瓊恩好巧不巧就站在那裡，捧著一份冷肉拼盤。湧入門口的陽光將我的工作分成兩半。

「老天，妳嚇到我了。」

「來自『那位』的招待。」

我彎著脖子朝屋角望去，看看「那位」是否就在附近，瓊恩繞過我探頭探腦，想瞧瞧我到底在屋裡忙什麼。放眼不見賈姬。她要不是還在湖裡，不然就是回主屋了。「謝謝妳們兩位。」

我盡可能客氣地將門關上。

午餐過後，瓊恩在花圃那裡拔雜草時，我揮手攔住她，問她能否借用前廊上的腳踏車。我急著吸點新鮮空氣。我目標明確地踩著踏板，騎在陌生的馬路上，彷彿它們可以幫我搜索枯腸。讓腦海暫離自己的家庭，未能幫忙釐清我的工作，反而讓我有機會幻想自己屬於另一個家庭。風吹在我的臉上，頭髮先是撲上額頭，再往後扯，配上我的飛行員墨鏡，讓我自覺頗有甘迺迪家族的風範。這種幻想當然是個陷阱，但我忍不住沉溺其中。我甚至在腳踏車的椅子上坐得更高，雙手不碰把手，足足騎了四分之一英里。

我無意間碰到奇爾馬克公立圖書館，走了進去，找以賈姬在葡萄園島生活為題的書籍，架上有好幾本，包括一本附有高亮面照片的書，令我浮想聯翩。有張快照特別吸引我，是她和孩子們手牽手的合照。在圖書館耗了一小時之後，我突然深感羞愧。我在幹嘛？來到島上本身就是某種背叛行為，而現在我竟然加重自己不忠的程度，比較起兩位根本無法相比的女性，讓其中一人顯得不足？照片裡的孩子並不是我。這裡沒有答案。我將書放回架上，在島上狂騎腳踏車，迷途之後又找到回去的路。

五點左右，我攤成大字形在第九章上睡著了——醒來時有一張黏在臉頰上，另一張被屁股壓皺了。我打開廚房的櫥櫃，找到一瓶開過的威士忌，替自己斟滿一小杯，吃了冷肉盤上三片小三角麵包，乾到可以充當烤三角麵包片了。我捻開幾盞散落在房裡的檯燈，又工作了一個小時。

七點時，我叫了計程車，然後按鈴通知瓊恩我要出門一下。我不確定是否可行——我在這裡受到囚禁嗎？——所以我問需不需要我順便從鎮上帶什麼回來，她看到我這麼體貼，似乎滿開心的，告訴我不用，並且說這樣也好，因為賈姬身體欠安。我可以看出，我的自立自強讓瓊恩鬆了口氣，她不用彆扭地娛樂我或替我張羅餐點。我走到大路，在那裡等計程車。我向司機打聽鎮上的餐廳，他說「外圍客棧」很在地，相當不錯。我喜歡這種高明的文字遊戲，以及他描述的方式，所以請他載我到那裡。他警告我，夏季往往必須提前幾個星期預約，不過那裡有另一家小酒館應該不怕沒座位，從外圍客棧走路就能到。但我決定碰碰運氣，還是要他載我到外圍客棧。

客棧是一棟鄉村風格的莊園，飽經風霜的護牆板加上白色鑲邊，裡頭透出柔和的光線，看起來很討喜。我盡可能向老闆施展魅力，但今晚全都預約滿了。我問能否坐吧臺，但他表示恕難通融。他也建議我去馬路過去的那家酒館。我真想問他，能不能為歐納西斯夫人的客人破例一下，但馬上決定作罷。他說我可以在酒吧區喝一杯，可是沒有座位，所以無法供應我餐點。我享用了一杯威士忌加蘇打水，站在裝扮得更講究的幾組人之間，聽著對話的片段，他們正在等自己的桌子。客人路過我身邊的時候，我微笑以對，除了禮貌寒暄幾句之外，無法成功跟任何人攀談。我猶豫不決地離開客棧；出口附近有個女人正在享用一碗浸在白酒醬汁裡的淡菜，看起來正像我渴望的東西。

馬路上布滿碎礫，車輛稀少。我可以聽見海浪的拍擊聲，可是高高的沙丘雜草擋住了視線，我看不到海水。下弦月和偶有的街燈，還有西側海平線上最後幾抹陽光，映亮我的路徑。除了浪濤聲之外，四下靜悄悄，平日嘎嘎叫的海鷗肯定已經覓食完畢，前往他方過夜。

步行一小段路就到了酒館，酒館也像是一片友善的綠洲，但比起外圍客棧更喧鬧。隔著一些距離，我可以聽到客人爆出笑聲。室內的光線介於昏暗與明亮之間，整個紅木內裝上掛滿了裱框的黑白照片，畫面是這間酒館以及六、七〇年代的島上風情，全都掛得略微歪斜。女服務生說我想坐哪裡都行，雖然還有幾張桌子空著，我還是在吧臺落座；獨坐一張餐桌感覺太引人注目。這裡的菜單沒有淡菜佐白酒醬汁，事實上也算不上有酒單（除非你把紅酒或白酒當成酒單），所以我點了一盤炸蛤蜊配生啤酒。我想走完全相反的路線才是最好的選擇。

「來作客的？」

「抱歉？」我轉向隔壁的女子。她將近四十歲，穿著牛仔短褲搭有皺褶蓋袖的紫紅色棉衫，腳踩刺繡紋飾的棕色靴子。她叉起雙腿坐著，啜飲一瓶當地產的啤酒，看起來就像電影裡的臨時演員——一個好萊塢版本的當地人。

「你來作客的嗎？」她放慢語速，彷彿我聽力有問題。

「對，紐約來的。」

「看得出來。下一次點龍蝦捲，比蛤蜊那道好吃。」

酒保將一杯啤酒朝我推來，我舉杯致意。「我叫詹姆斯。」

「我是黛比，」她用酒瓶碰碰我的杯，「你待在蓋伊頭那邊嗎？」

我才啜第一口啤酒就嗆到。大家怎麼有辦法習慣把那個名稱說出口？「跟幾個朋友一起，」我回答，決定把瓊恩當成不只是點頭之交，「妳呢？一年到頭都在這裡嗎？」

黛比點點頭。「島的上端。」她指指天空，我猜她認為那代表北邊，「都第八代了。」

「感覺如何？」

「滿單純的，」她微笑，牙齒染有菸漬，眼周有深深的魚尾紋，「還算喜歡。冬天滿安靜的，我會四處打點零工，混口飯吃。夏天比較輕鬆。」

我點點頭，聚焦在啤酒上。「看來是個成長的好地方。」

「怎麼，你在城裡長大的嗎？」

「紐約州，不過是上州。」我為了強調而指向天花板。

黛比聳聳肩。「什麼風把你吹來的？」

我想了想。直接來說，是計程車和我自己的雙腳帶我來這裡的。間接的話呢？「我不知道，我想我有點迷失了。」

她狐疑地看著我。剛不是才說我待在蓋伊頭那邊嗎？我又可能迷失到哪裡去？「住在島上就有這個好處，不可能轉錯方向太多次，最後都還是會碰到大海。」

她這麼執著於字面，同時給人安慰又教人氣餒。「不是迷路的那種迷失。我想我的意思是……我在世界上覺得有點格格不入。」

她豪飲一口啤酒，一面琢磨我說的話。「你和其他每個人。」

「我猜是吧！」其他每個人也有這種感覺嗎？如果賈姬在讀這個場景的逐字稿，我簡直可以聽到她寫下編輯注記：過分誇大。我思索自己的意思、怎麼表達才好，接著沉默變得越來越尷尬，我決定轉換話題。「妳有沒有見過什麼名人？」

「你是指甘迺迪之類的嗎？」

我緊張地笑笑，好像被她看穿似的。可是我猜在瑪莎葡萄園島上，甘迺迪是個必提的名字。

「大家都想知道這件事，」她說，「你們觀光客都一樣。」

「肯定的。」我說，只是配合演出。

一陣長長的停頓。酒保用厚紙板盤子端了炸蛤蜊、薯條、一堆涼拌捲心菜，一片切成波浪形的醃黃瓜平衡在頂端，還加上一個小餐包。他在我面前用力放下。

「動作還真快，」黛比評道，「你到底有沒有替他現炸啊？」她對著酒保嚷道，他一轉身，玩笑似的對她比中指。

「不要緊，」我說，「我很餓，什麼都吃得下去。」海鮮和油脂的氣味近乎醉人，我用塑膠叉戳了幾顆蛤蜊，說真的，當下此刻，我沒吃過這麼美味的東西。

「嗯，我看過他們，」黛比說，「甘迺迪家的人。約翰二世跟幾個表親。賈姬會到艾里斯的店買東西，我在那裡看過她一、兩次。」

「感覺怎樣？」賈姬身為在地人的這個想法進一步勾起我的興趣，身為一個平凡人，她不只清洗自己的碗盤，還自己採買雜貨？

「你是記者嗎?」黛比突然起了戒心,打量著我想找破綻,像是筆記本或別著記者證的帽子。

「不,不像那樣。」雖說有點像。

「大家都不會去打攪她,這就是島上的作風。她吃的苦頭也夠多了,你知道。」黛比思索一下,一面飲盡她那瓶啤酒。她打手勢要酒保再拿一瓶過來,然後看著我,判定我也需要再來一杯。

「不過,這次我請。」我告訴她,她行舉手禮作為回應。我突然覺得很需要有人陪伴,而為了答謝她的陪伴,這是我至少能做的。

「我想那就是他們喜歡這裡的原因,大家不去打攪他們。」

我端詳我的晚餐同伴。我原本覺得我母親是賈姬的對立面,想不通賈姬怎麼可能看著她,而在她身上認出自己。可是簡單的真相是,我母親和賈姬在諸多層面確實很相似;黛比才是真正的非賈姬。我們在等啤酒送來以前,趁著對話間的空檔,我往嘴裡塞更多蛤蜊。酒保帶著我們的啤酒回來時,黛比尖聲叫著像是高興的鼬鼠。

「你希望我來根薯條嗎?」她問,不等我回答就往嘴裡拋了一根。

她嚼啊嚼,我笑了。我試著想像賈姬做同樣的事情,不請自來拿別人盤子裡的東西吃,不禁又笑了出來。你希望我來根四季豆嗎?

「歐普拉[34]。歐普拉來過這裡。」

「這裡?」我問,指著地板表示這家酒館。

黛比看著我的表情,彷彿我長了三顆腦袋。「不是啦!我是說來島上。不過我沒親眼看到,只是聽說。」

「那還不錯。我是說有人看到。」

「嗯，不過我自己沒有。」

「不過還是不錯。」我說。

「你為什麼這麼好奇？你在紐約可能一直都會看到名人。」有個男人在打量點唱機，馬上吸引了黛比的注意。

我在紐約確實見過不少名人。哈里遜．福特在西村等著過馬路；金．哈克曼走進布魯克斯阿特金森劇院，他在那裡演舞臺劇《死神與少女》；同樣地，亞歷．鮑德溫在演完《慾望街車》的舞臺劇之後，出現在時報廣場；傑利．歐貝屈走進第九大道一家賣酒的店家。形形色色的人，各式各樣的名字。連賈姬都不會顯得無法融入。可是她在曼哈頓外的存在吸引著我，她如何在黛比這類的人之間活動；她如何在我們這些普通人之間自處。也許賈姬對我母親有種親切感——或者至少是對露絲．莫里根，就是賈姬從我書裡認識的那個女人。這個女人在外頭會慌張不安地躡手躡腳，不是因為有狗仔隊埋伏，而是因為只要受到矚目，她就渾身不自在。

我不大確定該說什麼，於是嘀咕了個簡單的事實：「紐約不一樣。」

黛比從啤酒瓶啜了一口，沉思片刻之後說：「說得也是。」彷彿她憶起某次特別不愉快的旅程，她在航港局客運總站走下公車時皮包被偷走，又被迫看完午間場的《貓》音樂劇，然後眼睜睜看著紅襪隊在洋基體育場打敗仗。

34　美國電視脫口秀主持人，美國最具影響力的非洲裔名人之一，也是時代百大人物。

我吃完蛤蜊，最後幾顆已經降為常溫，不過在夏夜裡依然美味。黛比問我，我在島上怎麼打發時間。我差點脫口說出「工作」，可是心知這樣會招來更多盤問，於是索性說：「到處遛達。」

「你應該開車到夏帕去，看看島的東邊。」

「喔，是嗎？」我想她指的是夏帕魁迪克島。

「是啊！你在那邊的時候，應該到瘋瑪莎那家店吃個冰淇淋。帶你朋友一起過去，這樣你們就可以合吃一份肥豬滋滋樂。就是十二杓冰淇淋加上一大堆配料。」

我笑了。想像賈姬、瓊恩和我拿著三把塑膠湯匙，一起朝著肥豬滋滋樂進攻，真是愉快。

「再看吧！我不確定我朋友們吃得下。」

「隨你，不過滿有意思的。我年輕的時候，夏天都到那家店打工。」

直到現在，我才忖度黛比是不是對我有意思。如果是，她應該開始明白我這人遲鈍到無藥可救。

「想再來點薯條嗎？」我主動問，「我吃不完。」

「不了，反正現在也不脆了，」她說，「我要到點唱機放點音樂。」她把手搭在我的手上，湊過來說了最後的話。「好好享受這座島。覺得迷失的時候，右轉就是了。」

右轉就是了。這句話簡單到幾乎深奧。我跟酒保結好帳，向黛比謝謝她的陪伴。

「有機會再見，觀光客。」

我又試了一條軟趴趴的薯條，然後把盤子往後推，免得繼續吃下去。我轉了酒吧椅凳的方向，打量酒館裡的其他食客，或者更適合的說法是酒客。跟外圍客棧的賓客截然不同——人人看起來真心覺得愉快。我決定離開以前，視線掃過室內，想找黛比的身影，發現她獨自在舞池裡隨著音樂起舞。我看了她片刻。她動作笨拙，有點掉拍，因為尺寸可能太大的靴子跌跌絆絆。沒有其他人在看。

我往門口走去的時候，黛比在點唱機選的音樂播放出來，我聽出了她特有的尖叫聲，不過一直到踏進停車場的時候，我才認出是比利．喬的〈我們並未點燃戰火〉[35]。

約翰．F．甘迺迪。

槍擊而亡。

我又有什麼好說的？

35　來自美國創作歌手比利．喬（Billy Joel, 1949-）一九八九年發行的歌曲〈我們並未點燃戰火〉（*We Didn't Start the Fire*）的歌詞。歌曲裡列出他一九四九年出生到一九八九年間的一百則頭條事件。

十四

瓊恩再次端早餐過來，這回也捎來了到主屋共進晚餐的邀約，我欣然接受了。

「昨晚過得如何？」她問。

「不錯，滿有意思的。我試著要進外圍客棧。」

瓊恩嘲笑一聲，是笑我還是笑客棧，我不確定。

「我最後跑到馬路過去的那家酒館。」

「有沒有點龍蝦捲？」

「我點了蛤蜊。」

「你下次應該點龍蝦捲。」

「聽說了。」

我問起賈姬的身體狀況，想確定她的狀況足以跟我碰面。瓊恩回頭看看，然後湊過來，彷彿要交換一項國家機密。

「她還好，昨天晚上電視上有一場紀念活動，給巴比的。」

「大會。」我哀嘆一聲，徹底忘了民主黨代表大會在紐約的麥迪遜廣場花園裡舉辦。我這麼遲鈍，真想踢自己一腳。

「我想她想自己一個人看。」瓊恩開始信任我，這點對我來說意義重大。我沒真的看過她跟賈姬互動的狀況，而且我對她的生活一無所知。瓊恩也會寂寞，這樣想會不會太武斷？

「我很驚訝，歐納西斯夫人竟然沒受邀參加。」

她盯著我看的模樣，彷彿我是地球上最蠢的人。

「她當然受邀了。」我自我糾正。

「也許這就是為什麼她在這裡，這樣她就可以說自己出城去了。」這點現在再明顯也不過：她是個他們可以端出來展示的道具，讓整個黨、整個國家奉承討好。

「那就等晚餐嘍！」我說，放下托盤好關起屋門，「謝謝妳。」

吃著切瓜和司康的同時，我思考母親年輕的時候。成為家長以前，她是誰？她想要什麼？結果浮現腦海的影像是山谷和橋。雖然我覺得更能理解她的心情，但其他外圍的謎團只是變得更深沉、難以解開。覺得茫然的時候，我的耳畔響起黛比說過的話：右轉就是了。我不確定這個建議有沒有用；就是有點什麼讓我掌握不到。

十一點十五分，我瞥見賈姬的黃色泳帽起起伏伏越過斯魁瑙可特湖。在小徑旁邊的草地上，我認出了她的罩袍和那罐乳液，我開始覺得那是一種儀式。這一次我沒看太久；這是她的習慣，不是我的。

我在午後過半時打了個小盹。五點時，我在淋浴之後換上另一套當初打包帶來的不錯服裝，越過車道到主屋去。腳下碎礫的聲音聽起來很像我父親嚼著他威士忌空杯裡的冰塊。我難得想到他，讓我一時無措。

「詹姆斯？」我還沒走到前廊，就聽到賈姬喚我的名字。

「晚安。」

「你來得正是時候。」她說，揮手迎我進屋。

我走進屋裡，隨手輕輕關上紗門。

「我正希望你跟我一起喝杯調酒呢！」

「這種事我永遠不會說不。」餐具櫃上有銀製托盤，托盤上有兩只老式雙層玻璃杯，裡頭裝滿了淺紅莓色的飲品，飾以檸檬切片。看來她又有心情跟人共處了。「不喝戴克利嗎？」

賈姬遞給我一杯。「入境隨俗。」

「鱈魚角[36]。」

她朝我的方向舉杯。「聽說你一直在忙工作。」

「對。寫作、改寫。我必須謝謝妳邀請我過來。來到島上，轉換環境給了我新的視野。」

「這個地方一直對我有類似的效果。」

「我明白為什麼了。」我大手一揮，將一切都涵蓋進去。

「很期待能讀你的新草稿。」她說。

「我也很期待。」我輕笑，換了環境不保證就能寫出結局；我正在期盼能發生一點寫作魔法。

「協助作者找到靈感，這樣的時刻讓我覺得身為編輯很值得。」

「那就是妳進入出版業的原因嗎？」

「是其中一個原因。」

「我想很多人都覺得好奇。」

「是嗎？」賈姬似乎真心覺得驚訝。

我跟著她走到客廳，那裡有一面大觀景窗，可以俯瞰湖泊。我坐的那張白椅子相當舒適，其他的座椅大多也是如此。矮桌看起來像是由老船的肋材拼組而成，也許是在島上這邊拼裝的。地毯是褪色的黃，有簡單的條紋。室內裝潢並不繁複，但我還是小心翼翼，免得灑出紅莓色酒液。

「我想，對於有錢婦女投入職場，或是職業婦女發達致富，怎麼變成流行趨勢，大家都有滿多的臆測，各種說法我都聽過。」

「對那些唱反調的人，妳怎麼說？如果妳不介意我這麼問。」

賈姬把杯子貼在唇前，但喝也沒喝。「我什麼都不說。」

她似乎相當自在、放鬆。頭髮從臉龐撥往一側夾住，彷彿才整理到一半。這個魔幻時刻的光線給她某種略帶粉紅、青春洋溢的光輝。

「我有個問題，」她說，換了話題，「你有沒有想過書的封面？」

「我是有些想法，也好奇你們的設計部門會推出什麼東西。」我把一腿塞進身下，小心不讓鞋子碰到椅子。

「我對設計很有興趣，你可能早就猜到了。尤其是我經手的書的設計。我有時會在微小的細

36 Cape Cod，調酒的一種，以伏特加加蔓越莓汁調成，口味酸甜。

節上花好幾個小時。我想書的樣貌非常重要。」接著她羞赧地補充，「有時候會讓我一些同事急得跳腳。」

「我想有可能。」

「可是我發現人生要過得快樂，唯一的方法就是熱愛並做好自己的工作。你不覺得嗎？」

我低頭看看自己的酒飲，不知道怎麼應對。如果我為了保護我母親而刻意手下留情，或是煞費苦心、避免說出自己想要的故事，那麼我就是沒做好自己的工作。如果我做不好自己的工作，我永遠不會快樂。我的雙眼刺痛，是因為海邊的空氣，抑或因為忍淚，我不確定。「我只是想寫。寫作是我唯一想做的事。」我頓住，嚼著嘴唇。「事情怎麼變得這麼複雜？」一陣風吹動了窗玻璃，我希望那個質問迷失在風聲中。

「我昨天晚上冒出一個想法。」

「告訴我。」我急著想要更多指引。

「你最後一次見到母親是什麼時候？」

這個問題來得讓我措手不及。「面對面嗎？」

賈姬點點頭。

「我不知道。去年秋天吧？有一陣子了。」只有在我大聲說出口的時候，我才意識到聽起來有多糟。可是拒絕讀這本書，感覺她才是那個拒絕認識目前這個我的人。我們又要如何坐下來共進一餐？

「我想你應該回家一趟，詹姆斯。」

「我只是⋯⋯」我停下來，望出窗外。我要怎麼回答，聽起來才不會很無情？「我不知道那有什麼好處。」

賈姬把酒杯擱在杯墊上，轉向我。我可以感覺她的視線落在我身上，等著我抬眼看她。她沒開口，直到她知道我專心在聽。「每個母親都有個故事。」

我感覺自己嚼著拇指指甲，但並未制止自己。

「問問她的故事。不一定要用在書裡，只要傾聽就好，讓她說話，聽就好。如果你在尋覓的結局就在那個故事裡，我也不會覺得意外。」

我點點頭，盯著自己的大腿。我想這件事我一直知道。我寫作上的障礙和我與母親關係上的障礙，兩者有直接的關連。書中的角色們動彈不得，就因為我們兩個的關係停滯不前。可是回家這件事，得好好思考。雖然我很感謝她提供建議，但我已經準備撇開這個話題。「我還是認為妳應該寫。妳的故事，妳見識過的一切，大家會很有興趣。」

「喔，有海灘可以漫步的時候，我永遠不會浪費時間寫這樣的東西。」

「妳想過自己對歷史有義務嗎？」

我本意是要提出疑問，但話一說出口，聽起來卻像指控，整個房間完全靜止。也許我的本意更有針對性，因為我覺得自己受到催逼，於是笨拙地試圖反擊。不管是哪種，我都急著想撤回那番話——不管是要直接道歉，或是當成調侃敷衍過去。我正準備把整個問題收回來時，她回答了。「我相信我已經履行了對歷史的義務。」

晚餐是鮭魚、野米和球芽甘藍。一切都很美味，不過分量有點太少。我知道自己必須找東西當宵夜來填肚子。

幸好我們的對話都維持在輕鬆的狀態，我們討論自己最愛的書籍。「《伊甸園東》。」我毫不遲疑地說。我解釋我對這本書有無限的共鳴，即使加州沙塵盆地和我出身的紐約州鄉間截然不同。就像作家史坦貝克，我也著迷於文字在意義上的微妙差異，在這個案例裡，希伯來文「Timshel」，雖然大家以為意思是thou shall（你必會……），但是當中國學者重新翻譯史坦貝克的小說時，意思卻變成了thou mayest（你可以……）。在那些微小的差異裡——「宿命」對上「自由意志」——存在著所有人類的命運。「妳呢？」

「喔，有很多書都是我的最愛。我小時候很喜歡《飄》。現在呢？就看你哪天問我。我想今天是珍．瑞絲的《夢迴藻海》。」

「一般是不是把它當成某種續集？勃朗特作品[37]的續集？」

「其實算是《簡愛》的前傳。」

我還記得基本的情節，一個女子愛上跋扈的男人，但不記得所有的細節。「我在大學讀過。我正在努力回想裡面的特定細節。」

賈姬聳起一肩，視線略過我，想決定要透露多少。這顯然是一般人巴不得可以跟她共享的親密對話，我幾乎可以看到瓊恩正在旁邊暖身、準備撲襲我。「有一部分講的是男女之間的權力不均等，尤其在婚姻裡。」

我急著想知道這本書喚起了她的哪段關係。既然藻海占據了大片的北大西洋，也許這本小說正扮演了兩段婚姻的橋梁，就像大西洋連結了北美洲和歐洲，就是她聯姻的兩塊大陸。我必須查查這本書的出版年月，看看能不能連向進一步的線索。

「你有對象嗎？」

我將叉子輕輕放在盤子上，沒把握地停頓片刻。我書裡的敘事者並未提及任何牽涉到異性戀的內容，我想她推想我就是同志，而且我的體格一點也不像球隊的四分衛。不過要這樣大聲說出口，就好像再一次向我母親出櫃——我是坐在前廊上那個驚魂未甫的少年。可是我現在是成人了，已經閃避不了直接的提問，而我可不能愚弄這位待我不薄的女性。

「我這樣等於在打探。」她語帶歉意說。

「不，完全不會。我的對象叫丹尼爾。」

我等著她發出反應，但她眼睛一瞬不瞬。「他長得帥嗎？」

「帥。」

「人好嗎？」

「好。」

賈姬用食指捲著頭髮，飲下最後一口酒。「唔，你也知道我向來的說法。永遠別結婚，不要共用財產。」

我哈哈笑，這一次我真的忍俊不住，瓊恩，抱歉了。「結婚兩次，其中一次嫁給世界首富的女性，竟然這麼說。」這是我對她說過最大膽的話。我憋住氣，賈姬思索著我的這一擊。

37 指的是夏綠蒂．勃朗特的《簡愛》。

「另一次是嫁給世上權力最大的人，這點你可別忘了。」她從椅子上起身，從餐具櫃上拿起摺好的報紙，輕拍我的後腦杓。「過來吧！萬事通。」

「要不要我清理一下？」我問，指著碗盤。

「擱著就好。」她人已經不見了。

我聽到電視的聲音，走到客廳時，賈姬已經在沙發上的老位子坐定。她雙腿收攏一側，倚在沙發右扶手上，坐姿頗像哥本哈根那有名的美人魚雕像。這是民主黨代表大會的最後一夜，艾爾・高爾正激情地懇請裴洛[38]的支持者持續參與（並且將選票賜給民主黨），儘管他們的候選人退出大選。

「他看起來好青春。」賈姬惆悵地說。

「嗯—嗯。」可是我好奇她是否明白青春的吸引力、這張票的吸引力，有一部分等於是對她與她丈夫的回溯。她會不會回顧自己在白宮時代的照片，然後想著同樣的事情？她成為第一夫人的時候，滿三十歲了嗎？她成為第一夫人的時候，就不再青春了嗎？還是說，她維持在青春狀態，一直到十一月命運重創[39]的那一天，當整個國家似乎在一夜之間迅速老去？

艾爾・高爾結束演說時，響起了銅管樂聲，但來自何處，我不清楚。眾人齊聲鼓掌，揮舞柯林頓／高爾的標誌。蒂波[40]穿著寶藍色洋裝出現在臺上，我不確定，但我想我看到賈姬皺了下臉。高爾夫婦親吻對方，揮揮手，然後鏡頭轉向站在群眾中的希拉蕊・柯林頓，她顯然已經準備好要暖場，要走出聚光燈，衝到後臺去，用老式的舞臺鬧劇鉤子，將他們扯回來。

新聞播報員以旁白說起高爾的履歷，以及他們對這段演說成效高低的品評。接著對話轉向比爾・柯林頓，轉眼螢幕上就播起傳記性的影片。

「妳見過他嗎？」我問。

「比爾・柯林頓嗎？」

柯林頓和約翰・甘迺迪握手的照片出現在螢幕上，是少年未來領袖課程的一部分。造勢單位放進這張照片，真聰明。把柯林頓和約翰・F・甘迺迪綁在一起。

「在白宮玫瑰園見過。」

「近來見過嗎？」我釐清。

「喔，有。」

我現在可以想像他的模樣，身為她丈夫的崇拜者，就像我家人一樣，過來找她，請她賜福並向她致敬，彷彿她是氣勢逼人的教父。我和某個對民主黨政治依然深具影響力的人，一起看著這場盛會，我想像，這對其他男人，對那些更偏異性戀的男人來說，就像跟……一起看世界盃？我連要怎麼完成這個比喻都不知道。就像跟女星凱薩琳・赫本一起看奧斯卡獎。異性戀男得要自己推斷。

「妳喜歡他嗎？」

38 Henry Ross Perot（1930-2019），美國富商，曾於一九九〇年代兩度投入總統大選。

39 約翰・甘迺迪於一九六三年十一月二十二日在達拉斯遭到暗殺。

40 Tipper Gore，高爾的妻子。

「你喜歡他嗎？」賈姬將問題拋回來給我。

「喜歡。」我承認，非常希望這個答案沒錯。

我們又多看影片幾分鐘，然後賈姬說：「有好幾次，我都提供了戰事資金[41]。」

我一臉好奇抬眼看著賈姬。

「這不是委婉的說法！」她看到我的表情時抗議，接著笑了出來，「唔，我想我只是為了給他資金，沒有別的目的。」

影片淡去的時候，比爾・柯林頓出現在舞臺上，得到了搖滾明星般的熱烈歡迎。

「他是天生好手。」我說。

「有點太好了。」

我想她聽過不忠的傳聞，《六十分鐘》探討過。我很好奇她在柯林頓身上看到多少第一任丈夫的身影；為何選擇支持他；又有多同情希拉蕊。希拉蕊默默承受屈辱，柯林頓夫婦還是會聯袂受訪——現今，扮演政壇好妻子的職責甚至更艱難。

演說過程中我們大多默默坐著，我只動過一次，在椅子上調整姿勢。有時候，我想發表評論或觀察，可是賈姬那麼專注地盯著電視螢幕，我完全不敢插話。她是不是迷上了柯林頓這個人？還是迷上了柯林頓這個政客？她是不是以悼念的心情，沉浸於回憶中：曾經看過自己丈夫站在這樣的舞臺上，憶起他成為民主黨候選人的那一夜？我端詳她的小人魚姿態，看出她也迫切想要活在另一個世界。不是麥迪遜廣場花園，而是一個平行世界，在那裡，傑克和巴比的前景得以徹底實現。

演講到三分之二左右，我聽到柯林頓說，「他們，少數人種。他們，自由主義者。他們，貧困的人。他們，無家可歸的人。他們，殘疾的人。他們，同志們。」

我在座位裡打直身子。他剛剛說同志嗎？同志們？過去有總統候選人公開認可同志嗎？我往前傾身，下巴靠在雙手上，專注聽著柯林頓說下去。

「我們走到了這個節骨眼，差點將人我分割到致命的地步。他們、他們、他們。可是這是美國。沒有他們。只有我們。」

「耶！」我大聲說出口，頭一次賈姬轉向我。就在我以為自己可能因為多嘴而闖禍時，她挑起一眉、點點頭，彷彿在說：還不賴嘛！

「在上帝之下的國家，不可分割，全民皆享有自由與公義。」

「滿好的。」賈姬說，我們再次陷入靜默，直到演講結束，柯林頓公開提起約翰・甘迺迪。不會過度著墨，事實上頗有風度。「少年時代，我就聽到了約翰・甘迺迪向公民們的召喚。」

賈姬一直在我的眼角餘光裡，我想像有人提起她所見證——或創造——的歷史時，她必須承受的表情。

「美國過去是歷史上最偉大的國家，因為我們的人民總是相信兩件事——明天可能比今天更好，而且我們人人都有道德責任促成這件事。」

演說以呼喚和回應逐漸衝往最高點，我知道就要收尾了。或者如果稿子是我擬的，我就會在

41 War chest，意即政治獻金／競選經費。

這裡畫上句點；稱職的寫手不會再穿插一個回覆。柯林頓停頓下來，咬著下唇。大部分的政客完成這項任務時，都會如釋重負，但他的眼裡卻帶著閃光，暗示他幾乎有點傷心就要結束了。他並不想說出最後一段話，他不希望讓演說結束。幸運的是，對他來說——我相信對我們而言也是——很難想像這是他出現在聚光燈下的最後時光。

「我的美國同胞們，今晚我在這一切開始的地方收尾——我依然相信一個稱作希望的地方。上帝保佑你們，上帝保佑美國。」

全體觀眾為之瘋狂，氣球飄落，希拉蕊出現在舞臺上，片刻之後，女兒雀兒喜和高爾夫婦跟著上臺，高爾家的孩子慢了幾拍才上臺。〈不要停下〉的開場和弦開始播放，佛利伍麥克樂團的呼嘯響遍廳堂。群眾如痴如醉，放眼淨是碎彩紙、標誌、草帽——不在迪克西蘭[42]樂隊的人去哪弄這麼多草帽來？

「唔，」賈姬說，「大概就是這樣了。」

「妳覺得如何？」

賈姬不知該拿自己的雙手怎麼辦，是在我面前失去優雅的罕有時刻之一。「我想這個國家屬於你們這個世代了。」

我試著吸收這番話。已經交棒了，責任的衣缽。

也許因為聽完一場激昂的演說，腎上腺素飆升，或者因為身在此處，長久以來頭一次，我準備投身未來。即使那表示再次面對我母親，面對拆散我倆的事物並與之和解，不管我們是否修復得了。

為了實現這件事，我必須回家。

我看著賈姬將雙腿甩到地板上，起身關掉電視。「我去弄個兩人份的雪酪。」

我沉浸在思緒裡，等我說「聽起來很可口！」的時候，她已經離開客廳。

她持續散發出某種和緩的哀傷，但我覺得對我很有撫慰作用。熟悉感。眼前是個女子，在這個國家最黑暗的幾個時刻裡，教導一個國家怎麼哀悼。可是在這裡跟她在一起，聽著她在冷凍庫裡搜找冰凍的甜點，我好奇她自己是否得到了全然的療癒。

42 Dixiland，又稱傳統爵士或熱爵士。

昨日已逝，昨日已逝，一九九二年十一月

十五

就像電影裡的場景，我離開住處附近的影印店，快步越過五十三街，朝第五大道奔去，要趕在雙日關門過感恩節以前，將完成的手稿送到賈姬手上。我原本沒打算把時間壓得這麼緊，可是影印店的碳粉出了問題（不管那是什麼意思），結果花了我兩倍時間才印完。接著收銀機紙捲又卡住了，所以我直接將紙鈔一把扔在櫃臺上，跟他們說零錢甭找了。我在黃昏時分的市區街道上狂奔，路人肯定會以為我有自殺傾向。當我無法闖進車流，不然肯定死路一條時，我在原地跑步，就像慢跑者等待紅綠燈，不想讓心跳減速。大半路程我都安然無恙，結果在現代美術館外頭一張棄置的美術館平面圖上打滑，就像踩到任意丟棄的香蕉皮。

我抵達那棟大樓時，拖在後頭的圍巾卡在旋轉門上，那一瞬間，我想像自己步入一九二〇年代那位舞者的後塵（她叫什麼名字？），她的圍巾卡在車子後輪的輪輻[43]。我可以想像自己癱倒在旋轉門隔間的地板上，書稿一頁頁飄落在我身上，就像《搶時間》[44]的現金亭裡滿天飛的紙鈔（伊莎朵拉．鄧肯！這就是那個舞者的名字）。不過旋轉門繼續往前移，我也是；轉眼我已經進了大廳，正和保全大眼瞪小眼。要是我在旋轉門隔間裡被勒斃，他得負責將我的遺體拉出來。我在訪客簿裡簽名，過去幾個月我已經做過將近六、七次，然後趕在有人踏出電梯時衝進去，搭往雙日的樓層。

櫃臺人員正在收拾物品，我揮手並說：「感恩節快樂。」

「有什麼大計畫嗎？」她問。

「回老—老家。」字卡在我的喉嚨裡，「妳呢？」

「一樣。玩得愉快！」她揮手放我過去，指出方向，雖然她明知我曉得該往哪裡走。玩得愉快！我竊笑，要是回家一趟那麼無憂無慮就好了。我穿過有辦公隔間和裱框書封的走廊，步調怪異，比走路快，但比跑步慢，在會議室右轉，然後直接走向賈姬的辦公室。她的門關著，可是助理馬克正坐在走廊的辦公桌邊。

「她在嗎？」

「詹姆斯，」他對我微笑，露出完美的牙齒，「你剛剛錯過了。」

我誇張地雙膝跪地，書稿砰地落在他的辦公桌邊緣。

「喔，放鬆啦！」馬克說，沒被我的演出所打動。

「我跟她說過，假期前會給她的。」我說，抓起一張紙條，寫下電話號碼。

「她明天會進來。」

「在感恩節的時候？」我驚愕不已。接著想到她假期竟然沒活動，頓時難過起來。

---

43 Isadora Duncan（1877-1927），美國舞者伊莎朵拉・鄧肯。

44 Beat the Clock，是美國一九五〇年代開始推出的電視競賽節目。

「詹姆斯，今天是星期二，感恩節是後天。」

在家裡工作的風險之一，就是有時會搞不清楚星期幾。「我衝了……」我深呼吸，好將氧氣送進肺部。

「沒錯。」

「十一個街區。」

「看得出來。」

「白忙一場。」

「這樣你明天就不用回來。」這是事實陳述，而不是鼓勵我看事情的光明面。

可是他說得有理。明天的某個時刻，我一定會領悟到這天不是感恩節，然後重蹈覆轍，而辦公室肯定只會更早收班。一個人可以連續幾天在街道上像瘋子一樣衝刺，而不被巴士撞上？

「唔，總之，假期期間可以用這個號碼聯絡到我。」我在紙片上寫了我母親家的訊息，然後朝他推去。

「好啦，我要收班了，有興趣喝一杯嗎？」

「跟你嗎？」我脫口而出，出於訝異而非嫌惡，但馬克還是對我比了中指。我笑了。他沙色的髮有一綹垂在眉毛上方。「好啊！」單是想到要跟家人共進感恩節晚餐，我就焦慮起來，也許跟他去喝一杯可以轉移注意力。

我等他收拾東西，納悶和他共酌是否恰當。當然了，他是以出版界青年的身分約我共酌，認識作家是個讓自己的職涯更進一步的聰明方法。不過，他才大學畢業幾年，就已經當上了賈桂琳・歐納西斯的助理，所以他可能已經有些人脈——不大可能是主管盲目地從一堆履歷裡挑中的人選。所以如果他人脈豐富，職涯發展已經定調，他開口邀約是否有其他意圖？

「要去哪啊，大紅人？」他問。

我看著他，真正看著他。他長相俊俏，這是當然的——藍色眼眸、線條分明的下巴、高挺的鼻子——可是他最棒的特質可能是他的自信。

「四十四？」我提議羅雅頓飯店裡的酒吧，可是話一吐出口，我就皺了下臉。我發現照明昏暗的酒吧太情色，既然我不知道他的意圖，感覺就像在玩火，如果沒引燃烈火，也會點亮不大不小的火焰。更聰明的選擇是沒有高級名酒的明亮酒吧，裡面滿是觀光客，樓上沒有好幾樓層的客房。

「太好了。」我想他也喜歡飯店酒吧。

我們並肩同行，秋季空氣乾爽，我看出這是可以不穿冬天外套遊走的最後幾個晚上。我問他以前讀哪所學校（布朗），然後問了點關於羅德島和他家人的事。他父親在屬於共和黨票倉的區域以民主黨員身分競選國會議員，得到的票數相當不錯（比起前一輪的候選人少輸了八點），挑起一些民主黨高層的注意。我納悶這是不是馬克拿到這份工作的原因（民主黨高層肯定和賈姬有交情），可是直接詢問似乎滿失禮的，彷彿我在質疑他自己的資格。我永遠不希望有人認為我因為我的父親才有任何成就。

四十四雖然不是空蕩蕩的，但也不像平日那樣擠滿下班後的人潮。看來大家已經在出城的路上。我們在吧臺點了東西，在一個安靜角落裡找到一張小桌，那裡有不少暗影可供遮蔽。馬克作勢要我先坐，讓我覺得自己比實際上大他更多歲。我點了山胡桃木古典雞尾酒，裡面加了一種叫黑土蘋果傑克的成分，讓我想起賈姬的父親「黑傑克」布維耶（我從《名叫賈姬的女子》這本書裡得知的綽號，是我從圖書館借來的傳記）。馬克喝的是琴酒加薑汁汽水調成的酒款。

「感覺怎麼樣？」我問。

「跟她共事嗎？」

我注意到他說跟她共事，而不是替她工作。我不知道這是他與生俱來的自信，還是源自特權和青春的傲慢。「對。」

「我不知道，你也跟她共事啊！」

「又不一樣。」

「也對啦！我又沒去過葡萄園島，」馬克說，強調這個差異。我緊張地笑了，但他逕自說了下去，讓我無須吐露祕密。「感覺怎麼樣啊？她的電話很多。大家都想跟她通話。你必須知道哪些人要放行，更重要的是，哪些人不該放行。」

「可以想像。」

「我記得有一次把尼克森總統轉接給她，以為是別的迪克。」

我笑了。迪克[45]。

「不，我沒有那個意思……」他猛拍我的膝蓋，我咬住自己的內頰，免得直接反應，「另一個叫迪克的人，也是她的作者，結果她一接電話，就被纏住了。我想她對尼克森的厭惡超過對其他人。我因為轉接那通電話，惹來一身腥。」馬克頓住，啜了啜酒飲。「這件事別說出去，可以吧？」

「當然。」我說，輕輕踢了他的腳。我端詳他燈芯絨長褲的寬紋，我用手肘輕碰他時他的袖口彈動。我不確定什麼東西促使我這麼做，是波本威士忌或黑土蘋果傑克，或是他對我展露的自信。或者我在自我欺騙，而這是我從身為作家的新身分所找到的自信——即使在這樣安靜的時刻。我的書要出版可能還得等上大半年。不管怎樣，我都希望他知道，他可以信任我。

「因為正式來說，歐納西斯夫人並不討厭任何人。她忙得沒空討厭人。」

「她立場超然。」

「沒錯。」馬克回頭看看，確定沒人會聽見，「我是說，她真的太忙。她工作得很賣力。她編輯了將近一百本書。」

我也往馬克的背後瞧。「你擔心她在這邊？」

「她比較可能會去卡萊爾飯店，可是很難說。」

「我們是不是應該用代號？」我問。

「我跟朋友提到她的時候，有時候會用代號，就叫她喬。只是為了……你知道的。」

「喬？」給她一個藍領男人的名字也太隱晦了。

「是她名字的首字母，比較不會那麼招搖。」

「啊！」現在說得通了。「共酌過嗎？」

---

45 Dick，另外有混球、討厭鬼等意思。

「跟喬嗎？一次，不過不是波本，」他說，指著我的酒杯，「她不喜歡。」

「嗯，那你喜歡嗎？」

馬克伸過手，啜一口我的酒，不曾斷開跟我交會的視線。他聳聳肩。「還好，不是我愛的。」

我垂眼看著我酒杯上他嘴唇剛碰過的地方，納悶是不是我嘴唇貼過的地方。

「你想，喬一直想工作嗎？你想，如果當初她有辦法，會更早開始追求事業嗎？我有時會想到這點。就是她為什麼要投入這一切。」我們盯著對方不放。「這樣問很怪嗎？我不知道還有誰可以聊這件事。」

馬克揮手要我放心。「喔，我想她會，我是說工作。其實我想有人說過，她結婚的時候就提過這一點，可是歐納西斯不准。地中海的男人啊！」馬克微帶嫌惡地打了哆嗦，他就像個孩子，重複說著他聽大人說過但自己不懂意思的話。

「你在布朗大學跟很多地中海男人約過會吧？」

「哈哈！」他說，然後真心笑了起來。

我不應該鼓勵這種行為，可是有個男人因為我的作品而看重我，感覺起來還不錯。最主要的是，賈姬可以作為我跟某個人的共同點，我們可以共享關於她的事，閒聊這一切有多荒謬。

「你知道嗎？她的馬廄[46]裡有不少同志作家。她的生活裡也有很多男同志。」馬克說。

我挑起一眉。「馬廄？」

「呀哈！[47]」他長長地啜了口自己的酒。

「你覺得為什麼？」

「我不知道，因為我們敏感吧！」

「哈！」我嘲笑，「我才不覺得。」

「你不覺得自己敏感？」

「不，我不覺得自己特別敏感。」我回答。

「我辦公桌上有一份長達四百頁的書稿，呈現出來的可是另一回事。」

氣血湧上我的臉龐，我真的可以感覺臉頰紅了起來。被某個這麼年輕的人讀透了，真令人難為情。如果他可以看透我，那麼賈姬肯定也是。我想像她閱讀這份草稿，不禁害怕起來。

「她的圖書室裡有本書，在她第五大道的公寓裡，你去過嗎？去過一〇四〇號大樓了嗎？」

「還沒。」

「只去過葡萄園島，」他搖著頭說，「唔，我只去送過幾疊書稿，偶爾拿郵件過去，所以我沒有炫耀的意思。」現在他倒在乎起炫耀賣弄了。「總之，那本書叫《同性戀史》或那類的名字。我覺得很格格不入。」

「我在大學新生訓練的時候就拿到那本書，可是一直沒翻開過。」

馬克湊過來，掐了掐我的小腿，然後說「哈！」接著嚼著冰塊直到吃完。「我是說，誰會讀那樣的書？大多人要不是喜歡同性戀，不然就是不喜歡。我從沒聽過有人先研究這個題目，再決

46 這裡採字面翻譯，意思是「旗下負責的作家」。

47 Giddy-up，催馬起步或加快腳步的吆喝聲。

定自己該不該喜歡。」

我往下看著自己腿上他碰過的地方。我需要克制那枚適度的火焰。「也許她就是喜歡同志，而她在研究自己為什麼會喜歡。」

馬克聳聳肩。「也許吧！」

「你還是覺得很怪。」

「我不知道。我想也沒那麼怪啦！她什麼主題的書都有。我確定她喜歡書的程度超過喜歡人。」

「甚至超過同志。」我同意。

「你是說講同志的書嗎？」

「我是說同性戀。」

我們都笑了，雖然她對書的偏好勝過對人，也不算是誇大其詞。我們滔滔不絕聊著各自讀過的書和出版業整體概況，我們快喝完第二巡的時候，馬克問，「我們在這裡幹嘛？」

「是你提議我們對酌的。」

「有嗎？」

「有。」

「滿大膽的。」他笑了，可是我感覺這種行徑對馬克來說並不特別大膽。「你有男朋友嗎？」

我往後靠在椅子上，轉著杯子裡最後一口稀釋後的波本。我拖了幾秒鐘才回答。既然都跟賈姬說過丹尼爾的事了，改口跟馬克換個說法似乎並不明智。「有。」

他聳聳肩。「好，我可不希望你對我產生依戀。」他像英國歌手比利．艾鐸[48]那樣噘起嘴唇。

我迅速心算了一下這家飯店的房間數量：也許有八、九十間吧？加上一打左右的套房和頂層房？我忖度目前有多少間住了人，又有多少住客此時正打得火熱。時間還早，七點半。也許頂多只有幾個人在做吧！就是草草完事，然後就要出門享受夜生活。是否有任何房客正在跟公開伴侶之外的人纏綿？讓飯店酒吧這麼情色的原因，就是這些念頭，所以來這邊才會是個餿主意。

「結帳吧？」馬克問。他的直率令人不安。

「也好。」我說，可是也許為了不同的原因。

帳單送來的時候，我結了帳——雖說馬克家底雄厚，或者雙日可以付這筆帳——然後告退去上洗手間。

廁所近來才重新設計過，是某種新時代的風格，走進去之後就要想辦法辨別方向。一般廁所的格局都按照直覺規畫，但在紐約不是，再也不是了。我最近才去過一間空蕩蕩的男廁，有一面牆是流水，廁所中央有個圓形水槽。真是夠了。我不確定該往牆壁小解，然後在水槽裡洗手；還是在水槽裡小解，然後沿著涓滴細流的水牆擺動雙手。最後有個男人走出隱藏的隔間，到水槽那裡洗手，所以我起而行動，尿在水牆上。

既然我來這裡是為了往臉上潑點冷水，好讓自己清醒過來，我很高興這裡的水槽就是水槽，而不是配管工程的謎團。冰水很有醒腦作用，於是我多潑了兩、三次。我在幹嘛？沒幹嘛。我抬

48 Billy Idol（1955-），英國樂手，一九七〇年代以龐克搖滾崛起。

頭照照鏡子，看到自己的映影幾乎覺得詫異，水像淚水那樣曲折淌下我的臉龐。我現在才明白，最近忙著修訂草稿，我覺得自己像個幽魂。形單影隻。寫作在本質上是份孤獨的工作，浸淫於另一個世界，不管是虛構的或在過去——而就我的案例來說，是兩者令人迷惑的組合。

我愛丹尼爾。我並非不快樂。我寫完了我的書。我不是個幽魂，不真的是。

所以為什麼被人看見，會令人情緒這麼高昂？

我伸手去拿紙巾，將臉擦乾，一抬頭就在鏡子裡看到馬克的映影，他正拉起燈芯絨褲子的拉鍊，從尿盆那裡朝我走來。我畏縮一下。

「神經質。」他說。

「我以為這裡只有我。」

「唔，並不是。」

為了證明自己的觀點，他湊得更近，我們兩人只相距幾公分。我不想要有任何衝動，我不想要有任何感覺，可是我有。我開始出汗。我心慌意亂問：「你洗手了嗎？」

「那是你真正想問我的事嗎？」

我可以感覺血液……在不該的地方……流動。「我不知道我想問你什麼。」我巴不得當下可以做做開合跳，因為這個動作總是能幫助我思考，可是那得花很大力氣解釋。想像那個畫面就覺得滑稽，我緊張地小聲輕笑。

「我以為有點年紀的男人有個優勢，就是知道自己想要什麼。」

「我才三十一歲。」

「是嗎？」

「這樣就算是有點年紀的男人嗎？」這對我來說可是個號外。

馬克湊過來，緊緊擁住我，最後我也回擁了他。他比丹尼爾瘦，近乎骨瘦如柴，抱他的感覺滿奇怪的。他的臉側貼著我的臉，感覺有電流竄過似的，很撩人。他的臉比丹尼爾的鬍渣臉更平滑，更柔軟也更青春。他讓我想起大學時代愛過的一個男生。我望著廁所門，幾乎想用念力讓門打開，乞求有人來打斷我們的私密時光，但轉眼我便明白，我能靠自己的力量制止這件事。

三十秒鐘後，我扭著身子跟他分開。「好了。」

「喔，放輕鬆啦！」他說著便放開手。我很不喜歡這種口頭禪。他轉開水龍頭洗手。

我從鏡子轉開身子，調整自己的褲襠，就像七年級時在教室裡急著遮掩勃起，免得被看見。

「這種事沒必要大驚小怪。」

馬克同情地看著我。「這算什麼大事嗎？」

「不，我想不是。」我往後靠在水槽前，希望自己可以互敲腳跟三次，瞬間回到家[49]，安安穩穩跟丹尼爾在一起。

馬克越過我前方伸手拿紙巾，手臂擦過我的胸口；我以為會有一陣靜電襲來，但並沒有。

「你不會跟喬講吧？」

---

49 在《綠野仙蹤》電影版裡，桃樂絲穿著魔法紅鞋，腳跟互敲三次，說出「沒有地方跟家一樣」，就得以回到堪薩斯州嬸嬸的家。

「天啊！不會。」我話說得太快，差點噎到。我轉身去看有沒有其他人走進來，看看有沒有人占用任何隔間。

馬克不解地看我一眼。她絕對不在這裡面。

我等著他消失。我不想說再見，也不想過問他假期有什麼計畫，更不想閒聊書稿、公事、他在羅德島的家人。我只希望這件事過去。

「要我陪你走到地鐵站嗎？」我主動提議，祈禱他會拒絕。

「不了，我搭計程車。」

計程車？早該讓他付帳的。「好吧！」

「感恩節快樂，詹姆斯。」他湊過來要再擁抱我一次，但我藉機握了握他現在已洗乾淨的手。

他翻翻白眼。

「也祝你感恩節快樂。」

我轉頭去照鏡子，彷彿鏡子會告訴我剛剛到底發生了什麼事，轉眼他就消失了蹤影。

十六

我們租來的車子瀰漫著速食油脂的氣味，我們沿著荒涼的公路，路過一個又一個出口。我得拚命忍住，才不會從丹尼爾手中搶過方向盤，將車子轉往最近一家速食店得來速——只是為了讓我的胃安靜下來。

州際公路一片淒清，兩側淨是光禿無色的樹木，樹皮上蒙著灰霜，和朦朧的天際互相呼應。天氣轉冷時，樹木變得更細瘦，我則圓胖起來，只渴望吃些沒營養的食物，還好冬天可以藉由大毛衣遮掩那些食物帶來的負面影響。開車到我母親位於伊薩卡附近的家通常不用四個鐘頭，可是我們出城時在紐澤西州碰上繁忙車流，收費道路的車速通常較快，但今天顯然不是。州際八〇與八一的交叉道那裡車流更大——雖不意外但依然惹人心煩。目前我們車速相當快，但我坐立不安，說肚子餓倒不如說是無聊。

「想吃東西嗎？」我問丹尼爾。

「不想，你呢？」

「不，不怎麼想。」我說，敗下陣來，「車子給你開沒問題吧？」我們中途停車喝咖啡配甜甜圈時，換過座位，可是我不確定那是多久以前。

「嗯。」

我想起馬克和環繞著他的強烈氛圍；幻想如果他在場，這趟車程會是什麼樣子。我會負責駕駛（他讓我覺得，他是那種生活優渥、自豪不知如何開車的都會孩子），他的手會順著我的大腿悄悄挪移，準備做在州際公路高速行駛時很危險的事。我拿外套掩住肚腿，以免硬起來。

「緊張嗎？」丹尼爾問。

「啊？」有時我還滿擔心他看得透我的心思。

「要見你老媽的事。」

「喔，」還好，「還用問嗎？」

幾個星期前，肯尼竟然打電話問我感恩節回不回老家，我還滿意外的。他說他希望我會回去——說愛倫和孩子們期待見到我。

「你沒聽說嗎？」我當時問肯尼。

「聽說什麼。」

「媽跟我的事，我們兩個目前有點狀況。」

「她沒提。」

「啊！」

「只問我知不知道你會不會回來。」

過幾天，娜歐米也打電話來，問我跟丹尼爾會不會回去過感恩節。

「我想會吧？」我當時說，特別強調句尾的問號。

「別這樣，即使是當紅作家也都該放假過節。」

雖說我哥和我姐都打電話過來，但這顯然是母親精心策畫的行動之一。她希望我回家過感恩節，可是又拉不下臉親自來電。至少我要這麼相信，這給了我勇氣拿起電話打給她，接受她未言明的邀請。或許她也想化解我們兩人之間的心結。

我記得她在答錄機啟動之後才接電話，想到我們的對話被錄了音，我不禁忸怩起來。

「肯尼打電話來，娜歐米也是。如果妳可以接受，我跟丹尼爾想回去過感恩節。」

「這隻火雞有十七磅重[50]。」

我母親通常都這樣答話。意思是好？還是不好？這算是對話嗎？故作模糊？或是轉移話題？這只是資訊，表示如果你決定回來，準備的食物夠吃。你必須對我母親足夠熟悉，才知道這句話真正的意思是：隨你。

我湊向丹尼爾，瞧瞧油錶，依然半滿，或者該說半空。感覺有一陣子都在一半的狀態。我盯著儀表板，直到里程表又過了一英里路，然後往後靠回自己的座椅。一輛掛著俄亥俄州車牌、髒兮兮的白車，在慢車道駛過我們身邊。「如果俄亥俄（Ohio）的拼法再加一個H，就會變成迴文[51]。」

「有兩個『H』？」丹尼爾念「H」的方式很奇怪：欸曲（Aitch）。為什麼要五個字母才發

---

50 等於七、八公斤重。

51 Palindrome，指由左念到右或由右念到左，字母排列順序都一樣的單字、片語、句子，甚至是數字。

得出一個音？

「不是，是Ohiho。Oh-i-ho。」

「喔，」他說，終於聽懂，然後補了句，「那又如何？」

「你不覺得有個迴文州名不錯嗎？為什麼不挑Ohio來改？我是說，要不然它有什麼討喜的地方？」

「它是七葉樹州啊！」

「對啦，可是什麼是七葉樹？」

「就像洋栗樹。」

可是什麼是洋栗樹，我想尖叫。可是接著他會回答，然後我會知道洋栗樹是什麼，可是我希望他向我解釋的，跟栗子[52]一點關係也沒有。除非你可以把跟我有血緣關係的那群瘋子算進去。

「Oh-i-ho，」丹尼爾說，「迴文州。」

「這就對了。」

我的思緒轉向賈姬。打從我四十八個小時前送書稿到她辦公室後，她就一直在我的心頭上。我想像她展讀最新的這份草稿，我的胃部不禁翻攪。我原本打算夏天就回老家，最晚勞動節[53]回去，並且按照賈姬的建議，跟母親共度一段時間，可是母親一直沒開口邀我。我憑直覺知道，如果我主動說要回去，母親馬上會戒心大起，所以我索性順其自然。老實說，我也知道事情不如我在母親的門前階梯上現身這麼單純。賈姬說得輕鬆，可是我走訪葡萄園島過後的幾週裡，我領悟到，我根本不知道回老家以後該怎麼辦。接著截止日期一個個過去，最簡單的方式就是編造另一種結局。

「在田納西（Tennessee）的字尾加個t，也可以讓那個州變成迴文。」

Tee。

丹尼爾的視線離開馬路，轉而盯著我，久到令人擔憂。「完全不是。」

我趕在他沒害我們車禍身亡以前，打手勢要他把目光轉回馬路，當他不願照做時，我彈了彈手指。他的注意力轉回該放的地方時，我自在起來並說：「就變成Tennesseet。」

「缺了幾個N。」他說。Enns。

我們在胡鬧時，丹尼爾通常不會以字面意義來看我說的一切，或許他對回我老家這件事也覺得緊張。

車流在彎道那裡減慢速度，朝著低垂的午陽駛去，丹尼爾踩了煞車。

「抱歉，」我說，「我怪怪的。我想我心裡比我嘴巴上說的還緊張。」

「我知道。」

「你知道？」

「你沒那麼難解讀。」

我看著我男友，想到他真的懂我，於是真心鬆了口氣。我需要的一切盡在眼前，我為何要浪

---

52 Nuts，除了指堅果類之外，另有瘋子的意思。

53 美國的勞動節落在九月的第一個星期一。

費一分一秒想像馬克跟我同行呢？

車流突然停頓，丹尼爾更使勁踩煞車。

「你有沒有想過早逝這件事？」我對假期期間的公路死亡新聞總是很敏感，也許因為它們的悲劇感更重。

他看著我，彷彿想收回剛剛說我容易解讀的那句評語。「你想要甩了我嗎？」

「不，沒那回事。」

「那就好。」

雖然我近來確實想過。死亡。我想都是因為跟賈姬相處這麼多時間的關係，她催促我找到解方、終結、一個結局。

「等等，」丹尼爾抗議，「你想你會早逝嗎？」

「沒有，我會活很久。」

「喔，真的假的。」

「對啊，我可能會活到一百零八歲。到時你當然已經走了，我會跟幼齒的在一起。」

「這樣他們就可以幫你換尿布、餵你吃飯和替你洗澡。還真浪漫。」

「非常浪漫。」

就像我剛進入世界一樣。我的血流會放慢，我可能會失去話語，失去說話和寫作的能力。失去我的認同。我可能再也不知道自己是誰，四周只會有陌生的臉孔，我會放聲尖叫哭嚎，直到我下一個基本需求得到滿足。

「我的人生，就是迴文。」我評道。

「你的人生就是迴文。」丹尼爾佩服地點點頭。

十七

丹尼爾主動提議要先進屋裡負責破冰，我跟他說別這麼傻氣——我才不會閃避自己的家人。不過我還是以忙著從後車廂卸行李為由，退縮不前。

「高招喔！」丹尼爾說，他從前門走回來抓起我們的行李。他看穿了我的伎倆。

「什麼啦？」我故作無辜說。

他翻翻白眼。

肯尼的太太愛倫在門口迎接我們。「我就想說聽到車聲。」她肩上披著擦碗巾，看起來就像特別為有線電視女性頻道製作的節日電影裡，在廚房忙碌一整天的女性。她快四十歲了，美貌猶存，雖說身材因為生了兩個男生稍微鬆垮了些。我把我們的行李放在門廳裡。

「妳沒聽錯，我們來嘍！」為了母親著想，我後半句講得更大聲，就像狩獵季節在樹林裡走路的時候，要發出很多人類特有的噪音，免得被誤殺一樣。我的音量讓愛倫困惑，她用奇怪的神情瞅我一眼，然後拉我們過去擁抱。我喜歡愛倫，向來都是。她跟肯尼結婚生子以前，好勝心超強——她在女子大學打草地曲棍球——我們以前都會熬夜打橋牌或玩桌遊，她為了贏都會卯足全勁。現在她盡量以身作則、展現運動精神，可是只要兩杯白酒下肚，她內在的競爭者就會浮現。

烤火雞的香氣瀰漫在前廳裡。我和丹尼爾互換眼神，我們兩人都急著需要來點家常菜。我們近來吃的都是韓式超市那些看來很美式的脆餅，還有街角那家店的披薩。除非起司也算是正餐食物，否則我們嚴重營養失調。

「聞起來好棒。」丹尼爾稱讚。

「唔，火雞快好了，接著就要放配菜進烤箱。再一個鐘頭左右，晚餐應該就準備好了。你們可以跟大家先打個招呼、喝喝飲料。」

「媽呢？」我問，繞過轉角望進廚房，尋覓她的蹤影，做好閃避敵人砲火的萬全準備。

愛倫看著我，微微搖了搖頭。「你媽去穿毛衣了。」

母親以前都會端出令人食指大動的豐盛餐點，今天改由愛倫掌廚，感覺滿奇怪的。母親不算美食家，可是會讓一家人開心吃飽，我以前很愛幫她忙。從我離家上大學以來，廚房沒有多大改變。洗碗機還是金盞花色，就跟爐子一樣。現在的冰箱是白的，跟其他電器配色的那個冰箱在我畢業前後完全停擺。（冰箱停擺的時候，母親很生氣，因為必須丟掉冰箱裡早該在幾年前丟棄的雜貨。「沙拉醬又不會壞。覆盆子果醬呢？我想也不會。」）壁紙在接縫處掀起，散熱氣下方的防油地氈有個角落也不肯乖乖服貼。如果父親還在，他就會用熱熔膠槍來修理。有種焦味似乎縈繞不散，是多年來濫用烤箱自動清潔功能的結果。我對廚房熟門熟路，小到流理臺上有查爾斯薯片錫罐都一清二楚，想當然爾，罐子還在原地。

我還來不及弄喝的，就遭到三個姪子外甥的撲襲，最大的一個六歲。威廉和薩克立是肯尼的孩子，艾隆則是娜歐米的孩子。這三個孩子就像小獵豹一樣，學著要撂倒年長的瞪羚。要甩掉他們的唯一希望，就是拖著他們到某個水坑裡，然後巴望自己憋得住氣。

「丹尼爾叔叔也來了唷！」這個策略更輕鬆。

男孩們一時僵住不動，目光聚焦在丹尼爾身上，然後以無比協調的精準度撲上前去。丹尼爾被纏住時，發出興奮的叫喊，然後拖著腳步緩緩走進客廳，威廉在他背上，另外兩個各攀住他的一條腿。達米諾又跳又吠，齧咬他們的腳跟，粗短的身體因為興奮的氣氛而緊繃。丹尼爾回頭看著我，面露笑容。在另一生，他會是個很棒的爸爸。他熱愛家庭生活的熙熙攘攘。

娜歐米正要走往廚房，路過他們身邊時，喊著「只要別進飯廳就好！」她從開胃小菜托盤上挑了一塊巧達起司，拋進嘴裡。「我們今天要用高級瓷器吃飯。」

「讚喔！」

「我們現在有自己的瓷器室了，跟白宮一樣。」

「娜歐米。」我說，半是抗議、半是招呼。我瞇細眼睛，詫異地在她身上認出父親的一些特質。「或者我該說，娜歐米閣下。」從她受命擔任她那座小鎮的鎮長以來，我就沒見過她。

「呃，你跟肯尼一個模樣。又沒什麼大不了的，每個參加鎮議會的人都會輪到。」

我們互擁。肯尼原本在客廳看球賽，現在現身走往冰箱，沿路跟我擊了個掌。隨著每年過去，我們的模樣越來越相像，雖然我高個幾英寸。

「你們都想要啤酒嗎?鎮長女士？」

娜歐米轉頭看我，表情在說：「看吧！」

「你買了啤酒來嗎？」我問。

「對。」

「那我喝葡萄酒。」

肯尼搖搖頭。「你們這代人不懂精釀啤酒啊！」他打開冰箱，選了罐米凱羅，任我張羅自己的。

「你跟我，我們是同一代人，你明明知道。」

娜歐米朝我拋了一塊起司，然後打住動作看著我們。「看看我們三個，在這間廚房裡。上次只有我們三人是什麼時候的事？」

愛倫咳了咳，她正在水槽邊削馬鈴薯。

「喔，抱歉，愛倫，」娜歐米說，「沒看到妳。」她對我聳聳肩，擠了擠臉。

「沒關係，別在意我，我只是忙著替你們打點很多道菜的假日大餐。」

肯尼吻了吻太太的臉頰，然後踅回冰箱再拿一罐啤酒。「丹尼爾會跟我一起喝。」

我點點頭。「如果你可以從那堆小朋友下面挖出他來的話。」我伸手去拿起司。「媽在躲我嗎？」

「她上樓換衣服去了。」肯尼說。

「換成會跟兒子講話的那種老媽嗎？」

娜歐米的手往我手臂上一搭。「別動不動就生氣，每個人都盡力了。」她伸手到愛倫背後，替我拿了櫥櫃裡最大的一只酒杯，慷慨地斟滿了酒。

我搖動杯子裡的酒液，酒液停下時，我嗅了嗅。

「酒是我買的，」愛倫說，「儘管放心。」

肯尼誇張地嘆口氣，撤退到客廳，找丹尼爾當酒伴。

「保羅呢？」我問。娜歐米的先生還沒來打招呼。

「還在明尼亞波利斯走不開。他昨晚回程的航班因為天氣停飛了。」

「在明尼亞波利斯過感恩節，老天。」我沒去過明尼亞波利斯，我確定他們過感恩節的方式也不錯。可是沒人想在過節時遠離家人，困在機場旅館。

還是說他們想要？我突然有個衝動，想揪住丹尼爾，逃到明尼蘇達州跟保羅過個安安靜靜的感恩節。

「不是每個人都能因為工作到瑪莎葡萄園島去，」娜歐米戲謔地推推我，「喔，我差點忘了。有人打電話找你。」她撕下電話旁筆記本最上頭那頁。「馬克？」

「馬克打來？」我的身體靜定不動，「他想幹嘛？」

娜歐米讀了自己寫的訊息。「關於喬的事。你認識某個叫喬的人嗎？」她把紙條遞給我，手寫著：喬說你沒做到。

該來的還是來了。賈姬讀了新版的草稿，一眼就看穿了我。我的臉燙熱起來，耳裡有種空洞的嗡嗡響。就像是交出隨便亂寫的作業，結果被自己鍾愛的老師逮到。

「唔，你臉紅了耶！」娜歐米說，「喬是誰？你沒做到什麼？」

我急著想憑空編個謊言。「是個朋友。我應該留一本書給他看，可是忘了。」事件有這種轉折真糟糕。我不能讓這種狀況持續下去。這個訊息在我心頭揮之不去，這個週末我的心思不可能專注在當下了。我有種強烈的衝動想捍衛自己的作品、解釋自己的選擇。只要能夠——我不知道——跟她談談就好了。

一個小孩的尖叫從客廳傳來。「夠了，書呆子們！」娜歐米嚷嚷。

「妳叫他們書呆子？」

她聳聳肩。「他們喜歡啊！」又一聲尖叫。「我說夠了喔！」

「其實，妳介意嗎？如果我……」我指指掛在牆上的電話機。

娜歐米氣呼呼走出廚房，小鬼們惹到她，等著吃苦頭吧！我抓起電話，將電話線拉過轉角，進入起居室，免得有人聽見。起居室過去放滿了家庭工藝，可是現在卻空無私人物品，彷彿準備拍攝目錄照片。我迅速撥了賈姬的辦公室，但進入語音信箱後，才想起她當然不在。「歐納西斯夫人，我是詹姆斯．史麥爾。關於最新的那份草稿，我有幾件事想告訴妳。妳可能有一些疑問，我想說我可以……澄清一下。我留了聯絡電話給馬克。謝謝妳。」

我掛掉電話時，心中有種下沉的感覺，覺得剛剛替自己挖了更深的坑。我輕手將話筒放回擱架，深吸了幾口氣。娜歐米不在場，只剩我和愛倫，以及突然空出的幾區空間。我將馬克的口信摺好並收進口袋。「要我幫忙弄馬鈴薯嗎？」

愛倫停止削皮，轉頭看我。「你哥很以你為榮，我們都是。聽說你為此吃了些苦頭，所以我希望讓你知道。」

我在口袋裡握起拳頭，掐皺電話留言的紙條。「我沒得到多少反應，不管是苦頭或別的。不過還是謝謝妳這麼說。」

「唔，我們覺得好興奮。我跟工作上的朋友都說了，他們都準備要買那本書。」

「現在我只需要把它完成。」我故意裝出咬緊牙關的樣子。

「所以，」愛倫開口，雙眼逐漸睜大，「她這個人怎麼樣？」

「賈姬嗎？」

我從開胃菜盤上挑了根胡蘿蔔棒，沾了點醬。馬克跟我說過，賈姬會在辦公桌上吃家裡帶來的紅蘿蔔棒。我當時深信那是他瞎編的。是她自己打包的嗎？用錫箔紙包的嗎？或者先用沾濕的紙巾捲起來，再封進小袋？想到這件事馬上會卸下心防，我當時覺得那一定是某種噱頭。紅蘿蔔噱頭[54]。

「不是，我是說英格蘭女王——除非你也見過她。」

我笑了。「不，反正還沒。」我對愛倫眨眨眼。「她人不錯啦！」

「別這樣，銀行出納員人也不錯啊，藥劑師也是。」

「好吧，可是我不同意妳的說法——她人是真的不錯！但是她也……說不上來。她跟大家想的一樣。跟她見過幾次面以後，我才有辦法集中精神，也才能形成自己的看法。最難習慣的是她的嗓音。就像在聽歷史。不過，我們也建立了不錯的工作關係。酒精幫了忙。」

「你在她面前喝酒？」愛倫放下削皮器。

「我們一起喝。」

「真的假的。」

「我想我們算是……朋友吧！」我有點在炫耀，可是所言也不假。我到瑪莎葡萄園島之後，她送了我一本狄尼森[55]的《遠離非洲》，隨書附了張短箋（「我的另一本最愛」）。上個月她以

「療癒、療癒」結束我們的電話對談，讓我想起我這份新草稿的任務，當時我發出狗吠聲，她呵呵笑，告訴我我總是逗她開心。「我們不常聊，可是只要我有需要或有疑問，就找得到她，她會接我電話，感覺滿好的。」（我就是馬克會轉接電話過去的一個「混球」。）

「喔天啊，你出名了。」

「唔，那個字眼是在浮動狀態。」

我跟賈姬在上東城一家義大利餐廳共進過晚餐，坐在遠離大多數客人的隱蔽桌子。這讓我忖度，總有一天我是否可能獲得少許認可、錢財或是惡名。我不大分得清我喜歡賈姬，是因為她這個人，或者因為她的資源而喜歡跟她在一起。很顯然，我喜歡她。可是我不完全確定哪種讓我更開心，是想跟著她的知名度沾光，還是想要只屬於自己的小小名氣。過去的我總以為，我想因為寫作而出名，可是她散發出某種寂寞，讓我不禁納悶，名氣是不是值得人這樣費心勞神。

「誰出名了？」母親走進廚房，把弄著掛在高領上的金項鍊，試著把釦環繞到頸後、十字架轉到前側。她的頭髮才做好或造型不久，不管這年紀的婦女用哪種字眼形容頭髮，目前的灰金色比我上次看到她的時候更深。

「沒人。」我說，急著轉換話題。我向愛倫用力使了眼色，她立刻放掉這個話題，可是還先用嘴型說了以你為榮喔。「感恩節快樂，」我對母親說，「謝謝妳讓我們參加。」

---

54 原文是carrot shtick（shtick是意第緒語的「噱頭、花招」），而紅蘿蔔棒原文是carrot stick，此處為雙關語。

55 丹麥作家伊薩克・狄尼森（Isak Dinesen, 1885-1962），本名為凱倫・白列森，以丹麥文和英文創作。

她放開項鍊並擁抱我，就像回抱一個出其不意擁住你的遊民——兩人之間拉開足夠的距離，免得她身上沾到東西似的。「你看起來……滿高的。」

「我沒長高啊！」

「也許是你的鞋子。」

「我在玄關就脫掉了。」

母親看著我穿著襪子的腳，判定是否要讓步。「唔，總之，你氣色不錯。」

「謝謝，妳也是。」可是老實說，她看起來好嬌小。近來她的分量變得如此之重，在我的腦海裡是個時時存在的人物，看到她本人站在面前幾乎是種震撼。「所有的東西聞起來都很美味。」

「那我就不知道了。」

「唔，是真的。」

母親朝起司盤走去，稍微調正角度，讓它跟流理臺的邊緣垂直。「車程如何？」

「平靜無波。交流道附近車子多一點，其他都還好。」我緊張地摳著流理臺的邊角，那裡突出的美耐板鬆了，像在彈撥豎琴琴弦似的。

「唔，你人來了，氣色不錯，顯然有什麼滿適合你的。」

我不想提醒她，儘管我口袋裡的訊息引發新一波的苦惱，我這一年著實過得不錯。儘管深陷截稿期、重寫、重溫家族創痛的痛苦之中，但是從事自己所愛的事物，還是能獲得平靜和自豪。我也沒必要提醒她，我知道這件事就懸在她的心頭。「謝謝，我有很多要感恩的地方。」

「我們都是。」母親說。她指的肯定是家人健康平安；相聚在同一個屋簷之下；孩子們目前在各自選擇的領域裡都有相當的成就。不過，她說的時候毫無停頓或思索，讓我覺得這個女人正處於自動駕駛狀態，扮演該有的角色，但心思並未完全投入。

「可以跟妳講個話嗎？」

我帶著母親走進飯廳。餐桌布置精美，結合了高雅餐具和感恩節俗氣裝飾。外婆的瓷器和她鑲了金邊的結婚水晶杯（母親在聖誕節的時候，用了同一套杯子，搭上史波德餐具）。餐桌中央以一只乾燥葫蘆、朝聖者造型的陶製鹽罐和胡椒罐來襯托，清教徒的臉上畫著詫異的表情，好似性愛娃娃。我們轉身面對彼此，我注意到母親的項鍊釦環還是不在她想要的地方。

「喏，我幫妳弄。」我把釦環滑到她的頸背，然後將雙手搭在她的肩上。我深吸一口氣。「回來這裡我很高興。」

「我很高興你來了。」她別開視線。

「我們兩個沒事了嗎？」

「什麼意思？」

「詹姆斯，我沒事。」

嘆氣。「有沒有事情需要談談？」

「今年發生了很多事情。我回來是要談談的，如果妳願意的話。」

「我想我們聊得夠多了。」

真希望賈姬可以在這裡見證這個場面。看吧！我會說。我們幾乎沒辦法交談！每個母親可能都有個故事，可是要讓我的母親開金口，可要天降鴻運才有可能。

「我想好好吃頓飯。」她說了下去。

我放開她的肩膀，雙手落在身側。我注意到每個人的椅子上都放了一張手印火雞圖。「我們以前都會做那個，妳跟我。」

「我們以前都會做什麼？」

「描出手的輪廓，然後畫成火雞。」

「那些是我上週末跟這幾個小鬼弄的。」

「真的很有趣。」我說，可是我不確定自己是什麼意思。妳以前很有趣？我以前很有趣？生活以前很有趣？

「艾琳！」我們三人都嚇一跳。是丹尼爾。他掙脫了小鬼們，握著米凱羅啤酒罐出現在門口。他朝我母親走去，給她一個溫柔的擁抱。我笑了，他以前擁抱起來更熱情，更像一頭熊，直到發現會嚇到她。

「嗨，丹尼爾，感恩節快樂。」

「也祝妳感恩節快樂。」他輕啄她臉頰一下。

他們一起走回廚房。

「火雞脖子在哪鍋？」我看到丹尼爾走向爐灶，然後消失在視線之外。

「在那邊的某個地方。」母親朝他的背影呼喚。第一次帶他回家過感恩節，他毫無戒備地查看爐口上的每個平底鍋，發現我母親用來燉煮肉汁的火雞脖子，簡直嚇傻了。從此以後，這項傳統令他為之著迷。

我看著餐桌，注意到有一組餐具缺了沙拉叉。我打開餐具櫃抽屜再拿一枝，一如既往，想起父親當初親手打造了整座餐具櫃。他對自己的工作室很有保護欲，是個在穀倉後側的隱藏空間。他和肯尼會在裡面待上好幾個鐘頭，討論每項木工用具、刨子、懸臂鋸、各種號數的砂紙等用途。我有時試著加入他們的行列，但總覺得格格不入。我不喜歡那些工具發出來的刺耳噪音，他裁切木片之後流連不去的微微焚燒味，或是似乎永遠懸在空中的木屑細霧。我確定他看出我興趣缺缺，不過，只要至少能感覺被接納，我願意克服一切障礙。

「妳一定很以詹姆斯為榮吧！」我聽到丹尼爾在廚房裡說。我注意力馬上集中起來，將缺了的叉子放在桌上，直直往廚房走去，準備阻攔任何災禍。丹尼爾對我眨眨眼，表示知道自己存心惹是生非，他先是朝嘴裡拋了兩塊小起司，又飢腸轆轆拿了根芹菜棒去沾洋蔥醬。要不是因為他這麼可愛，我肯定扭斷他的脖子來燉湯。

「我以我所有的孩子為榮。」母親回答，但視線根本沒靠近同樣站在廚房裡的那個孩子。自動駕駛反應。她講的話有如一齣劇目裡的臺詞，而只有她手上握有腳本。

十八

飯後大家坐在飽撐的沉默中，將盤子裡的剩菜挪來移去，對話的空檔放大了刀叉的碰撞和刮磨聲。每個人都靜靜坐著，想要再吃一口、再拿一團什麼沾奶油或肉汁，可是沒人敢動手——大家很快就領悟到，要是再塞一口食物，就會像英國電視搞笑短劇蒙提巨蟒結尾那些角色，一個個爆開。

「我沒辦法再忍了。大家都裝得很平靜，好像沒事似的，就跟一般的感恩節一樣，分享稀鬆平常的家庭新聞，像是哪個孩子在哪所學校做了什麼。可是我投降……」肯尼說，「她這個人怎麼樣？」

我很想瀟灑地回說「誰啊？」可是我知道最好別這樣，「我的編輯嗎？」

「對，你的編輯。」肯尼玩笑似的咆哮。

「賈姬。」我說，彷彿桌邊還有人沒跟上最新消息。

「你就這樣叫她？」肯尼很驚愕。

「就她的名字啊！」接著意識到自己聽起來有多惹人厭，我又追加：「我當面叫她歐納西斯夫人。大家都用這種方式對她表示敬意。」

「她人不錯。」愛倫說，嘲弄我稍早的形容。

「愛倫。」我抗議。我偷偷斜睨母親一眼，她正要把餐巾摺成精細的天鵝。

「她人不好嗎？」肯尼很困惑。

「她人不錯，」我說，「真的很不錯。」

「而且你見過她，」肯尼試著釐清，「當面，而且不只一次。」

「他去過她家呢！」愛倫驚呼。

「喔，對喔！你有沒有偷拿什麼？」

「肯尼！」娜歐米假裝驚恐。

「不是家傳的銀器啦！只是一點小東西。像是，你知道的，一枝筆啦！一條手巾啦！當紀念品嘛！」

丹尼爾把手搭在我的大腿上，就在桌布下方，他用這種方式要我保持鎮定，坦誠且自豪。

「是，我見過她。沒有，我什麼都沒偷。她是我的編輯。我們兩個合作無間。而且我叫她歐納西斯夫人。」

「不是賈桂琳嗎？」愛倫促狹地打岔。

「她說賈桂琳的時候，發音結合了三分之二的法文、三分之一中大西洋地區[56]的英文。我不敢試念，我的舌頭會打結。」

---

56 Mid-Atlantic，通常是指美國境內介於新英格蘭和美國南大西洋地區之間的地區。

「夾—規—令。」娜歐米試了一下，但最後搖了搖頭。

「那是凱薩琳・赫本。」丹尼爾嘲笑。

除了我母親，其他人都笑了。

「提醒我們永遠不要跟妳玩名人猜謎遊戲。」我補充，招來更多笑聲。

「什麼是名人猜謎遊戲？」肯尼問。

我噘嘴看著哥哥。「可憐的肯尼。」

愛倫幫腔：「就是把名人寫在小紙條裡玩啊！記得嗎？有一年的聖誕節我打敗你們所有人！」

我看著散放在桌面上的三只紅酒瓶，其中兩瓶空了，另一瓶還剩一點點。我舉起酒瓶，要替愛倫斟酒，但她婉拒了，我把酒倒進自己杯裡。

「所以，回到原本的話題。」娜歐米不接受岔題。

「明明還有其他話題。」我堅持。

「沒有，並沒有。所以你們怎麼樣？」

「什麼意思？」

「你們是哪種關係？」娜歐米釐清，「算朋友嗎？」

「我不知道，算同事吧？」

「詹姆斯只是謙虛。」丹尼爾說。

娜歐米從我嘴裡套不出什麼，於是將熱烈的注意力轉向丹尼爾。「你見過她嗎？」

「喔，有啊！我們邀請她來我們地獄廚房的公寓。我們圍著桌子坐在通風井附近，玩Uno桌遊，一路玩到太陽下山。我還做了西班牙餡餅呢！」

大家又都笑了，連母親似乎也把他的話聽進去了。我環顧桌子，肯尼依然在喝啤酒，我們幾個竟然喝掉了三瓶葡萄酒。

「不，我沒見過他，」丹尼爾說下去，「詹姆斯把她據為己有。」

「你總要跟我們說點什麼吧！」肯尼繼續說，「我是說，我曾經在我們當地的律師公會活動上見過我們的國會議員，娜歐米見過鎮長……」

娜歐米制止他。「我就是鎮長。」

肯尼發出噓聲要她安靜。「……可是你這完全是另一層次的事，加上爸手上的那封信。」

「那封信！」娜歐米驚呼，「我都忘了那封信的事。」

「什麼信？」

「你不記得那封信了嗎？」肯尼問。我聳聳肩，他說了下去。「爸手上有一封信，是甘迺迪總統寄來的。是一封……」

娜歐米替他把句子說完。「表揚服務貢獻的信。」

「沒錯，」肯尼繼續說，「是爸參加扶輪社的時期。記得吧！他那個時候替醫院籌錢，讓院方買設備。知道吧！就是救護車。」

大家望向母親想聽她澄清。她靜靜說，視線沒從大腿上抬起。「是可攜式心臟去顫器。」

「沒錯。你們知道那種東西吧！讓開，砰轟！」肯尼挺起胸膛作為示範。「現在算是標準配備，可是在當時還是新東西。身為扶輪社社長，爸負責募款，買了三、四套那個設備，甘迺迪總統就寄給他一封信……」

「表揚服務貢獻。」娜歐米朝肯尼丟了個小餐包，餐包咚地落在他的盤子上。她伸手要再拿一個，這才意識到我們母親正在看，於是又乖乖把餐包放回籃子。身為鄰鎮鎮長，這種行為真是有失身分。

「對。那個東西讓他得意死了，到處向每個人炫耀。如果你是愛爾蘭裔或天主教徒，就會給你看兩次。如果你兩者都是，他就會在你耳邊念個不停！說那封信上面有總統印璽啦，什麼都有。壓印浮紋。記得吧，娜歐米？每次他一提到總統印璽，妳就會像海豹的鰭肢那樣拍手、發出像海豹的叫聲。」

為了加強效果，娜歐米如法炮製一番。「那本書裡的姐姐還會抽大麻嗎？」

「呃，而且那個哥哥是個大懶鬼。」肯尼沮喪地瞅著我。

「我考慮要選國會議員，我真的希望你可以刪掉那一段。喔，天啊，她都讀過了？我的政治前途這下子堪憂了。」

「放鬆啦！連我們的總統當選人都抽過大麻。」丹尼爾說，挺身替我辯護。

「對啊，可是他沒吸進去！」肯尼噗哧一笑，娜歐米忍不住又丟了個小餐包，這回正中肯尼的腦袋。

「別再丟小餐包了，免得小鬼看到！」愛倫用自己的餐巾蓋住麵包籃。

「那封信在哪？爸的那封信。」肯尼看著我們母親，她像雕像一樣僵住不動。幸運的是，肯尼輕鬆帶過話題。「所以呢？除了『不錯』，你得給我們更多訊息才行。」

母親將摺好的天鵝放在桌上，鵝脖像受傷或生病一樣疲軟彎垂。她站起來清碗盤。

娜歐米彈一下手指。「坐著。」

在這場意志的較量裡，母親瞪著娜歐米，反應好似不得不順從的小狗。不過，被桌邊討來的食物塞飽的達米諾，原本正在角落裡打盹，這會兒卻站起來小吠幾聲。

「法蘭西斯正在講故事。」娜歐米說，彷彿端出我的小名就可以軟化剛剛那聲喝令。她看著我，為了自己記起法蘭西斯這個名稱而高興。母親坐回椅子，娜歐米指示我說下去。

我嚥下最後一口酒，將酒杯放在桌上，然後將杯子繞了三圈。有人突然端出擱置久時不用的小名，讓我覺得自己再次成為受母親保護的對象，有種想站出來挺她的衝動。如果她不想聽這些事情，就沒必要勉強。我四下張望，先看看丹尼爾，再環顧桌邊，想得到一點支援。結果找不到。我的視線最後落在母親身上。

「是，法蘭西斯，」她咬緊牙關說，「說下去吧！」

我將雙手塞進口袋，深吸一口氣。我右手握拳，緊緊捏著馬克的電話留言。你沒做到。我慢慢開始，打算鼓起勇氣撐過去。「我們頭幾次開會的其中一次，她調了戴克利來喝。」

「哇、哇、哇！」群情激動。

「戴克利？」肯尼問。

「是，可是也不算，嗯，比較像凱西・李・吉佛[57]的歌裡面，說郵輪上供應的又濃又甜的那

57 Kathryn Lee Gifford（1953-），美國歌手、電視節目主持人。

種。是萊姆酒加檸檬的簡單版。」

「是她調的？」娜歐米問。

「對，她辦公室放了萊姆酒。」

「才怪。」娜歐米不同意。

「你在耍我們！」肯尼抗議。

「我發誓！那是別的作家送的。」大家都看著隔壁的人，想知道他們是否相信我。「我們大部分時間在工作，可是也會聊其他事情。人生啦！關係啦！有時候甚至會談到政治。我們一起看著比爾．柯林頓接受提名。」

「到麥迪遜廣場花園去嗎？」肯尼很佩服，「你們在那邊有私人包廂嗎？」

「不、不、不，是在她家的電視上，在瑪莎葡萄園島。」

肯尼猛拍額頭，彷彿在說當然了，母親則一臉憤慨。

「你們聊到關係？像是，她的幾場婚姻？」

「不是，是其他的關係，像她就知道丹尼爾。」丹尼爾往後靠在椅子上，一副欽佩自己的模樣，比了個動作，彷彿拿了顆蘋果在隱形的西裝翻領上磨亮。「家庭關係，父親和母親。」我頓住，知道自己應該打住，卻有更多話語從舌頭上頻頻滴落。「母親和兒子。」我咬唇望向母親，她火氣越來越大。「我絕對不會催她，追問她不願意主動談起的事。感覺很不智。很失禮。」

母親終於抬起頭。「可是她想問你什麼都可以，即使是失禮的事情也可以。」

「唔，她沒提過失禮的問題，可是……這樣說也沒錯，畢竟掌控局面的是她。」我試著攤平並重摺口袋裡的那張紙條。我必須繼續往前衝。「對誰失禮？」

「所以她就像是你老闆嘍！」肯尼說，打斷了我，依然想將實情拼湊成形。

「唔，不是，也不是。」

「你是她老闆？」

「不，不，當然不是。」我再次看著母親，她正在納悶我為什麼不能對一個陌生人失禮，而她卻必須忍受兒子對她失禮。「對，算吧！她多少算是我老闆。互動方式滿類似的。」

「可是就創作來說，詹姆斯有決定權，」丹尼爾強調，「他可以否決她的編修。」

我怒瞪丹尼爾——他這樣是在幫倒忙——但想到賈姬和我討論過他，他還樂陶陶的，沒注意到我的表情。「只是到某個程度啦！」我回應，「她的編修還會經過我的挑選，不過我大多都接受了！大部分都一針見血。」

「啊！」肯尼哼了一聲。

「有決定權的是出版公司，再來是賈姬。我是說，我把書稿交出去以後，他們可以選擇不接受，可以拒絕出版。」原來餐桌上有四個空酒瓶。我瞥見愛倫身邊有另一個空瓶，就藏在中央擺飾後面。五個人喝掉四瓶酒——即使對我們來說，都算很多。

「有可能嗎？」娜歐米問。

「再看看吧！我過來前才交出了最新版本的草稿。她說假期期間她會看看。」我手指打叉祈禱，舉起來給大家看。我明知自己的工作尚未完成。

「哇，你一定很緊張吧！」

我到底喝了多少酒啊？

「所以她在家裡讀我們的事，而我們坐在這裡聊她！我們住的這個世界真奇怪。」肯尼評道。我想起頭一次見到賈姬、得知要跟她合作之後，自己必須面對的種種奇怪念頭。

「唔，不是我們，那是一本小說。」

「是啦，可是少來了！那個姐姐是個大麻控，哥哥老是缺席——我猜我的確是，當時我忙著爭取事務所的合夥人資格——然後那個母親一早起來就大放韓德爾的神劇《彌賽亞》。」

「喔，天啊！」我低語，娜歐米繼續抗議自己被描繪成吸毒恍神的形象。

肯尼唱了起來。「他要作王，直到永永遠遠。萬王之王、萬主之主。哈利路亞、哈利路亞，哈—利—路—亞！」

我彎下腦袋，彷彿在禱告。喊叫和歌聲持續下去。我朝母親斜睨一眼，她以複雜又嘈雜的手法，在盤子上重排餐具，令人無法忽略。她把刀子朝叉子的尖齒之間一放，刀子碰得盤子鏗鏘響。她重複這個動作，一時片刻，那是唯一穿透肯尼歌聲的噪音。連孩子們都默不作聲，在另一個空間看雪人弗斯帝的錄影帶。接著她將三根指頭伸進餐巾環，開始拿著它在桌面上咚咚敲。在這些鬧聲中，肯尼即將結束另一段副歌「哈—利—路—亞！」，我勉強聽到雪人弗斯帝戴上魔術帽，活了過來時的呼喊：「生日快樂！」

「肯尼，」愛倫怒瞪，「夠了喔！」

這整個狀況令人難以招架，我童年的聲音從另一個空間傳來，混合了肯尼的歌聲以及母親憤怒的木頭打擊樂。我們置身於老家的飯廳，可是一切突然感覺陌生又新穎。以前掛在窗戶之間的古董鐘移到了另一面牆上。壁紙已經剝除，換成了苔蘚綠的油漆。肯尼自在地坐在桌首，彷彿一向坐在那裡，但他只是個替代的家長，無法敦促家人謹守分際。桌上的敲擊聲和我腦袋裡的砰砰響進入了完美的同步狀態，我終於在口袋裡將馬克的訊息重新摺好，在這片混亂中，彷彿解開了魔術方塊。

喬說你沒做到。

我脫口說出一件事，我知道這件事會讓母親不得不參與談話。「真好奇爸會怎麼看這些事情。」

母親嘟囔了什麼作為回應，但話才說出口幾乎立刻嚥回去。起初只有我聽到。肯尼和娜歐米繼續爭論著那封甘迺迪信件的下落，而丹尼爾摩拳擦掌準備提問，可能想問去顫器的事（如果我對他算熟的話；而不管是好是壞，我確實懂他），愛倫豎起一耳聽著小鬼們，看看是不是需要替雪人的影片倒帶並再播放一次。於是只有我一人直擊了母親那番駭人的話。

「可能在他的那箱檔案裡，就放我家。我發誓，總有一天我會徹底整理一……」

肯尼說到一半就停下來，娜歐米舉起一指要他暫停。身為人母，娜歐米總是對麻煩保持高度警戒，她立刻意識到狀況有異。「等等，媽剛說了什麼？」她問我。接著，既然我呆若木雞無法回答，她便轉向我們母親。「妳剛說什麼？」

「對啊，媽，」我瞪著她，「妳剛說什麼？」

我這次回老家，母親頭一次真正跟我四目交接，我們兩人盯著對方，這或許是我們這輩子玩得最徹底的一場瞪眼挑戰賽[58]。她嚥嚥口水，支吾其詞，還沒開口就打住。

「妳—剛—說—什—麼？」我把餐巾放在桌上，彷彿準備從椅子上起身。

母親清清喉嚨，每個人的目光全都聚焦在她身上，這番重量讓她為之退縮。

「我說他不是你父親。」

就我記憶所及，這種神情我只見過一次，可能在我六、七歲的時候，當時我們在商店裡，我想買點瑣碎的小東西（也許是傻普弟魔術黏土，想用來複印報紙上的漫畫版），她怎麼都不願意，牢牢盯住我，直到我把東西掛回貨架上。可是這一次她要我開口，做點什麼作為回應。「妳醉了。」我低語。

丹尼爾停下來，困惑又憂慮地看著我，可是我並未移開憤怒的目光。他轉向母親，看到她回瞪著我。我不確定他是否聽到她說的話。不管怎樣，他都知道事有蹊蹺。

肯尼盯著娜歐米，我從眼角餘光可以看到愛倫轉身盯著丹尼爾；現在人人陷入了以眼神對峙的僵局。

「艾琳，妳剛剛說了我認為妳說了的話嗎？」丹尼爾終於勉強說出口。

「她剛說什麼？」肯尼以為自己錯過了無關緊要的如珠妙語，頂多是針對那封信下落為何的想法。

「她說他不是我們的父親。」我確定母親還看著我，這樣她就能看到我說這些話的表情。

「我說，『真好奇爸會怎麼看這些事情』，她就說，他『不是我們的父親』。」

「什—什—什—麼？」肯尼笑了起來，可是我沒看他，聽不出是緊張的笑，還是因為他知道這很荒謬。

「不。我是說他不是你的父親。」她繼續盯著我，久到可以看見話語如匕首刺進我的心口。我想我看出她臉上閃過一抹驚懼，可是她迅速別開視線，望向遠側的牆面，接著將注意力轉向自己的大腿。

「艾琳。」丹尼爾開口。

娜歐米插了話。「媽，妳在說什麼啊？」

我可以感覺有隻手揪住我的心猛掐，要說痛苦，不如說是恐懼。因為接下來的狀況是我的肺沒辦法用空氣填飽，我無法將空氣逼進肺裡，我沒辦法讓肺擴張。我在椅子裡越變越重，彷彿椅子突然在另一個星球的房子地板上生了根，質量遠比在地球大上無限多倍；在那個星球上，我的體重會比實際重上兩或三倍。丹尼爾把手搭在我的肩膀上，目光沒從眼前的家庭大戲轉開。我痛恨丹尼爾手的重量，彷彿將我更往下拉。我的雙眼濡濕起來，因為悲傷，因為憤怒。

娜歐米現在正一個個撿起空酒瓶，然後又放下來。肯尼環顧餐桌，像是民意調查員想評估選區的氣氛。

「媽，是真的嗎？」他問。

母親一語不發，所以我替她說了。「什麼是真的？」那些字眼像彈珠一樣從我口中乒乓落下，我轉往哥哥向他求助。我四年級的時候，有個叫布魯斯．史耐德的小鬼——他一定留級了三、四次，因為我發誓他都有鬍子可刮了——威脅要在放學後揍死我，因為我向老師告狀，說他吃了我

58 請見注17。

的三個筆蓋。肯尼當時上中學了，學校當天最後一次鐘聲響起時，他就在我們學校的前門旁邊等我，陪我一起走回家，連續這樣一個星期。我現在就想要那個大哥哥。我想要那個大哥哥再出現。

可是這次挺身捍衛我的卻是愛倫。「詹姆斯，別聽她的。」但她招來丈夫一個嚴厲的眼色，彷彿說了有失分際的話。

這就好比：下課鐘響時，肯尼還沒抵達我學校門口，也許還在一個街區之外。他還沒準備好要問那個需要回答的問題，所以只是問：「妳醉了嗎？」

母親低語：「沒有。」

「她當然是醉了。」娜歐米一臉嫌惡將一只卡本內紅酒空瓶從母親身邊推開。結果酒瓶以慢動作傾倒，落在桌面時發出悶響，幾滴紅酒濺在朝聖者鹽罐和胡椒罐上，有如血跡，難得他們永恆的詫異表情有了正當理由。

母親用嘴型說：「我沒醉。」

一時片刻，我納悶是否只有我看到她做這件事。可是肯尼扯開嗓門說：「那妳幹嘛說這種話？」

我們全都僵住不動，像是立體透視畫，有人可以把我們畫成一幅畫，展示在博物館裡，供未來的世代研究。注意他們苦惱的神情、構圖呈現的靜止。大家酒足飯飽，卻依然飢餓。不滿足。看看這些人物都在各自的空間裡，彼此分離，雖然他們看起來彷彿同屬一家人，但只有那兩個年輕人有肢體接觸。瞧那厚重的筆觸，看那壓迫著人物的濃重油彩。

「妳幹嘛要說這種話！」肯尼握拳猛搥餐桌，這個活人扮演的靜態畫面就此打破。我們都嚇一跳，盤子和刀叉也是。一切懸浮半空、靜止不動，那瞬間我們碰上了零重力，然後猛地落回桌面上。

「我會這樣說，是因為那是真的。」

十九

「妳在開我玩笑吧！」我爸發牢騷。

「那是作業。」我媽將蛋糕烤模朝流理臺上一放，碰得喀啦作響。她逐漸失去耐性。

「他乾脆去當女童軍好了。」

加入韋畢羅斯童軍三個月之後，我們的女訓導宣布我們十二月的活動是父子合烤蛋糕。從我很多幼童軍伙伴的反應看來，他們覺得這個活動跟韋畢羅斯童軍的宗旨互相矛盾：讓男孩從幼童軍過渡到童軍。彼得．赫德立甚至抽出他的手冊，證明我們應該學習怎麼求生存、野地、急救處理技巧——就像我們一直在做的那樣。他爸送了他一把口袋折刀，他迫不及待想拿出來用。我們上過的課程有怎麼升營火、怎麼找好地點來露營、又要如何指認可食的植物和莓果。有個活動跟營地炊食有關，必須將漢堡肉和一顆馬鈴薯分開放進我們手工摺妥的錫箔紙小袋，然後擱在一堆炭塊上面煮熟，再用塑膠叉子在蘭斯．佛拉恰克家的後院裡吃。可是，烘焙和裝飾蛋糕並不是你在野地真正能做的活動，對有些孩子而言，似乎跟我們身為童軍的使命無關。而這當然就是讓我這麼興奮的原因。

「男生就應該到戶外撿撿石頭，維持良好的體能。如果他們需要找個專案來忙，可以沿著八十九號國道撿垃圾啊！」

我媽沒回應——她習慣讓我爸一吐為快，說到無話可說為止。我一直默不作聲，免得他們發現我躲在走廊上的轉角那裡。

「就不能由妳來弄嗎？」他問。我的心一沉。我爸又想把我推給我媽了。

「你是怎麼回事啊！」她輕聲說，免得讓我聽到。她知道我總是在不遠的地方。不過，我一向都聽得到。

「真是有損人格。潘蜜拉自己的婚姻出問題，就把氣出在這些小鬼身上。」

「出什麼問題。」

「她討厭貝里，搞不好討厭所有的男人。」

「所以她用烤蛋糕來懲罰你，真可怕。」我媽使勁關上櫥櫃門。我想像她正在為我們的糕點蒐集材料——糖、麵粉、小蘇打粉、香草精。「如果她這麼討厭男人，何必自願站到前線，養大他們的下一代。」

「也許那是從內部顛覆我們男人的祕密計畫。像那樣的女人，別人是不可能理解的。」

我媽再次沉默，這種遊戲她可以玩上一整天。

我爸生著悶氣，最後誇張地吐了口氣。「那小鬼想做什麼樣的蛋糕？」

「燈塔蛋糕。」我媽告訴他。

「一個什麼？」

「一個燈塔。」

「我是說什麼口味，難道還要有造型？」

「對，必須是一個……」我媽打住，我屏住氣息。「我會替你烤好兩個長方形的糖霜蛋糕。香草口味的。我想這樣不算違規。可是你最好開始想想剩下的步驟。」

「今天星期天，球賽五點開播。」

「他的聚會在明天晚上，而且最好做出個樣子。」更多竊竊私語。「記住松木比賽的事。」

「松木比賽」是我跟我爸合力完成的上一項作業，就在參加幼童軍的時期。每個男生可以拿到一組材料，裡面有一塊松木、塑膠輪子、金屬輪軸，父親和兒子必須合力做出模型車，然後一起參加競賽。我爸做得津津有味，將我們那塊木頭刻成賽車形狀，表面磨平滑，舉高仔細檢查，針對空氣動力學進行微調。我則認真看待上色這件事，終於在他的工作室找到自己得以容身的小角落，他甚至幫我翻找圖書館借來的賽車繪本，選了正確的色彩——藍底橘色條紋。賽車跑道在宣聖會教堂的地下室拼裝而成，我們有時候會在那裡舉行聚會。我無意中聽見我爸跟別的爸爸說，我上色的成果最多可以說是「熱情有餘」；我不確定那是不是侮辱，但也無法排除這個可能。我們這組排名第四，但這場比賽只有三座獎盃。

回家的途中，我在車上哭了。

「輸了也沒什麼好哭的。」我爸當時說，可是我想要獎盃。沒錯，那些獎盃是金色的，閃閃發亮，底座看起來像大理石，我想像過它擺在我房間的模樣。可是它們更像是一種象徵。我永遠無法在跑步、游泳或打棒球上得到獎盃的肯定。獎盃會清楚說明，別的男生擅長的事情，我也可以有傑出的表現。獎盃會證明我是個正常的孩子。

我坐在副駕駛座上，雙手緊緊攥著我們的賽車，像串在烤叉上緩緩轉動。我在離我們家兩個街區的地方停止哭泣。在車道上，我們默默坐了片刻之後，我爸說：「打賭其他老爸一定把木頭挖空，在裡面塞籌碼，真希望我事先想到。」就在這時，我才明白他也很失望。「路・佛雷契甚至有鑽床，該死。」

「把東西變得更重，怎麼會走得更快？」我當時問，他的說法似乎很矛盾。

「我不知道，兒子。」他那時回答，顯然越來越煩躁，「就是會。」

「你有沒有在聽我說啊？」我媽現在厲聲對我爸說，害我在藏身處嚇得跳一下。

「有，松木比賽。我聽到了。」我聽到廚房抽屜關起來，我爸退回自己的工作室，希望能夠擬訂一個計畫。確定他離開以後，我就悄悄溜進廚房，默默站著，直到我媽將圍裙套在我身上，就是上頭寫著「我是花生果醬媽咪」那件。

「我們要怎麼用兩個長方形蛋糕做出燈塔？」我問，瞅著兩個蛋糕烤模。

「那個部分由你爸負責。」她打開食譜、量好麵粉，我的視線一直追著她不放。「如果你讓我好好弄，法蘭西斯，速度會快得多。」

我眨了兩次眼。「這樣違反規定耶！」

「又不用給誰知道。」

對我媽出手幫忙的部分，我已經很不自在了。該怎麼解釋這件事才好？「我就會知道啊！」童軍的特點之一就是榮譽。

「對，」她說，「我想你會知道。」

我看著她把所有的材料倒進鮮豔的美耐皿料理缽裡。她把攪拌棒裝進電動機身，我半信半疑問，「爸有辦法做這個嗎？」也許榮譽並不是最重要的特質，也許眼前的目標是一個樣子過得去的蛋糕。

「蛋糕棒的地方就在這裡，普通的老奶奶就會做，不必用到陸軍工兵部隊。」電動攪拌器咻咻活了過來。

蛋糕脫模並放在鐵架上冷卻時，我和我爸盯著它們，小心不要太仔細端詳對方。他在工作室裡裁了塊板子，當成蛋糕作品的底座，他讓我用錫箔紙裹住板子。接下來要怎麼進行，誰也猜不到。

「唔，」我爸說，「這下子我們甩不掉對方了。」

這份聲明重重落在我們之間，連我都明白這句話別有意涵。

「我們要怎麼用兩個方形蛋糕做出燈塔？」

我爸蹲下來，視線與流理臺同高，他掃視這兩塊蛋糕。「你信得過我嗎？」

「你是要把裡面挖空，塞籌碼進去嗎？」我以前沒用過這種語氣跟老爸講話。

我爸從鏡框上方瞅著我。「沒人喜歡耍嘴皮的傢伙，詹姆斯。」

我點點頭，沒說我對這個提議有幾分認真。

「你穿的那是什麼鬼東西？」他的視線落在我的圍裙上。

「你想要一件嗎？媽還有一件藍的。」

「脫掉。我們是男人，不怕一點小髒亂。」

我瞪著我爸，他瞪著我，他的眼神更嚇人。我沒別開視線，將粉紅圍裙從頭上取下，丟在地板上，只有在這時，我才垂下視線，不再看他。我很生氣，可是不完全明白原因何在。我就怕小髒亂（而且怕死了大髒亂）。我真希望我在韋畢羅斯童軍可以一直穿著圍裙，尤其在我們彎折幼樹，要做出一座單坡棚時——樹液沾得我的衣服都是。

我爸將一只小碗拉到旁邊，以單手在碗緣敲開雞蛋，再將蛋殼扔進水槽。

我瞪大雙眼。「那個你在哪裡學的啊？」我媽敲蛋向來雙手並用。

「美國海軍陸戰隊。」

「真的喔？」我聽我爸聊過他在海軍陸戰隊的時光，前後不少次（其實是太多次了），那些故事不曾讓我覺得興奮，可是能教會你用單手敲蛋的地方——腕一轉、手一揮——不會都那麼糟。

「開了很久的車以後，我們會趁吉普車的引擎蓋還熱熱的時候，在上面煎蛋和罐頭火腿。」

轉念一想，我原本的評估並沒錯。

「我們要用蛋幹嘛？」

「做糖霜啊！」

「糖霜裡面沒有蛋。」我幫我媽做過夠多的蛋糕，所以知道這一點。「而且媽都做好奶油糖霜了。」

我爸望向一大碗奶白色糖霜，彷彿相當驚愕。他用手指掃了過去，舔了舔。這是他頭一回看起來對眼前的任務沒那麼反感。「唔，好吧。我們必須做出藍色，也必須做出灰色。」

「灰色？」灰色是海豹、人孔蓋、暴風雨天際的顏色，絕不是用來吃的。我試著想像灰色的燈塔，卻怎麼也想像不出來——燈塔通常是白的。

「藍色很簡單，有現成的食用色素。」他從盒子裡拿出一小管的藍色色素，放在桌上。「不過灰色呢……」我爸搔搔下巴下的短鬍。今天早上我們上教堂快遲到，所以他沒刮鬍子。「要怎麼弄才好？」

真正該問的問題是，我們為什麼要弄灰色？但我知道最好不要打斷我爸的思緒。「灰色是白和黑的混合。」我主動說，希望可以幫上忙。

「很好。」我爸將手搭在我肩上，感覺沉甸甸，而且推得有點用力。「糖霜是白的，可是我們沒有黑的。可是我想我們可以混合三種原色，做出灰色的效果。」

我瞅著那盒食用色素，尋找原色。「藍、黃、紅！」

「這是你的蛋糕，你試試吧！」

明明是我們的蛋糕。我突然間閃過一個嚇人的念頭，就是他準備暗中破壞這個作業，免得看來有失男子氣概。他舀了點白糖霜到別的碗裡，雖然我遲疑片刻，但最終還是各加了幾滴色素進去，攪拌糖霜，直到出現偏紅的顏色。

「我想我加太多紅的了。」我說，我們的灰有種偏棕的色調。我明明盯得很緊，怎麼會多滴了紅色呢？真是想不通。可是結果就是這樣，也無從爭辯。

我爸往碗裡瞥了瞥。「不會啦！很完美。」他逐漸變白的鬢角跟這個糖霜的顏色滿像的：帶點紅的棕色，可是又夠灰，滿有意思的。「我們用那個顏色當礁石吧！」

長方形烤模？灰色糖霜？礁石？這些東西對我來說都跟燈塔無關；更糟的是，看來都跟可食性或得獎潛力扯不上關係。我們不只注定與得獎無緣，可能還會遭到訕笑。

我爸一定讀到了我臉上的表情，因為他說：「小子，燈塔有什麼功能？主要的職責是什麼？」如果燈塔有次要的職責，我也不知道是什麼。燈塔的主要職責就是避免船撞上……「喔！」我對他的遠見幾乎感到佩服，他真的認真思考過。

我們替第一塊蛋糕上了藍色糖霜作為海洋。我爸把第二塊蛋糕掰成兩半，邊緣參差不齊（我倒抽一口氣），把一半放在上頭。「把那塊塗上灰色糖霜。」參差不齊的邊緣化為完美的岩岸。我用了點白糖霜在水中做出海浪和漣漪——讓海洋看起來波濤洶湧。如果我們做的是燈塔蛋糕，乾脆讓燈塔看起來有其存在的道理。我爸將剩下的那片蛋糕雕琢成燈塔，因為很脆弱，所以由他親手抹上白糖霜。我們合力用完最後的灰色糖霜，作為塔頂上的圓拱。

我往後一站，欣賞我們的創作，忍不住覺得折服。也許我們不是甩不掉對方——也許我們是個優秀的團隊。

「你知道這需要什麼嗎？」我爸問，然後離開廚房。他常常這樣，提出問題卻不等人回答。他走回工作室，我一路跟在後頭，他在抽屜那裡開開關關，他用那些抽屜來收納螺絲那類的小東西，我站在門口那裡煩躁不安。「啊—哈！」找錯幾次抽屜之後，他終於找到了他在尋覓的東西：從他兒時模型火車上拆下的舊零件。他拔起五棵迷你小樹，大小比例恰好適合我們的蛋糕。

「我們可以用這些東西嗎？」

「一定可以。我讀過童軍會給的指示。蛋糕只要有百分之八十五可以吃就行了。」

「既然如此……」我仿效我爸的做法，逕自跑進屋裡，衝上樓到自己房間，然後拿著一艘我從未玩過的塑膠小船回到廚房。

我們替蛋糕做最後的妝點，我雙眼一亮。我想像我手裡抓著首獎，其他男生熱烈歡呼，將我抬在肩膀上，雖然我內心深處知道，只有我對烘焙覺得這麼興奮。

我們最後贏得第二名。蘭斯．戴維斯和他爸做了一個賽車蛋糕，搶在我們前面，奪得了首獎。（再次受到賽車的阻撓！）

「幹得好。」我爸說，他領到我們的亞軍紅緞帶之後，握了握我的手。我想我們沒得到冠軍，幾乎讓他鬆了口氣。

為了替未來的韋畢羅斯童軍活動募款，家長、朋友、評審受邀參加我們的聚會，那些蛋糕在賽後默默地義賣給他們。我希望我爸買下蘭斯．戴維斯的蛋糕，這樣我們就可以剖開來，看看可食度是否只有百分之八十四，所以不符合參賽資格。我爸在最後一刻決定搶標我們自己的蛋糕，可是競標已經結束了。

一直等到我媽向幾位女士道晚安，走到我們家的車子時，我們才知道她做了什麼。我的心神還放在蘭斯的蛋糕上的時候，她出錢買下了我們的蛋糕。我捧著蛋糕坐在後座，我爸甚至特別放慢車速，免得轉彎的時候蛋糕會滑下去。

我和我爸之間的鴻溝越來越大，我媽扮演著我倆之間的橋梁，有時候看似弱不禁風。懸吊著她的纜線感覺疲憊又磨損。可是今晚，她轉頭回來對我微笑，然後輕拍我爸的腿，看起來強韌如鐵鋼。

二十

肯尼的房間原本有爆米花天花板，也就是粉刷灰泥天花板，不管一般都怎麼稱呼。是一九六〇跟一九七〇年代郊區住家的特殊禍源。既然可以把那種醜陋的廢物一層層塗抹上去，佯裝成風尚，又何必費力修補裂縫？大家來看看，用當地五金行買來的填料和油灰調成的混合物，多麼討喜，模樣就像茅屋起司！一切看起來不就跟新的一樣嗎？這些處置不過是謊言，根本沒修理好底下的天花板、裂縫、弱點、瑕疵，只是用來遮掩。可是現在那些爆米花已經不見了，我試著回想是什麼時候拆掉的？又是誰負責打理的？在一個顯然喜歡以軟泥和假象遮掩錯誤與畸形的家庭裡，竟會有某個深謀遠慮的人說：不，我們應該撥亂反正。

「你醒著嗎？」丹尼爾問。

我們仰躺在黑暗中，緊抓著一路蓋到脖子的毛毯，雙眼圓睜，我們兩人除了呼吸之外不敢輕舉妄動。我在腦袋裡數到十五。「如果你是我？你睡得著嗎？」

丹尼爾吐氣，二氧化碳和過量的氧氣使他嘴脣顫動。

娜歐米自願睡我的臥房，那裡有張舊單人床，因為她先生沒來，艾隆則用太空超人睡袋席地而睡。肯尼和愛倫住得夠近，可以回自己家過夜，所以我和丹尼爾到肯尼的臥房去，那裡空間較大，客人住起來舒適些。肯尼邀我們到他家過夜，以前那個大哥終於現身要陪我散步回家了——雖然我再也不確定家在何方？何謂家？可是我要他別傻了，我現在是成年人了，可以自己挺身面對惡霸。所以他們帶著威廉和薩克立準備離開。離開前，愛倫握住我的手，握得有點太久，在氣氛尷尬起來以前才放手。他們一家踏出了門口。

那個惡霸在自己的房間裡，就在走廊對面。

大家離開以後，我留在桌邊很久，有如孩提時代因為拒吃青豆而被禁止下桌。母親退回自己的房間，娜歐米和愛倫看顧著孩子們。肯尼和丹尼爾陪我坐了一會，但丹尼爾最終站起身，因為飯後總要有人收拾殘局。肯尼走去跟娜歐米嚼舌根。

大家最終都上床就寢了。

我瞇眼繼續端詳那片天花板，但唯一的光源來自十一月的月亮，微藍的月光柔化了整個房間，我看不出牆壁在哪結束和天花板從哪開始，感覺就像在雪屋裡。再一個月才是冬天，至少照日曆來看是，可是凜冽的寒氣滲入窗櫺，朝我襲來，好似竊竊私語，傾吐了更多揪心的祕密。微風匆匆掃過，吹動了外頭的楓樹，我看到最後一批枯葉的幽影像手一樣對我揮動，那些大手好似屬於棒球球員或壯碩魁梧的瑞典人。

有根枝椏輕拍窗玻璃，丹尼爾畏縮一下。「那是什麼聲音？」

「樹。」我喃喃，彷彿要哄不安的孩子入睡。

我四年級的時候種下那棵樹。我記得當時和父親從鄰居伊根小姐的後院拔了那棵樹來。她是個駝背的可憐老嫗，一輩子沒結過婚，蒐藏了太多的碎布娃娃，那些娃娃可能是她親手做的，也可能不是。她總是想跟我們討蒲公英葉，感覺還滿怪的，不過我想她都拿去煮湯了。這棵楓樹還屬於她的時候，她曾經針對這棵樹表達了一些負面想法，當那些想法似乎要化為行動計畫時，我們從厄運中將它搶救出來，根部跟一切，用生鏽的獨輪推車將它轉到目前肯尼臥房窗外的位置。我們想像這棵樹未來會茁壯成長，父親朝路燈燈柱的方向往外多移了幾英尺，在那裡替這棵樹挖了個洞種下，跟房子拉開了充足的距離。

至少那時他還是我父親。

「這裡的夜比城裡更黑暗，可是月亮和星辰更亮。」我說。

「太安靜了，」丹尼爾回答，「靜到睡不著。」

當然了，那就是問題所在。

我記得我們開車到老家門前時，注意到即使在十一月，草地依然綠油油到不可思議，好似人造草皮。我在光鮮亮麗的大都會住了夠久的時間，明白東西有時能夠以假亂真，而有時真的東西看起來可能假到出奇。紐約州鄉間沒什麼假造的物事，但整體卻是經由仔細建構而成，好似在廣闊的攝影棚裡：星辰是用來遮掩屋梁所安裝的舞臺燈具，樹木由世界頂尖的塑膠樹藝家製作而成。對我而言曾經如此熟悉的住家和穀倉，現在卻只是虛假的外表，以一連串錯綜複雜的木條和鋼梁架在原地。一到夏天，就會播送蟋蟀的聲響。我們近來看了威廉．英奇的舞臺劇《野餐》[59]，我們有個朋友在劇中飾演玫吉這個角色，我記得自己當時在想，這個布景看起來好像老

---

59 William Inge（1913-1973），美國劇作家、小說家，《野餐》（*Picnic*）是他在一九五三年推出的作品。

家。既然我現在透過有色眼光看待老家，如果我再看一次那齣戲，肯定會覺得舞臺設計師的架構感覺也很像老家。

丹尼爾握住我的手，為我冰冷的手指帶來出奇的暖意。我的心一虛軟，就無法將血液輸往四肢。「她不知道自己在說什麼。」打從我們退回肯尼的房間以來，丹尼爾頭一次提起晚餐的事。

我咯咯笑。不是覺得有意思——說困惑或許比較貼切。筋疲力盡。因為我知道，她很清楚自己在說什麼。「你想賭賭看嗎？」

「好吧！也許她知道自己在說什麼，可是你知道，那不代表就是真的。」

我翻身轉成側面，直直盯著他的耳朵。在這樣的光線下，那只耳朵看起來既是怪誕的畸形東西，也是精心打造的藝術品。「也不代表不是真的。」

「她醉了，你自己也這麼說。」

我頓住，試著思考自己想說什麼。要怎麼結束這場對話，又讓這場對話開始。「In vino veritas（酒後吐真言）。」母親不是個貪杯的人。但今晚釋放真相的，正是酒。

丹尼爾呱呱叫了一聲，好似加拿大鵝。他的拉丁文不是很好，可是我知道他聽得懂。

「剛剛幹嘛叫那麼一聲？」

「拉丁文？你竟然引用拉丁文的東西給我聽？真的假的？」丹尼爾將我身上的被子扯走一些，淨往自己身上堆。「有時候很難弄清楚，你們一家子當中誰最愛演。」

這回我真的笑了。因為端出我常用的拉丁句子，和謊稱妳幼子的生父身分，竟成了同等分量的罪行。接著丹尼爾也笑了起來，我們的笑聲扭絞在一起，就像DNA分子雙股螺旋的雙骨架；在這一刻，感覺真的像是生命的基礎。我好怕這一刻終將結束。害怕等我們的笑聲升到最高點，開始慢慢遁入沉默時，一種空洞就會像個滲穴似的，在這個房間裡裂開。

我舔了下丹尼爾的耳垂，這個舉動連我自己都覺得詫異。他手一揮要我退開。「重點是，我想她說的是真的。」

「喔，少來了。不可能的。」

「她平常幾乎不談自己的事，這次又何必大費周章，分享瞎編出來的東西？沒道理啊！」

「她還在生你的氣嘛！她想要對你證明點什麼，證明你沒有自己想的那麼懂她，證明你在書裡寫的是錯的……」

「她又沒讀那本書。」

「無所謂。對她來說，你要出版的是個謊言。她想看到你受到屈辱、跟她一樣覺得羞愧，所以用捏造的東西來達成這個目標。」

我搖頭表示不同意，一面把屬於我的那份被子拉回來。「就在書裡面。」我說，然後又說一次，彷彿這次才真正理解。「就在那本該死的書裡。有時候他會看著我，納悶我怎麼可能是他兒子。」

丹尼爾不接受這種說法。「你應該看看，我跟我老爸說我想吹法國號的時候，他露出什麼表情。」

我露出笑容，心裡一面生丹尼爾的氣。我會又笑又氣，都是他害的。

「你只是在胡思亂想。」他說了下去。

「有時候我還滿討厭我爸的。」

「有時候我也滿討厭我爸的。」

「也許我應該笑納這個消息。」

「不是消息，是胡扯。」

「不過，現在躺在這裡，我希望那件事不是真的。」

「唔，不可能是真的。」

我們簡直各說各話。「我們一起烤過一次蛋糕。我跟你說過嗎？唔，我媽先烤好蛋糕體，然後我跟我爸負責裝飾，最後得了亞軍。」

「什麼的亞軍？」

我把枕心再往枕套裡塞，好把自己撐高。「我也不大記得了。一場競賽吧！我們的主題是燈塔，弄的是蛋糕。他說……他說我們甩不掉對方了。」

「他指的可能是進行那項任務的期間吧！」

誰曉得他真正的意思。

我試著將心思集中在荒唐的話題上，讓腦袋去思考其他事情，這樣或許我就睡得著。打長曲棍球的目的是什麼？我們手頭上有沒有元素週期表？拇指如何運作？可是我倔強的心總是會飄回丹尼爾講過的話：你只是在胡思亂想。

我母親這位女性向來謹守分際、字斟句酌。今天晚上她會說出那種話，是有原因的。賈姬說得沒錯。每個母親都有個故事。道出這個故事的時候到了。

二十一

我醒來的時候，覺得好迷惘，感覺有如宿醉。不是因為喝了酒（很明顯，我不是喝最多的那個），而是因為累壞了。我不知道現在幾點，也不曉得前後睡了多久。我記得自己在時鐘上看到的最後一組數字是3：15 am——我記得年少時期讀了《鬼哭神嚎》[60]，這個時間特別讓小說角色喬治．盧斯苦惱。他每天晚上會驚醒，在時鐘上看到這個時間，他最後判定，前任屋主的兒子就是在那個時間點，用獵槍射殺自己的家人。子彈出膛、子彈出膛：我睡著以前的最後幾個思緒。他不是你父親。這確實就像是子彈出膛。

黑暗籠罩著房間，但在陰影下方，可以看出黎明的頭一道粉紅曙光——新的一天即將到來。我望向丹尼爾，他頭朝牆仰躺著，眼前是他胸口起伏的熟悉景象。近來我常常看著他睡覺，有多少個深夜我無法成眠，體內咖啡因超標，為了得到完美的結局，試著處理核心敘事周圍寫得較弱的部分。我對他心生妒意，或許因為他的工作——他導戲空檔的兼差，似乎都不曾讓他不得休

---

60 *The Amityville Horror*，是美國作家傑．安森（Jay Anson）在一九七七年出版的書，聲稱是根據盧斯一家的親身經驗所寫成的紀實恐怖小說。

息。煮咖啡的淡淡氣味從門下飄進來，不是母親過去用來叫醒我們、震天價響的韓德爾式喚醒法（為了這點，我要讚美主），可是還滿有效的。我從被子底下鑽出來，小心不要把重量都放在嘎吱作響的床緣。丹尼爾動也沒動。我身上穿了多到出奇的衣服，我不記得那是為了保暖，還是我昨晚上床前懶得脫掉衣服。也許，就像民兵，我覺得自己必須時時處於備戰狀態，就等戰役重新開場。

我的視線穿過走廊，注意到自己以前的臥房門關著——娜歐米和艾隆還在睡。那就只剩一個罪犯，我望向母親的房門時，想也知道，開了個縫。我在走廊上僵立不動，冷冰冰、動彈不得。我往階梯一半的地方窺探，覺得有點地方不同。樓梯平臺上方的牆壁空得引人注目。以前掛了一幅裱框的、從A到Z的花卉珠繡，是我祖母做的東西。A代表Amaryllis（孤挺花），B代表Buttercup（毛茛），C代表Chrysanthemum（菊花）。孩提時代，我把這整套花卉名稱都背起來，每次都在樓梯上坐個大半天，不知道要往上走還是往下走，等待著人生的開始。此時我在這裡等著，文風不動，彷彿突然做出任何動作就可能消失不見。我端詳著樓梯，不確定要往前或撤退，接著用手指一路掃過牆面，想找以前掛釘子的地方。找到了。我得以在記憶中的過去裡站穩位置。我的童年並不全是編出來的，不是想像力失控的產物。我曾經童稚過、矮小、徬徨、害怕。現在我長大成人、高大、篤定、勇敢。

我緩緩往下行。寂靜、某人在廚房裡走動的聲響，加上我鼓膜裡的啪啪聲，都給人一種聖誕節早晨的感覺，可是沒有禮物在等我，沒有細心掛好的襪子。最底階的右側是一扇半開的門，通往父親的舊書房。那個房間散發著平靜的氛圍，方位朝東，理應是屋裡最早亮起的房間之一，看起來卻陰暗冰冷得教人難受。母親一直關著那裡的百葉窗。我轉了向，面朝飯廳。廚房有光。在樓下這裡，咖啡的味道更濃郁，吸引著我、對我歌唱，恍如海妖似的召喚我步向險境，朝崎嶇的礁岩行去，往厄運邁進。想也知道，母親就站在廚房水槽邊，背對著我，望向窗外的草坪，凝視十一月黎明的冰霜。

「咖啡快煮好了。」她說，但沒轉過身來。我拉了張凳子到流理臺前。今天的報紙已經徹底翻過，因為夾了黑色星期五的促銷傳單而變成厚厚一疊。

我們默默無語，靜待咖啡煮好。機器咕嘟嘟噴出最後一批咖啡，發出靜靜的嘶聲，母親倒了兩個馬克杯的咖啡，推一杯過來給我。我盯著杯子，彷彿那可能是個陷阱，某種爆裂物，一枚手榴彈。可是我需要咖啡因，我需要覺得溫暖。我一直捧著馬克杯，最後變得太燙，不得不放下。沉默一陣子，仔細端詳一張無線屋電器連鎖店的傳單之後，我以為咖啡已經降溫，於是長長啜飲一口，任那種苦澀的熱氣燙熱喉嚨。我通常不喝黑咖啡，但我不敢伸手去拿奶精和糖。如同面對一隻蜜蜂，只要我盡量保持不動，就可能不會被叮。

母親從麵包盒裡拉了一條葡萄乾麵包出來，放在流理臺上，介於我們兩人之間。麵包位於三不管地帶，在某種非軍事區裡。

「他叫法蘭克。」她說。

「奶奶本來放在樓梯的那幅珠繡，就是那些花卉，從A孤挺花到Z百日菊的那個，不見了。」這些話從我的嘴裡吐出來，介於事實陳述和發出警示，「其實有好多東西都不見了，」現在逼近指責。「照片、紀念物、書本。妳注意到了嗎？」

母親困惑地環顧廚房，從窗戶望向爐灶上的罩蓋，再看向前門、玄關，然後再看向餐桌、流理臺，彷彿頭一次注意到這件事，也是頭一次注意到她居住的這棟房子。如果我們住在電影預告片裡，這裡就是「臉部特寫」搖滾樂團[61]那首歌會漸漸淡入的地方。

你可以告訴自己，這不是我美麗的家。[62]

「好像被人打劫過似的。」

母親細細思量。「我東西都會移來移去。」

「妳把東西移來移去？」

「詹姆斯，拜託。」

我伸手拿葡萄乾麵包，揪住束起袋子的封口條。我扭啊扭，可是封口條只是將袋子束得更緊，所以我換個方向轉啊轉，直到封口條上的紙脫落，只剩下金屬線。我索性撕開塑膠袋，讓整條麵包暴露在空氣中。「其實我不大餓。」

母親拿了砧板過來，準備將麵包切成兩半。不過，這是一塊沒特色的新砧板，上頭幾乎不留鋸齒刀的切痕，不是我年少時期父親製作的、上頭有深深切口的那個。我忽地湧現一種渴望，希望這棟房子是一間凍結過去的博物館；希望會有繫著深紅絲絨繩的柵柱，讓人無法接近最能代表我們這個核心家庭的事物。我們在某個地方走偏了路，而我突然迫切想要回歸正確的軌道。為了實現這個目標，一切一定要維持在原本的狀態。

「你必須讓我說這件事。」

「老天。」我的原意是想咒罵瀆神，但也想作為禱告。神啊，請幫我理解，我們為何總是放不掉理想化的過去？

母親深深吸口氣，用扯破的塑膠袋裹住半條麵包，彷彿頭一次替嬰兒包尿布，不確定到底該怎麼下手，只求有最大的包覆面積。「他叫法蘭克。」

「別說了。」我定定盯著麵包，拳頭攥得死緊，感覺指甲扎進掌心。

「他叫法蘭克，」她說，現在已經是第三次了，「法蘭克·拉提默。」我一意識到這個名字，就想起自己這輩子都對「n——k」這個子音群所組成的喉音覺得反感。像是Bank（銀行）、Tank（坦克）、Chunk（大塊）、Dank（溼冷）、Kerplunk（噗通）。

Hoodwink（蒙蔽）。

「法蘭克以前是老師，也許你想知道。教高中英文的。」

我在腦海裡默默尖叫。我停下來的時候，頓時想到一件可怕的事。「喔，天啊，是我們學校的嗎？」

「不，不，他教書的地方跟我們隔了幾個校區。」

久久的沉默，揭露這個祕密的引擎撲撲作響，最後整個熄滅。我可以聽到這棟房子往土地沉得更深，我的肚子因為飢餓而咕嚕作響，但不是為了食物。我發動引擎，直到再度運轉。「還有什麼？」

---

61 The Talking Heads，一九七五年在美國紐約市成立的搖滾樂團。

62 The Talking Heads，一九八〇年發行的歌曲〈一生一次〉（*Once in a Lifetime*）。

「他比我大個幾歲，不多就是了。是退役軍人，打過二次世界大戰，不過已經接近終戰了。他從軍的時候，是什麼什麼戰役，還滿有名的。」

「諾曼第嗎？」我幹嘛自找麻煩？

「聽起來是。他到那邊的時候，戰役已經在進行。他回國以後，先到德拉姆堡服完役期，再到赫基蒙郡上師訓學院。」

我的頭真的痛起來了。我用雙手掌心抵著眼球。「還有什麼。」

她等了片刻才說下去。「他有家室，這點我本來就知道。他太太……很虔誠。」

「妳也很虔誠啊！」

「是新入教的那種虔誠法——她的那種虔誠妨礙了……他們的婚姻。她比較年輕，也很天真，他說的，不是我說的。他們的孩子——唯一的孩子——是死胎。」

我加強手壓眼睛的力道，直到眼冒金星。「我想那就是她很虔誠的原因。」

「那是很久以前的事了。我好多年沒想到這些事了。」

「這些細節……」我開口，可是想不出適合用在這裡的形容詞。「你們怎麼認識的？」

「在活動上。」

……都無關緊要，這就是我正在找的字眼。

「什麼活動？」

「選民主黨員進入國會的競選活動。」

除了「為什麼」，我想不出任何問題。

「為什麼？因為原本擔任那個職位的人受命調到紐約最高法庭去了，所以要補選。」

就答案來說，清楚簡潔——甚至嚴密周全，卻讓我的頭更暈了。「妳在造勢大會上工作過？」

「你爸說我應該多出門。」

我敢打賭他後悔自己說了那樣的話。

「一個月之後，我們開始蹺掉活動會議。我們會開很久的車，一面兜風、一面談天說地。」

「談什麼？」

「沒什麼，就我們的日常生活。我喜歡他開車的方式：很快，可是又不會太快——跟你爸不一樣。讓我覺得自己變了個人。」

「天啊這該不會是委婉的說法吧！」

「我只是在講開車的事。」

接下來的部分亂成一團，很難說我能記住多少。她會跟法蘭克說她身為全職母親的例行事務，小心不要讓它聽起來太過亮眼（如果有這個可能），因為他對他喪子的厄運和他錯失為人父的機會一直很敏感。只要找到可以俯瞰美景的地方，他就會停下車子；他會跟她說些令人驚奇的事情，關於戰爭和他見識過的小戰役，而這些故事似乎遠遠超乎想像。（歐洲戰事結束時，他正在德國的散兵坑裡，在某個取了烏姆這類名字的城鎮上）這時擴音器有人宣布事情——戰爭結束了，戰爭結束了！——靜電干擾讓他聽不清內容，他不得不轉向隔壁的傢伙並問：「他們在說什麼？溫蘋果餡餅嗎？」

「在一個可以看風景的高地那裡，他跟我說他太太一直會看到死去孩子的鬼魂。」

「鬼魂，」我確定我的耳朵在欺騙我，「鬼——魂。」這個故事裡竟然有鬼魂。我正在體驗我個人的鬼哭神嚎[63]。

母親打手勢要我別說話。「起初鬼魂只待在育兒室的小床上，他們一直捨不得拆掉育兒室。後來出現在住家外頭；在公車站板凳上；在自助洗衣店的地板上。他太太會跟那個其他人都看不見的寶寶聊天，這種狀況嚇壞了別人。很悲傷，這個女人的尷尬處境，可是那時候聽到那些目擊鬼魂的例子、那些故事，我卻很興奮。這樣很變態，我知道。可憐的女人。」

如果相信母親所言屬實：他們起初只是純粹一起開車兜風——畢竟只是談天說地——可是當他們耗盡可聊的話題，當他們相處的時光好似與配偶為伴，重複的故事前後淨是許久的沉默時，他們發展出性關係。她懷了身孕，他請求她離開我父親，但她覺得自己做不到。等她好不容易想通的時候——她想說也許可以的時候——他卻不確定自己能夠拋下妻子而去。鎮上的人會怎麼說？他們必須離開老家，到某個新的地方重起爐灶。母親覺得她辦不到，不能對我父親做這種事。我父親沒做錯任何事，他不曾錯待肯尼和娜歐米，更沒錯待她，而她過去耗費那麼多心神，好不容易才在此地扎下根。

「你們討論過……墮胎嗎？」我對女性自主選擇的權利有清楚的立場，只是當話題裡的胎兒是我的時候，我就無法順暢說出那個字眼。

「討論過。」

「結果呢？」我焦急地等待她釋疑，彷彿對結果一無所知。

「我不考慮那個選項。」

「所以妳把胎兒留下來。」留下了我。

「沒有正確的解答。我們兩個人都很悲傷，也覺得自己無力停止那種悲傷。他被困住了，而那時候跟你父親之間的狀況又……」

我的胃一翻騰。哪個父親？

她的雙眼盈滿淚水，淚珠淌下臉頰，可是她繼續說下去，聲音幾乎平穩無波。「不久，比起待在家裡，我更怕兩人相處的時間。我跟你父親重燃火花，替這次懷孕找理由。當我跟他說你就快呱呱落地的時候，你父親似乎滿高興的，那陣子我們兩人的關係也改善了。」

「他起疑了嗎？」

沉默。樓上好像有人發出聲音，或只是暖氣的聲響。「八個月之後你出生了。如果你父親對時間有疑問，他也沒說出口。」

我們甩不掉對方了。

我們兩人動也不動，不確定接下來該做什麼或該說什麼。我的咖啡冷掉了，可是我不敢拿去加熱。最後我站起身，走到冰箱那裡打開冰箱門。我盯著冰箱裡頭，看看有什麼。我把匆忙塞進保鮮盒的感恩節剩菜推到一旁，探索後頭還有什麼。

「妳沒牛奶了，」我說，「小朋友早餐會想吃穀片。」

「有很多水果和吐司可以吃。」

63 請見注47。

「他會想吃穀片的，」我關上冰箱門，轉頭面向母親。「所以，我有機會見見這傢伙嗎？」

母親吃了一驚。「法蘭克嗎？」彷彿我可能在講別人似的。「你見過他一次。或者該說他見過你。你那時還是個寶寶。他想見見你。我不知道這是不是個好主意，可是他堅持，我又不想把場面弄僵。」

母親不喜歡很僵的場面。

「喔。」

接著她補充。「你吐在他身上。」

「喔。」聽到這個新訊息時，我又說。

她用雙手抹抹眼。我可以給她面紙或廚房紙巾，可是我紋絲不動。

「他時不時會出現。這種情況維持了一陣子。我會看到他把車停在雜貨店附近，或是藥房的對街。看到他，我總是很害怕。我想說，搞不好他情緒不穩定，或者在生氣。我替你覺得害怕。在情況變得令人難以忍受之前，事情有點自己解決了。」

我氣惱地說：「什麼意思？」

「他不再出現，我再也沒見過他。」

他當然會停下來了。對他來說，我是個鬼魂——他到處都看到我，我會現身，但置身於不同的次元，隸屬另一個世界——他不可能近到可以碰觸到我。在命運的殘忍捉弄下，法蘭克現在是失去兩個孩子的父親。「我敢打賭，這是他頭一次真正理解他的太太。」我刻意強調太太這個字眼，是為了表示道德譴責，雖然在這一刻，我並不清楚自己憤怒到什麼程度。

「還有一件事。」

我等待最後一擊。母親什麼都沒說，我的腦袋顫動著，像是某種肢體上的提示。

「他想要當個……」她終於開口。

「當個什麼？」

母親只是望著我，直到情緒潰堤並低語：「像你這樣。」

「同性戀嗎？」我完全搞迷糊了。

這個空間窄縮起來，我腦海裡的尖叫聲又回來了，直到滿溢出來，湧入了廚房。「不！」我大喊，雖然我不確定是對什麼大喊。我想，對所有這一切吧！「不、不、不、不、不！」

一輛車開進車道，引擎停下。我望出窗外，陽光燦爛，肯尼坐在方向盤後面但沒下車。

「肯尼來了。」

母親啜泣起來。「這就是我不想被寫進書裡的原因！」

我不明白這指的是什麼。婚外情？羞愧感？她現在哭得無法自已，使勁喘著氣。又一次，我並未去安慰她；我的喉嚨灼熱；身體發疼；忽冷忽熱；雙腳重得跟鉛似的。我用最後一絲力量維持直立狀態，當我覺得自己可能會倒下時，腦海裡冒出一個疑問。「法蘭克的全名是什麼？」

母親撇頭不看我，我知道自己的淚水擋不住了。我退後一步，再說一次。

「什麼？」她回應，「拉提默，我跟你說過了。」

「法蘭克是什麼的簡稱嗎？」

沒有回應。

整個廚房轟隆作響，彷彿有輛大卡車駛了過去，可是我從自己臉上的熱氣就知道，我所感覺到的雷鳴，是內心逐漸升起的怒氣。我咬牙切齒說：「他是不是叫法蘭西斯？這是不是妳……妳是不是因為法蘭克，才叫我法蘭？」

她開始哭得更慘烈，廚房牆壁彷彿逐漸朝我們壓來。

「我還跟賈姬說，我的名字是從……」我連話都講不完，實在太屈辱了。我這輩子不曾這麼憤怒。「妳不知道自己幹了什麼好事。」

二十二

我抓起圍巾和夾克，雙腳大半塞進抵達時胡亂蹬掉的鞋子（不到十八個鐘頭前），火速衝出門口，趕在達米諾逃出來以前，隨手關上大門。我踉蹌走向肯尼的車子，左胳膊吃力地要穿過夾克袖子，我搥著肯尼副駕駛座的窗戶，彷彿我沒手可以開門似的。

「老天爺！」他驚呼。我透過窗戶讀到他的脣語。

「讓我進去。」

肯尼伸手過來開門，我爬了進去。裡頭暖烘烘，廣播放著丹．佛格柏[64]的歌曲，一時片刻，我誤以為暖氣的聲響是柔和的海風，我的身體幾乎就要放鬆，但旋即又緊繃起來。

「我過來看看你的狀況。」他說。

「樂隊隊長累了[65]。」

64 Dan Fogelberg（1951-2007），美國民謠、鄉村搖滾歌手。

65 丹．佛格柏一九八一年發行的〈樂隊隊長〉（*Leader of the Band*）裡的歌詞，這首歌是為了向他身為樂隊隊長和樂手的父親致敬。

「什麼？」

我指著廣播，然後追加一句：「我們需要牛奶。」

肯尼嘀咕了什麼作為回應，可是我的腦袋感覺像濃湯一樣稠濁，我環顧車內，彷彿發現自己置身何處而猛吃一驚。幸運的是，他又說一次：「為什麼？」

這一次我聽懂了。「不知道。拿來喝。配穀片。牛奶用完了，那就是為什麼。」

「皮夾帶了嗎？大紅人？」

「開車就是了。」

肯尼倒車，當我們安全無虞沿著街道行駛，從後視鏡再也看不到老家時，我猛摑置物箱六、七次。

「嘿，這可是好車耶！」肯尼抗議。

「是德國車，承受得住。」

「你還好嗎？」

不，我不好！「丹尼爾說我都把『Milk』（牛奶）說成『Melk』，真的嗎？」

肯尼聳聳肩，按下左轉燈，準備要轉彎。

「Milk。」我說，過度強調i，聽起來很荒唐。我轉向肯尼。「你知道穀片是發明來治療自慰的嗎？」

他思考了一下才回答。「我想我知道。有點印象。」他說。

「你還知道什麼？」

「什麼，你以為我本來就知道？我根本不曉得。」

我哥在很多方面都是個天才，觀察力敏銳——尤其對於人類行為。這點讓他得以成為紅牌律師。我不知道我能否相信他，可是我也沒理由不信。「這輛車有怪味，你的車有怪味。」

「是小鬼的關係啦！」肯尼深深吸口氣，「座位下面搞不好掉了個雞塊。我生活都失控了，我掌握不了。」

你這樣叫掌握不了。我想抗議。「現在來點雞塊也不錯。」

肯尼哈哈笑。「現在是早上七點耶！」

我們默默又開了半英里左右。

「他叫法蘭克。」

「誰啊？」肯尼問，車子停在停車號誌前，我怒瞪著他，接著他轉頭看著我，用嘴型說：「喔。」

「對啊，喔。」

「你們談過這件事了？你單刀直入？」

「是她自己主動提的，我根本不想談。我只想吃葡萄乾吐司！」我早該多做點什麼，阻止母親告訴我——像是手指塞進耳朵，離開現場，將音響開得震天價響。

「她可能有很多話要說。」

「不准你站她那一邊！」

「我沒有！」

「你不知道我以前的狀況。他愛你。」

「爸嗎？他也愛你啊！」

「他才沒那麼喜歡我。我這輩子還都以為是自己的錯。」

「什麼，你認為他早就知道了？」

「你認為他不知道嗎？」

肯尼死死盯著我，直到我轉頭望著道路。「所以她到底說了什麼？」

回想這件事令我疲憊不堪。「她說他叫法蘭克。」

肯尼挫折地吁了口氣，可是說真的，我又能怎麼樣，難道要把前因後果一口氣講出來嗎？

「然後……」

「然後，我不知道。有一大段內容跟民主黨政治有關；在紐約最高法院出了某件事；還有二次世界大戰期間在歐洲劇場發生的事端；赫基蒙郡有一家師訓學院；還有一個看到鬼魂的女人。」這些事情在我腦海裡整個亂成一團，我覺得太陽穴有種緊繃的痛感，越來越嚴重，聽起來簡直就像尤金．歐尼爾[66]次級劇作的情節。我們真的談到鬼魂了嗎？

可是這整件事不就全跟鬼魂有關嗎？

「他們為什麼用『劇場』來稱呼不同的戰線？」肯尼問，「太平洋劇場，歐洲劇場，為什麼叫劇場？」

「你是認真的嗎？」我問。

「認真的。」

「我他媽的才不在乎！」

我將腦袋抵在車窗上，數著路過的電線桿。我數到十一的時候，肯尼說：「這種事情爸就會知道。」

「誰的爸？」

肯尼沒回應，只是用近似同情的眼神看著我。「有沒有可能是她編出來的？」

「如果是她編出來的，那她比我更適合當作家。」

肯尼點點頭。他仔細想過了，我想他很清楚此事不假。

我們抵達超市，可是八點才營業。肯尼從街角上的小烘焙坊買了咖啡和甜甜圈，我們坐在車裡閒聊了二十五分鐘，等著店家開門。肯尼大多時候都喋喋不休談著他非常關注的一個知名地產案，我半心半意聽著，一面按照原本的摺痕將一張地圖恢復原狀。

超市開門了，肯尼留在車上聽國家公共廣播電臺的整點新聞，我走進雙扇拉門裡。有人說早上好，我差點回說「哪裡好了」，不過我只是繃緊嘴角的肌肉，憑著記憶，盡可能將嘴角往上提。我抓起一只籃子，找到店家後側的乳製品冷藏間。我注意到這家超市還真小。紐約的超市往往很迷你，推車像是被科幻片裡的縮小雷射槍射中似的，架上塞滿了極小箱的物品。如果在走道上走到一半，遇到有人從對向推車走過來，你們其中一人必須後退禮讓。但這家超市的小，小在其他地方。這裡的食物看起來泛白無味；沒有任何民族特色品項的標示；沒有擺放蠔油、羅望子

66 Eugene O'Neill（1888-1953），美國劇作家，表現主義文學的代表作家。

醬、墨西哥祈禱蠟燭的貨架；我懷疑這家店沒有任何符合猶太潔食規定的品項。我跟父親很難得會一起出門採買雜貨，但我現在就像他那樣在走道上來回走逛。「在看到東西以前，你永遠不知道自己需要那個東西。」這是他的推論。母親則認為，如果某條走道沒有你需要的東西，去逛那條走道就是浪費時間。可是也許跟法蘭克在一起，她才認識了另一種方法：她看到東西才知道自己需要。也許對她來說有好處。我走近農產品區，對於自己嘗試從採買食物推論出更重大的結論而感到厭惡，接著繼續逛著每條走道，直到抵達超市的遠端——烘焙部——不是因為我想再吃個甜甜圈，也不是不知道自己要買什麼，而是為了證明自己確實是父親的兒子。

我一路繞回乳製品冷藏間，接著不得不蹲下，免得嘔出來。我的腦袋垂在優格上方，等著作嘔的感覺過去。我覺得自己又能站起來的時候，雙手空空走到結帳出口。這時才想起牛奶，於是踅回去挑了半加侖，因為冰箱太滿，塞不下一加侖裝。「Melk。」我再次大聲說出口，聽起來更順耳了。

我們默默開車回家，最後肯尼講了個故事，關於愛倫接受市調行銷公司關於乳液的電訪。

Q：妳喜歡乳液的什麼地方？

A：可以保濕。

Q：對於保濕，妳特別喜歡哪個部分？

A：水氣的部分。

接著他突然脫口說出一句話，我想是不少人的共通想法。「哪類的人會出軌？」他語帶評判，但我沒上鉤。才不過幾天前，我自己才差點吻了馬克。況且，讓我難受的不是出軌這件事——至少還不是。這件事並未侵害我和她之間的關係。令我難受的甚至不是她為了掩蓋這件事所編造的謊言。真正的重點是，她從未讓我知道自己的真正身分，而她明明知道我的認同一直讓我深感困擾。

我們開上車道時，肯尼遲疑起來。他熄掉引擎，但手留在點火開關上。「所以，你又有個父親了。」他說，還在消化這一切。

我從脣間呼出氣來。「看來是這樣沒錯。」我看得出這不是他想要的反應。「嫉妒嗎？」

「我……我不知道。你會跟他聯絡嗎？」

我瞥他一眼之後才回話。「法蘭克老爹嗎？倒是……可以考慮一下。」我的腿不由自主抖起來，整輛車都跟著晃。「你要進來嗎？」

肯尼的手搭在我的膝蓋上，直到我的腿放慢抖速，最後停下。「我還沒決定。」他說。

我陷回自己的座位。「她剛剛在哭。」

「媽嗎？什麼時候？」

「你來的時候，在啜泣。」

「你做了什麼事？」

我難以置信瞅著他。「你說我做了什麼，是什麼意思？我出門買牛奶！」

肯尼點點頭，彷彿不確定自己在同樣的處境會怎麼做。「你的發音的確比較像 melk 。」

沉默。

「我現在沒辦法把書寫完了。」

「你在說什麼啊？」

「我不知道。」

「你替她覺得過意不去嗎？」

「不是！只是……這本書沒有結局，而我的人生現在整個重新設定——一路回到了起點都是。我回想自己寫了什麼內容，現在沒一件事是真的。」

「有關係嗎？我以為那是一本小說。」

「有，有關係！」

「現在我真的不知道自己要不要進去了。」我往下一看，詫異地看到肯尼的手還在我的膝蓋上。「你甩得掉嗎？」他問。

「甩得掉什麼？」

「你的出書協議啊！」

我根本沒考慮到法律後果。「我不知道。」

「要我幫你看看契約嗎？」

「老天，肯尼。你能不能有五秒鐘忘掉自己的律師身分？」

引擎熄了，車窗開始起霧。肯尼只是搖搖頭，顯然想說更多，但並未開口。當沉默變得難以忍受，他用不證自明的話來強調我們的對話。「亂七八糟。」

娜歐米出現在門口，窗上的霧氣迷濛了她的身影。她使勁揮手要我們進去。

「看看誰起床了。」

「她想幹嘛啦？」肯尼問，幾乎氣惱。他用手套抹掉擋風玻璃上的一些水滴。

「我不知道，想要牛奶嗎？」彷彿我們無力查個究竟，無法採取行動降低阻隔雙方的玻璃。我們彷彿置身於另一個維度，怎麼也碰觸不到她。而她也碰觸不到我們。我們距離如此遙遠，溝通的內容可能是好幾個月前錄下的，只是現在才收到，就像科幻電影裡的太空人接到事先在地球上錄製的訊息。

娜歐米嫌惡地伸出右手的拇指和小指，舉在耳邊。我看懂了這個手語：電話。有人在電話上。我們走下車，為了抵擋寒意，她又起手臂、揪緊身上的毛衣。「我為什麼沒有姐妹啊？」

我走進廚房，臂彎兜著牛奶，緊緊抵在胸口。母親將話筒遞給我，胳膊筆直，彷彿話筒本身可能會爆炸。

「我的嗎？」我用嘴型說。

她態度堅持地搖著話筒，彷彿隨著分秒過去，話筒變得越來越燙手。她的眼周又紅又腫，她逮到我在看她，立即將臉別開。我接過電話，將話筒貼上耳畔。

「哈囉？」透過T恤，我可以感覺到冷颼颼的牛奶紙盒。

「詹姆斯，你來啦！我是賈桂琳．歐納西斯。」

我抬起頭，大家都盯著我看。娜歐米、母親、丹尼爾——每個人都是，除了全速衝刺、腦袋一把撞上我蛋蛋的艾隆。肯尼穿過廚房門口走進來時，我痛得彎腰。娜歐米跳上跳下，興奮地指著緊貼我耳朵的電話。

「是她。」她啞著嗓子低語，樂陶陶地互拍掌背，就像海豹一樣。總統印璽[67]。

「喔，哈囉，嗨！」我鬆開抓著牛奶盒的手，擱在流理臺上。我感覺得到自己的心跳，彷彿受到心臟去顫器的電擊似的，就是我父親多年前從賈姬第一任丈夫收到一封信函的起因。

「我接到你的訊息了。」

「我的訊息？」

「對，我進辦公室處理一些事情，聽到你在答錄機裡的留言。」

我怎麼可能忘記？不過老實說，之後發生了種種事情，我又怎麼可能記得？我感覺到大家的視線全集中在我身上。我走開幾步，然後突然停步，我中學把舊電話線拉到失去彈性之後，母親換過電話線，不剩多少空間可以讓我遊走。「對。我想告訴妳……我想坦白某件事。」

「什麼事？」

「我那時還沒辦到，就是妳建議我在動筆寫結局以前要做的事。」

我不確定，但我想我聽到賈姬發出輕哼：嗯嗯嗯。

我向團團圍繞我的每個人瞥了最後一眼，然後牢牢盯著母親。

我深吸一口氣。

「不過，我現在已經完成了。我們討論過的事。我想讓妳知道已經完成了。」

---

67 Seal，既有「海豹」也有「印璽」的意思。

一切都翻轉了，
一九九二年十二月／一九九三年

二十三

我們要開會，艾倫卻遲到了，我的焦慮感隨著每分鐘過去而急遽竄升。這應該要像撕開ＯＫ繃一樣快狠準，可是我卻在這裡摳著象徵性的ＯＫ繃，只是試著從皮膚上挑起小小的角落。我第一百次轉頭去看他辦公室牆面的時鐘，斜背包不小心撞翻了一疊雜誌。

「抱歉，」唐娜說，「他應該隨時都會到。」

「你們這邊也該整理一下了吧！」我踢了踢腳邊最後幾本雜誌來說明自己的想法。我現在隨時隨地神經緊繃，不管多細微的事情都會挑動我的神經。昨天晚上我因為丹尼爾嚼東西太大聲而對他發飆，彷彿事情會亂成一團都是他的錯。我注意到唐娜對我失禮發言的反應，於是重新將《出版人週刊》沿著客用椅子的側邊重新堆好，作為無聲的道歉。「他去找誰了？雷吉嗎？」我問，忖度是不是會看到我的經紀人跛著腳走進來，一眼敷著生牛排[68]。

「誰？」

「中國城的雷吉。」我尋找一絲領悟的閃光，但沒找到。顯然我無意間洩漏了祕辛。

「不必擔心啦！」她指的是我努力想理好的雜誌。

我把最後幾本堆在整疊的頂端，接著又險些全部撞翻。我將斜背包放在椅子遠側的地面上。

「期待聖誕節嗎？唐娜？」我急著想話家常一下。

「不期待。」

「不期待？」

「我兒子想要……我不知道一般都怎麼叫……他想要的那種大噴水槍。」

「超火力水槍。」

「就是那個。」

「我姪子也想要那個。」

「上個週末我們帶他到購物中心去看聖誕老人，他開口要求超火力水槍的時候，我向聖誕老人使了個眼色，我們好像心有靈犀一樣，他接收到我的訊息。『聖誕老公公不帶槍送人。』他說。現在我家小鬼很氣他。我說，小喬啊，你十二月拿水槍要做什麼？他朋友都會拿到一把，他說。他怕到時沒辦法保護自己。我說這是紐澤西。除非他們射冰柱，否則你到五月以前都很安全。」

「這樣說他放心了嗎？」

「他的生日在四月，所以我說我們到時再考慮看看。不過他還是好氣聖誕老人。我向老天發誓，如果他手上有槍的話，肯定衝到北極瘋狂掃射。你呢？你有什麼計畫？」

「待在城裡。」即使我現在想見母親（但我並不想），我也不能再冒險，免得有更多家庭祕

---

68 老電影跟卡通裡常會看到有人拿生牛排敷在瘀青上，尤其是被打出熊貓眼時。

辛浮上檯面。感恩節過後開車回城裡的路上，我跟丹尼爾沒說什麼話。沉默感覺就像一件自己特別鍾愛的毛衣，裹在身上，提供足夠的舒適，讓我們安穩回到家。我們看了一會兒電視，各自啃著一片披薩，早早上床就寢，可是並沒真的睡著。只是有黑夜的掩護，要靜默無語會比較輕鬆。我昏睡了幾個鐘頭，做了個我記不得的夢。星期日一整天，我在否認和暴怒之間來回擺盪——丹尼爾努力掌握我的狀況，竟然沒暈頭轉向，還真是奇蹟一樁。我一大早便打電話給艾倫。「我必須跟你見個面，越快越好。」我說，他要我今天就過去。

「跟你母親的狀況如何？」唐娜問。

「我媽？」

「艾倫說你們出了點問題。」

「滿棘手的，」我告訴她，「現在還滿棘手的。」

「因為這本書的關係嗎？」

「之類的。」我漾起笑容，想起更單純的時光——其實也不過是上星期，當時那本書才是我最大的問題。

「可以跟你說件事嗎？」

「當然。」

唐娜從桌邊往後推開，滑著辦公椅，繞到側面跟我相對而坐。「我恨我老媽。」

「唐娜！」我驚呼。她出其不意的坦白令我噗哧一笑。這是三天以來我第一次笑。

「不，我是認真的。她是個婊子，向來都是，永遠都會是。我怎麼做都不對。她討厭我老公、討厭我孩子——這樣說可能有點過頭，不過她討厭我們教養他的方式。我的頭髮呢？顏色不對。更別跟她提起我的指甲，不然她就沒完沒了，說我幹嘛不找專業的來處理。她不懂我為什麼要進城工作，明明可以在住家附近當個銀行出納。或者我為何要搭火車通勤上班，誰要做晚餐餵飽那個我教養方式不對的孩子。如果她把方圓十英里的超火力水槍都買光光，免得我哪天讓步、想替他買一把，就因為她覺得他應該多花點時間看書，我也不會訝異。看看我在哪裡工作！說得好像我不知道閱讀很重要。」唐娜深深吐口氣。

「感覺不錯吧？」我說。

「你無法想像。」她頭往後一甩，哈哈一笑，釋放了某種重擔，不知怎的重擔卻感覺移轉到了我心裡。「我的重點是什麼？」

「沒重點也無所謂。對妳來說有淨化作用就好。」

唐娜綻放笑容，我重新調整自己在椅子裡的位置，準備聽剩下的部分。

「如果你像我一樣動輒得咎，你母親對你出版這本書就不會有問題。她只會以德報怨，默默表示不贊同。如果她真的看不過去，那是因為她內心深處知道，你做對了某件事。」

如果她還沒讀呢？我想問，可是唐娜打斷我。

「看也知道你很愛你母親。你書稿的每一頁都透露了這一點。」

艾倫衝進門來，像是乾洗衣物和道歉組成的氣旋。「詹姆斯、詹姆斯，嗨。唐娜，接著。」

唐娜跳起來，接過他的乾洗衣物和外套，把兩者都掛在門後。

「給我一分鐘再進來。唐娜，有沒有給他咖啡？」

「不用，謝謝。」我說，替唐娜做掩護，因為她沒主動問我要不要。

「她有沒有跟你說她兒子對聖誕老人下了追殺令？」

「我跟他說了！」他們的互動簡直像是獨處太久的已婚夫婦。

艾倫走進辦公室，我站起來要收攏我的東西。我聽到他撈找文件，唐娜回到了自己的辦公桌邊。

「我是認真的，」她低聲說，「如果我的孩子像你那樣，寫了什麼關於我的東西，我會超級興奮，因為那表示我被看見了。」她的眼神有點迷濛起來。「真正被看見。以一個人的身分。你知道嗎？而不是他的服務生、不是他的女僕、不是他的獄卒。」她點點頭，我把手搭在她的胳膊上，我也點起腦袋，直到我們化為兩顆起起伏伏的腦袋。我可能將我母親視為個體沒錯，但一直到現在——我不曾看到她這麼有人性的樣子。

「好了，詹姆斯！進來吧。」

唐娜輕拍我的手，我放開來，嚴陣以待地走進艾倫的辦公室。謝天謝地，他衣服穿得嚴嚴實實，沒有一絲肉體的苦痛外露。

「坐、坐、坐。」

我在他對面坐下，就是我不到一年前簽署契約的同一張椅子。我的胃翻攪著，想到我在那時和現在之間所失去的一切——首先呢，就是失去我的身分。

「有什麼緊急事件？」

看來他要直接略過閒聊。

「那本書。」我覺得自己像個來到校長辦公室的孩子，因為被人誤以為擾亂秩序而被送來，而實際上真正被干擾的是我。

「我想也是跟那本書有關。怎麼啦？」

不知怎的又輪到我發話。「只是……我需要更多時間。」

「為什麼？」

「我發現我可能寫錯了。」

「寫錯了書？」

「沒錯。」

艾倫用手指往上爬梳眉毛。「什麼意思？」

「我在想能不能再寫一本。」

「我是希望你再寫一本啊！」

「我是說另外一本。」

「他們買的是這本。」

「是啦！也許他們會願意買另一本。」我要怎麼解釋，我沒辦法出版一本尋求理解的書，理解一個顯然無法被理解的女人。

「到底是怎麼回事，小子？」艾倫拿起眼鏡，戴了上去，彷彿準備閱讀什麼，然後又往下丟在辦公桌上。他可能很想勒死我，但外表看來泰然自若。

我說謊並說：「我不知道。」可是我確實知道。我垂眼看著雙手，不知道那是誰的手。我是說，顯然是我的，但也是法蘭克的嗎？我的手指相當修長，丹尼爾曾經稱之為「彈鋼琴的手指」，雖說童年時代的鋼琴課並未持續下去。肯尼沒有這樣的手指，我父親也沒有。我還有什麼特質是我現在不清楚來歷的？我應該忙著寫結局，可是總覺得我好像在玩一場遊戲——也許「蛇梯棋[69]」或是「對不起」[70]，就在我即將大獲全勝的時候，棋子卻被送回了起點。

「請告訴我，你還沒跟賈姬討論這件事。」

「我正在跟你討論。」

艾倫仔細端詳我，字斟句酌。「你讀過派特．康洛伊[71]的作品嗎？」

「那個小說家？」我擺了個鬼臉。這跟派特．康洛伊有什麼關係啊？「有。」

「有一次我朋友強迫我去參加霍頓米夫林出版公司的活動，我碰到他。就一般的胡扯閒聊，可是後來晚一點，我聽到他說他出版《霹靂上校》之後一年多左右，才突然意識到，關於自己的家庭生活，他寫錯了書。」

「一年以後？」我從沒想過，自己的狀況也許沒那麼特別。作家都得承受這種事嗎？

「所以說啊！比較起來你還算早的。」艾倫再次拿起眼鏡，開始用象牙柄拆信刀打開郵件，彷彿我的問題已經完全解決。他讀著某種詢問信函，我則坐在原地無所事事。

我可以感覺自己的挫折像膽汁一樣往上翻湧，直到汩汩溢出來。「他最後到底怎麼處理？」音量大到連我都詫異。

儘管我拔高嗓子，艾倫也沒抬眼。「派特嗎？」他停頓一下，讀完手邊的東西。「他就去寫對的那本啦！就是《潮浪王子》。」他把那封信揉成一團，拋進垃圾桶，準備讀下一份郵件。

「可是他必須寫出第一本才有辦法寫第二本。我們在講的只是結局，對吧？那就是賈姬一直盯著你不放的原因？你寫不出結局？」

「我……我……」

「跟她配合起來很難嗎？她沒給你清楚的指示嗎？」

「不，她一直給得很清楚。」

「那就照她的要求做啊！」我正想回說，她要求的比登天還難，但艾倫沒等我就繼續說。「這倒提醒我，我接到雙日的通知，他們已經敲定這本書的出版日期了。」

「喔？」即使心亂如麻，這番話也挑起了我的興趣。

「夏天，八月吧，我想。」

「這是好事，對吧？」

「是嗎？這本書感覺比較適合冬天。」他聳聳肩。

「帶到沙灘上看的書。」我說，我們兩人都咯咯一笑，我笑得比他大聲。八月，那還剩八個月，我辦得到嗎？賈姬的話語轟隆隆傳過來。不要為了改變過去而說你的故事。要是我並不想改

69 Chutes and Ladders，這款遊戲還有其他名稱，如常見的Snakes and Ladders，給雙人或更多人玩，板子上有編號方塊，管子（蛇）和梯子散落在板子上，將兩個方塊連接起來。依據丟出的骰子數字，試著從起點走至終點。碰到梯子可往上爬，碰到管子（蛇）則往下滑或後退。

70 Sorry!，是一九二九年推出的桌遊，給二至四人玩，玩家趕在其他人之前將自己的棋子帶回基地就是贏家。

71 Pat Conroy（1945-2016）美國作家，寫過數本備受讚譽的小說和回憶錄。

變過去——要是我只是想把過去變回來呢？那依然是改變吧！我想，自問自答。

「沒有事情是完美的，小鬼。你到現在已經想通這點了嗎？你寫了一本好書。你讓每個人都引以為榮。」

「每個人？」

艾倫換了拿拆信刀的手勢，現在像是握了把刀似的蓄勢預備戳刺。我真的把他逼到神經線快繃斷了。「你知道會有多少作家願意拚死命，好站在你的位置上嗎？」

我馬上明白他說得對。我內在有什麼甦醒了。我必須讓這件事成功；這樣的機會可能不會再來。就像賈姬說的，我不能為了改變過去而寫。我必須穿過那扇在我眼前打開的門。那難道不是唯一的道路嗎？說到底，這世界只會繼續往前轉動。我因為試圖找出正確結局而不知所措。可是簡單來說，這不正是那個嗎？這整個狀況不就是一個結局嗎？祕密的終結、謊言的終結。將我和母親拆散的那個空間逐漸合起。這本書的結局。如果我真心想當作家，就必須把整個故事都說出來。我必須追隨這個敘事，不管它要往哪個方向發展。

這份體悟竄過了我全身，往下直衝到腳趾。我不想出版一本不對的書，再用另一本來校正，我想寫出對的一本。畢竟，這可能是我的唯一一本。為了找出我的結局——為了找到我自己——我必須找到我父親。我非找到法蘭克·拉提默不可。

艾倫彈彈指頭好喚起我的注意。「我們只能闖關難過關關過[72]。」

我要去找法蘭克。

「闖關難過關關過，你還在聽嗎？」

我笑了。

「怎樣？」

「沒事。」就在那時，我的情緒幡然一變。我告訴他：「付錢請人出拳揍自己的人還說。」

艾倫玩笑似的對我揮拳，雷夫．克雷姆登[73]風格，「走出你的腦袋，離開我的辦公室，去找你的結局吧！」

去找法蘭克。

72 Roll with the punches，意思是想辦法順應逆境，或閃避攻擊以減輕衝擊。

73 一九五〇年代電視喜劇影集《新婚夢想家》（*The honeymooners*）的主角之一，紐約布魯克林的公車司機。

二十四

有雙手搭上我的肩，我嚇一跳。原來是丹尼爾。

「你在幹嘛？」他問，繞到我身邊。

跟我隔桌而坐的年輕女子抬起頭來，一臉心煩。過去幾個小時，我們建立了一種不言明的同袍情誼，兩個靜默無語的人在紐約市公立圖書館的廣闊研究室裡，全心投入各自的工作。現在，我們小心建構起來的安寧被一舉擊破，而責任在我。椅子硬邦邦不舒服，室內冷颼颼，可是光線柔和，吊燈和桌燈都散放著溫暖的光輝，在這裡很能集中心神。隨意觀察的人可能會看到我桌伴四周堆得老高的醫學課本，想說她的工作比我的更高貴，但我必須表示抗議；尋找法蘭克．拉提默也跟療癒有關。

「我以為你要回來，我弄了爆米花。」

「幾點啦？」我低聲說，希望藉由親身示範，讓丹尼爾跟著壓低音量。在圖書館裡花了這麼多時間，我知道除了徹底靜默之外，任何事情都有多麼擾人。單是有人咳一聲都可能讓我恍神十分鐘。

丹尼爾看了看錶。「兩點四十五。」他啞著嗓子說，幾乎是悄悄話。

「噓噓噓。」為了得到力量，我仰頭望著天花板的壁畫，四周是裝飾繁複的雕刻邊框。在盤旋的積雲裡透著足夠的粉紅，讓人想像它們當中蘊含了人生問題的解答。

我向桌伴發出無聲的道歉。她一臉和善回望著我，彷彿也有個不懂界線和圖書館禮儀的男友。我揪住丹尼爾的外套，把他從工作桌邊帶開。「我忘記時間了。」

「你現在改到這裡付房租了嗎？」

賈姬要我在月底交出結局；她的耐性顯然即將消磨殆盡，跟艾倫一樣。在我能端出結局之前，我千方百計閃避她，只透過馬克傳達訊息，讓她知道我正在努力——彷彿我是個間諜，在冷颼颼的駐點上和情報單位的人互換訊息。我十二月開始成天窩在圖書館裡，深信了解我母親為何藏住這麼有破壞性的祕密，對我的結局來說不可或缺。那就表示也要找到法蘭克．拉提默，並且聽聽他的說法。

當然了，就像任何任務，這可不像翻開電話簿那麼簡單。事實上，伊薩卡地區的電話簿裡沒一本有他的通訊。這點本身意義不大——他可能搬家了，或是沒刊登電話號碼——可是我的直覺是他一直不曾遠離。也許他不曾停止跟蹤我母親。也許他不曾停止追蹤我，他的第二個孩子。我考慮要問我在哪家醫院出生，但法蘭克當然沒列在任何表格裡。我在斯圖本郡的刊物裡找到了幾份教學優良的表揚，甚至是他的一張照片，學生坐在某種叫「撞擊模擬機」的新裝置上，他正在替學生繫上綁帶（他顯然也教駕駛教育課程）。那張照片粒子很粗，他的臉在一群學生當中頂多只是一抹汙跡。兩個鬼魂的父親，自己也差不多像個幽靈。

有天晚上我不得不承認自己是個糟糕的偵探，轉而向母親求助。

「我現在沒辦法幫你，」她說，彷彿正忙著籌辦一場國宴，「請不要再問我了。」

所以只能再回到書面紀錄尋找了。我搜尋他的姓氏拉提默，試著找到關於他的、新家族史的一點片段，一絲氣息，看看能否從中認出我自己。拉提默這個姓氏來自法語，在西元一〇六六年諾曼人征服英格蘭之後引進英語裡，從古法文「latiner」衍生而來，字面翻譯就是「說拉丁文」的人。在中世紀，重要的文件都以拉丁文記錄，會說拉丁文的人因此位居要職。也許就像當今的老師。（雖然我不知道把一堆坐在撞擊模擬機的中學二年級生送去撞牆，好說服他們平日坐車要繫安全帶，有什麼可敬的地方。）

調查半天毫無進展，所以我更加賣力，逼自己日以繼夜地工作，急著挖出更多關於法蘭克的什麼——任何東西都好——以便證明我母親弄錯了，或證明她說的是句句屬實。讓我心情越來越低落的是這一切的不確定，缺乏直接證據，讓我一個字也寫不出來。我無法判定，在法庭裡我母親的說法是否能夠成立，或者說這整件事會像紙牌屋那樣不堪一擊。在一個完美的世界裡，我可以直接回家寫作，這點容後再議，先趕截稿期再說。可是這個新的執迷幾乎就像癮頭——我試著暫停調查一天，只把焦點放在書稿上，雙手卻抖個不停，腦袋迷迷糊糊，像是經歷藥物戒斷似的。這一切環環相扣，這麼想很傻嗎？或者我只是拿法蘭克作為拖延的藉口，害怕自己寫不出適合的內容而又被退稿？

我將丹尼爾拉到參考書區，在一排被遺忘的厚書旁邊。「抱歉，縮影膠片閱讀器出了問題，可以處理這件事的女人中午才進來。」

他從架上抽出一本無人理會的厚書，因為我們突然更換地點而困惑。他讀了讀書脊並說，

「什麼是Gazetteer[74]啊？」我想要因為他難得有事不懂而開心，可是我其實也沒辦法解釋什麼是「Gazetteer」。他把書放回架上。「你說你在寫作，為什麼還需要縮影膠片？」

我什麼也沒說，丹尼爾了然於心。

「你又在找法蘭克了。」

我今天來這裡的時候打定主意要寫作，可是轉眼就發現自己像個有毒癮的人急著來一劑，一頭栽入舊報紙，找到了兩篇之前沒發現的文章，報導內容正是我母親聲稱他倆擔任志工的那場造勢活動。不過，還是找不到進一步的確證——我母親跟一個陌生男子的合照，也許在集會上站在候選人背後。「我沒騙人，這兩件事分不開。」

他一臉氣餒。「我們本來都約好要做什麼了。」

「結束了嗎？」

「你整個錯過了。」

我搓著雙手想取暖。我可能得開始戴手套來這裡了，這裡的冷空氣像耳語一樣四處流竄。

「還有剩嗎？」

「剩什麼？」

「爆米花啊！」

他離開我身邊幾步，然後突然轉身踅回來。「嗯，可是沒有原本好吃了。」他搖搖頭，我顯

74 地名詞典。

然無藥可救了。「我在他媽的瓦斯爐上爆的。」一抹笑意悄悄爬過他的臉。丹尼爾一個星期前接到消息，受雇到西村的小劇場裡執導克里斯多福・杜蘭[75]的戲《笑愛治療》以來，就一直興高采烈的。彩排還要幾個月才開始，但讓他對今年的展望全然改觀，而對我們的關係來說，來得正是時候。他的好心情可以平衡我的陰暗情緒。

「如何？」

「爆米花嗎？我剛剛才講過。」

「就職典禮啦！」中午，比爾・柯林頓宣誓就職美國第四十二任總統。我答應要一起看電視轉播的就職演說，感覺像是個低調的二次機會，可以用來補償新年倒數[76]，當時我在球還沒掉下來以前就睡著了。

「還不錯，有首詩。」

有個年紀較大的紳士拿著小卡走過來，我僵住不動，彷彿我和丹尼爾正在從事什麼祕密情事。紳士查了查卡片，意識到自己走錯地方，繼續往前走遠。「詩？」

「嗯，甘迺迪以前顯然也是這樣。」他嬉鬧似的踢踢我。

我用手指拂過一套地圖集，確定今天受夠圖書館了。也許是因為在陰暗角落裡待太久；或是因為中午過後太陽開始西下；或是因為我研究的主題，我覺得精力盡失。「陪我散步回去？」

「當然好。」他說，終於壓低音量。

我們踏進冷空氣，拾級而下，路過那對守護圖書館的石獅，丹尼爾說了更多關於就職演說的事。關於那場演說或關於遊行的什麼——我不怎麼專心聽，在想去翻畢業紀念冊也許能找到法蘭克的蹤跡。我們走到布萊恩特公園的時候，我聽到丹尼爾說：「我奶奶會用『Saudade』來形容這場活動。」這個字眼讓我很意外。

「誰？」起初我以為他是想說「莎黛」（Sade），一位滑順節奏藍調的暢銷歌手。

「『Saudade』，我奶奶以前想家的時候都會說這個字。」丹尼爾的祖母是在巴西出生的，對話裡偶爾會跑出葡萄牙文。

「什麼意思？」

「喔，沒有對應的英文字。」

我輕推丹尼爾一下，他在一小片冰上打滑。我趕在他摔倒以前抓住他。「小心點啊！你。」我把他的手臂揪在背後，彷彿逮捕了他似的，等到他恢復平衡我才放手。

「沒辦法直譯就是了。」他轉過頭，發出親吻的咂嘴聲。

「那你幹嘛不給我非直譯的翻法。」

「像是懷舊或憂鬱，可是不只那樣。就是體認到，我們渴望的東西並未發生，或不會回來，也許從來不曾有過。」

---

75 Christopher Durang（1949-），美國劇作家，擅長以瘋狂荒謬的黑色喜劇手法觸碰社會禁忌。《笑愛治療》這齣愛情輕喜劇的原文為*Beyond Therapy*。

76 降球儀式是跨年夜重要的慶祝活動之一，地點在紐約時報廣場。這顆水晶報時球的降球儀式從美東時間晚上十一點五十九分開始，沿著特殊設計的旗杆下降，六十秒後完全落下，標誌著新的一年的開始。近年，降球儀式前往往會有現場演出。這個傳統始於西元一九〇七年。

「你現在幹嘛說這個？」

「關於今天嗎？我說不上來。參加就職典禮的人群，模樣都很年輕，很飢渴的樣子。」

「搞不好他們只是覺得冷。」我吐了口氣，那口氣變成小小雲朵，越飄越遠。丹尼爾斜瞥我一眼，我近來很難搞，他不得不忍耐。

「他們想要自己的卡美洛[77]，可是回不來了。沒辦法回來。這個世界已經以複雜的方式往前走了。Saudade。」

我細看丹尼爾的臉。冷天減低了他肌膚的彈性，臉上留下了肅穆神情的殘影。「也許從來不曾有過？那才是重點嗎？」

「也許。」

他指著第六大道的通行標誌，我們踏上面西的行人穿越道。

「我們要去哪裡？」

「我以為我們要到那個地方喝個湯。」

我其實不大想喝湯，但我沒多說。事實是，這一切都多到令人難以承受。柯林頓、甘迺迪、懷舊、憂鬱、不會再回來、也許根本不曾存在的事物。我感到一種深切的需求，我需要相信還有別的時光，在從前，當一切似乎無恙靜好。不像現在，現在的每件事感覺都不對勁。

「跟我說點別的。」我打開丹尼爾的話匣子，好讓他繼續說不停，這樣我就不用開口。

「關於就職典禮嗎？柯林頓只穿西裝外套，沒穿大衣。」

「白痴，那希拉蕊呢？戴了帽子沒有？」

「戴了好大一頂。」

我想到賈姬在同樣的高臺上，過去那種親身體驗一定令人難以招架。視線越過國家廣場[78]所見的景觀該有多麼壯闊，面對如此的重責大任，人一定覺得自己無比渺小。她今天稍早也看了轉播嗎？還是她已經完全將這樣的事情拋在腦後。

冷風沿著第六大道吹掃，但身處戶外令人精神抖擻。有些日子我幾乎連浴袍都不脫，只在睡衣上隨便搭件保暖外套，就跑到雜貨店去買東西，比方說買西洋梨，然後才想起根本不是產季，荒唐。

「是什麼詩？」

「瑪雅．安傑羅[79]的作品，措辭俐落明快，裡面用了『乳齒象』這個字眼。」

我感覺自己的臉一歪。「上下文是什麼？」

「誰曉得，我只記得這個字眼。」

街道像太妃糖那樣往前延展，感覺越來越長，彷彿我們身處哪個嘉年華會的歡樂屋[80]。我們

77 Camlot，亞瑟王傳說中的城堡和宮廷所在地，也是亞瑟王傳說的象徵。

78 National Mall，位於美國首都華盛頓特區的開放型國家公園，由數片綠地組成，從林肯紀念堂延伸到國會大廈，是美國舉行國家慶典和儀式的首選地點，同時也是美國史上重大示威遊行、民權演說的重要場地。

79 Maya Angelou（1928-2014），美國詩人、人權運動者。

80 Funhouse，娛樂設施，裡面有各種設備跟自由走動的顧客互動，這些設備意在驚嚇、挑戰或逗樂顧客。裡面常有哈哈鏡那類製造視覺幻象的設施。

終於到了喝湯的地方，我用力跺著雙腳，讓凍麻的腳趾恢復知覺。我們一起讀板子上的菜單。我點了泰式胡蘿蔔薑湯，因為他們會用椰奶燉煮，讓人覺得豐潤又暖和。

「內用還是外帶?」

我環顧餐廳，座位不少。「外帶好了。」我考慮過後說。如果我們回家，就會打開電視，邊吃邊看。如果我們待在這裡，丹尼爾就會拉拉雜雜繼續談著就職典禮，而所謂就職是個開端——結局尚未寫就。我的腦袋必須專注在結局上。

丹尼爾去付錢的時候，我轉身望著架在餐廳角落牆上的電視。上面播放著華盛頓的影像片段——當日的重大事件怎麼就是避不開。我看著比爾和希拉蕊從國會山莊走向白宮時，對著群眾揮手，充滿前景和希望。一個政權是成是敗要以它是否實現最初承諾來評判，而一本書也應該以類似的方式來評斷，我暗自想著。

我看著賣湯的傢伙用膠帶固定容器的蓋子，放進紙袋之後喚道：「外帶!」丹尼爾拿了我們點的東西，我從櫃臺抓起兩把塑膠湯匙時，突然靈光乍現：我需要的答案不在這裡，不在圖書館，也不在城裡。

我必須把自己的任務「外帶」。

二十五

我連續三個晚上住了三家超級八（Super 8）汽車旅館，雖然我幾乎沒注意到——它們全都一個樣子。房間、聲響（總是臨著大馬路，幾乎定時會有卡車隆隆駛過）、霉味、床鋪、枕頭、燈泡，以及永遠找不出源頭、令人發狂的嗡嗡聲。連牆上的掛畫——至少每個港口都有些微不同，目的是為了讓整體住宿經驗更愉快——也以同樣方式成了敗筆。

我根據那篇附了法蘭克・拉提默照片的文章，循線找到哈蒙德港區的一所學校，位於五指湖[81]之一庫卡湖的頂端，讓我聯想到伊薩卡。學校祕書同情我，向我透露法蘭克的任期只延續了三年，在雷根執政早期，流動率頗高，所以跟目前的教職員沒有多少重疊。她對他有不錯的回憶，說他留著搶眼的八字鬍，會買自己的午餐，不大跟人打交道。他曾經幫她處理過爆胎，有些學生惡作劇，在停車場到處灑了鐵釘。他口袋裡總是插著幾枝筆，襯衫前側大多都染了墨漬。她不記得撞擊模擬機的事，但說那個裝置當時可能正在巡迴，作為大型運動的一部分，當時大家正在辯論要不要提高州內的行車速限。我試著吸收她的字字句句，但她脖子的鬆弛皮膚像火雞肉瓣

81 Finger Lakes，位於美國紐約上州中西部、安大略湖以南的湖群。

那樣抖抖晃晃，讓我很難不把注意力放在上面。我問法蘭克為什麼離職，她說必須翻查紀錄才知道。她打開高聳灰色的檔案櫃時，櫃子發出哀鳴，好似大打哈欠的老虎。她拿出一只薄薄的馬尼拉紙檔案夾，裡面注記他在奧尼昂塔市找到工作。我請她讓我看看檔案，但人事紀錄不能對外公開，她說。

我還沒離開那所學校，就已經忘了她叫什麼名字。

我在鎮上遊蕩，保暖衣物裹得密實，以便抵擋冷冽氣溫和劈掃湖水的寒風。湖畔有幾個私人碼頭，我走到其中一個的末端，坐下來看夕陽。透過褲子，我感覺得到碼頭鋪木的冰冷，當初應該打包一些長內衣褲上路的。我不會處理爆胎，但我總是隨身帶著筆。如果目標是要找到跟法蘭克之間的連結，來哈蒙德港似乎沒什麼作用。我留在原地直到手指和腳趾凍得像拍打湖岸的半融湖水，湖水映照出烈火似的亮橙色天空。

下一站：奧尼昂塔市。那裡有所紐約州立大學的分校，單是這點就讓它擁有更多可能性。我緊張地穿過那所高中的走道，尋找辦公室，瞥進每間教室門板上的窄窗。這些二十世紀中葉設立的學校都有同樣的格局。地板、置物櫃、單調的漆色——單是氣味就足以立刻將我帶回過往。我上高中的時候，穿過走廊時，總是拚命要掩蓋自己的身分認同，垂著腦袋，藏在書本後面；現在我卻在這些走道上尋找自己的認同，昂首闊步，手上沒有掩護用的道具。可是還是很彆扭。給我大學校園，我就能自由自在。高中蘊藏了縈繞不去的記憶，令我神經緊繃。

奧尼昂塔的副校長凱斯基女士不如哈蒙德港的祕書友善，但最終對我的幫助卻最大。她知道法蘭克，但她不確定我想認識他的原因。我告訴她，我替《紐約客》撰稿（我很意外，近來我說謊竟然信手拈來，彷彿母親打開了防洪閘門），要針對想成為作家的高中英文老師寫篇報導；有人給我他的名字作為線索。認為這個構想會通過《紐約客》的審核，是很荒唐的想法，但在奧尼昂塔卻好像合情合理。

「他在教師休息室裡老是忙著什麼，有時候上課還會遲到。」她說。

「妳知道他在忙什麼嗎？」我想像是世間永遠無法得知的傑作。

「總之不是成績登記簿，他在繳交成績上表現得很糟。」

「有意思，」我說，「我有時也會拖延。」

她腦袋一偏，噘起嘴脣，彷彿因為我想做出連結而心煩。我問是否有以前的畢業紀念冊能借我看看，以便確定是同一個法蘭克・拉提默；她走到後面的櫃子。片刻之後，就帶著三本畢業紀念冊回來，砰地放在櫃臺上。「他肯定在這幾年的其中一本裡，教職員在後面。」

我細看紀念冊的封面好拖點時間。這所學校的吉祥物——模樣還算友善的胡蜂——直直盯著我看，彷彿準備螫我的臉。叮，目的明確又迅速。我立刻朝後面翻了過去，但教職員的姓氏從蘭開斯特跳到萊斯特。我打開第二本，在教職員首頁找到他。並不像攬鏡自照，但我還是認出他來了。我想相像的地方是鼻子、雙眼的某個部分。還有我們面對鏡頭都很不自在，彷彿對著鏡頭擺姿勢會妨礙我們做更重要的事。我用食指描著他的五官，有如盲人觸摸陌生人的臉時，突然能夠看見似的。

「是他嗎？」凱斯基女士問。

「是—他。」我說，在兩個字之間破了音。

我在旅館裡開了一瓶藥妝店買的卡本內紅酒，沉溺在茫然的情緒裡。房裡沒有開瓶器，所以我用電話旁邊的那枝筆將木塞戳爛，直到能將餘下的木塞推進酒裡，每喝一口就將木塞殘渣呸出來。不知怎的，我的腦海裡浮現瑪莎葡萄園島的黛比。覺得迷失的時候，右轉就是了。我不確定這算不算轉彎，但我拿起電話撥給我母親。

「我在奧尼昂塔市。」我說，拍賣喊價似的，但這次不怎麼在意挑不挑得起她的好奇。留在桌上的小冊寫著：「奧尼昂塔」在莫霍克族語的意思是裂岩之地，所以我也把這個跟她說了。

「我找到一封信，」母親脫口而出，在我們聊了聊一月的落雪之後，「上面有個回郵信封，在雪城。」

我氣惱地拋下電話，話筒落在床上發出悶響。超級八的床墊有可能就是莫霍克族指的裂岩。我灌一大口甜稠的廉價紅酒，吞嚥的時候，喉嚨感覺得到木塞碎屑。我發出貓咪試著咳出毛球的聲響。最後又拾起話筒。「是他寫來的信。」

「對。」她在長長的停頓之後說。

「欸，妳這人還真是充滿驚奇。」

「別這樣。」

「不，妳不能自己隨心所欲，又想指導我怎麼做。」兩人無語良久，房間原本的嗡嗡響竄升成刺耳的噪音。「上面寫什麼？」

「那封信嗎？我沒開過。」

「可是妳也一直沒扔掉。」

「是沒錯。」

我用話筒敲了額頭三下，然後說：「沒有比現在更適合的時間了。」

「請別勉強我。」

我張嘴準備吼她，要她打開那封信，但我只是說：「我有他的鼻子。」接著我笑了出來，因為我想像自己手中有他割下的鼻子，接著我想到伊西絲將歐西里斯[82]的屍塊蒐集起來，就不再笑，而是哭了起來。

「是嗎？」她說，可是我不知道她是在質疑這項訊息，還是她對他的記憶，其實不足以確認真假。

「我想是吧！」

她將信封上的回郵地址給我之後，我掛掉電話。

我走到外頭，深吸幾口冷空氣，看著車流來來去去。冷空氣像剃刀一樣尖銳。身上只穿運動褲和T恤不夠保暖，但我還是倚著欄杆，直到看見壞了一邊頭燈的車子經過，覺得看夠了，才又回到房裡。我將剩下的酒倒進水槽，沖了個熱水澡。之後只圍毛巾就仆倒在床上，轉著電視頻道，直到每個電視臺都至少看了三次。我關掉電視，研究法蘭克的地址：米厄諾[83]大道，也許是

82 歐西里斯（Osiris）是埃及神話中的冥王，是古埃及最重要的神祇之一。歐西里斯被兄弟賽特所殺，屍體被切成許多塊。他的妻子伊西絲（Isis）找回了這些碎片並使他復活。

83 街道原文為Milnor，製帽商的英文則是milliner，讀音近似「米里諾」。

以女帽製作商命名的。說拉丁文的人和製造帽子的人。不，等等，女帽製造商的拼法不同。

隔天早上，我從奧尼昂塔開車到雪城，花了兩小時又十三分。我到道路安全基金會討了張地圖，雖然我不是會員，但他們還是同情我。不久我就找到了法蘭克位於米厄諾大道的家，不過第一次我不小心錯過了，必須繞回來。我將車停在對街，好好打量那棟有扇紅門的小磚屋。車道剷過雪，沿著步道的前窗下方有粗麻布袋罩著植栽，我想下頭是玫瑰花叢。前門上方掛著幾根冰柱，看起來險象環生；我在心裡批評法蘭克沒把房子照料得更好。車道上停了輛車子——斜背車——從我坐的地方很難看出車款和型號。顯然有人在家——法蘭克，或者也許是新任的太太。

我的焦點全放在驅策自己走到那裡去，儘管氣溫臨界冰點，我卻渾身是汗，我意識到這點時，才知道自己有多緊張。只有車窗完全被水氣濛住的時候，我才摘下毛織帽，抹去額頭的汗水，彷彿自己是個打算闖空門的賊，害怕自己的形跡敗露。可是想討回一部分的自己，還算是偷東西嗎？我揩了揩車窗的局部，以便繼續觀察那棟房子。那棟房子平凡無奇的程度，有如這些事件非比尋常。如果法蘭克在家裡，我們只隔了幾百英尺的距離。這就是了。最後幾步。我不久前才發現的、長達三十年的裂隙即將合起。

我不記得自己開了車門或走下車子，但轉眼已經到了馬路中央，朝著法蘭克的車道走去。我的雙腳不用我下指令就自行移動。我是個提線木偶，雙腿在接線的地方弓起，每條腿往前移近車道時，我的身體就做奇怪的迴轉動作。我一腳踩在法蘭克的土地上，然後就像有通電狗柵欄阻擋一樣，我驟然停下。那是個郵箱，也就是這道電流的源頭。郵箱頂端有個小小標示寫著「丹布勞斯基」。

徹底恐慌。我將軟帽拉過自己的眉毛，視線從房子到郵箱再到車子，然後又回到房子，確定自己找對了號碼。我甚至從口袋抽出那張紙條，上頭寫了我媽提供的地址。我總共寫了三次，每要她重說一次，我就記一次。前窗的窗簾動了動，屋裡有了動靜。我連忙轉身過街，差點被一輛豐田貨卡撞上；假使我的心之前停了，經過這麼一嚇，心又活跳起來。半融的雪泥濺得我褲子的前側都是，一路到膝蓋那裡。

機不可失。我轉身回到那棟房子，踏上屋前階梯，敲了三下門。我在三十秒鐘內活過了一生，那是某人來應門所需要的時間——一個男人，比我想像中的法蘭克還矮，而且身形更渾圓。

「是？」他說。

我的舌頭感覺好沉重，像是吃了貝類爆發過敏，即使我平日並不會因此過敏。「我要找法蘭克．拉提默？」我的聲音跟平常不一樣。

「你找誰？」

「法蘭克．拉提默。」

女人的宏亮聲音從房子深處傳來。「誰？」

「法蘭克什麼的，」男人回頭叫道，「我們姓丹布勞斯基，這裡沒有那樣的人。」

我心裡也知道不會有。

等我安全回到車上，我就將車門全都鎖上，空調開到最大，免得我整個人熱過頭，也防止車窗再次起霧。除了以最快的速度離開米厄諾大道外，我別無所求。

「他們沒聽過他這個人？」

是丹尼爾。我在某家破館子吃了煎烤鮪魚吐司，又在鎮上閒晃幾個鐘頭，平撫心緒之後，我從——沒錯——又是一家超級八汽車旅館打電話給他。

「沒有。」

「你問了嗎？」

「也不算。」

「那就回家來吧！」

「我可能還是會……去問吧！我要再多待一下。」

「你每況愈下。」

「我必須把書寫完。」我望向隨身帶來的書稿，在五斗櫃上陰森森的。

「那就快寫完啊！別浪費時間找法蘭克了。」

「哇，我現在可是需要男友的支持啊！」

「我是支持你啊！是你荒唐到看不清了。」

「喔，我荒唐了喔？」

「沒錯，就是。你以為找到法蘭克，這件事就能畫上句點，可是那只會是另一件事的開端。你就這樣一頭栽進去，都不想想後果如何。你把這本書的截稿期限，跟炸掉你整個人生的期限混為一談了！」

我戲劇化地往後用力倒在床上，就像發現父母偷看她日記的少女。我和丹尼爾這幾天來話題都不脫這件事。我搞不懂他在這件事上的立場。我不懂他為什麼看不出這兩件事息息相關。

「動筆吧！把你的書寫完。可是拜託，其他事情都給自己一點喘息空間。」

「我沒時間了！」

「有，你有！」

我再也無法清楚思考。「我寫完以前不會離開這間汽車旅館。」

「你要待在雪城喔？」

「雪城是我的最後一搏。」

「那就回去問啊！卡斯特[84]。回去敲門。然後回家來。」

你找誰？丹布勞斯基先生的聲音在我耳邊迴盪。

沉默。

天花板的頂燈裡面有死蒼蠅，透過霧面塑膠可以看到。在這種地方結束生命可真令人沮喪，慢慢腐爛，直到工友過來更換燈泡。這會是我的命運嗎？我找不到這個陷阱的出口，等房務人員來補充洗髮精迷你瓶的時候，發現我的屍體？也許丹布勞斯基先生說的對。我在找誰啊？其實不是法蘭克，是吧！

「很快，我很快就回家。」

我還有一站得去。

84 George A. Custer（1839-1876），美國陸軍軍官，以驍勇聞名，在美國一場知名戰爭小大角戰役裡，錯估敵軍美國原住民的人數，還是放手一搏奮戰到底，最後全軍覆沒。

二十六

我和史考特轉進我家那條街的時候，我看看手錶，驚訝地發現才四點半。冬至還有一星期才到，但我感覺每個凜冽的日子都是一場啟動不了的失敗；太陽還沒完全升到最高點就西下。跟史考特之間的關係也像這樣。火箭已經點燃，儘管我們努力壓抑，每一次總還是受到飢渴的驅動，想放膽再進一步，雖然沒人明說。可是真正的啟動卻每每受到阻撓——取消的原因不管是天氣、安全顧慮，或其他種種——我們往往還沒靠近平流層就必須下太空船。我常常向自己承諾，我們這一次非得攤開來說不可，這一次要將青春的飢渴探索訴諸於話語，可是我們遲遲沒有。我們現在全然靜默地開車兜風，兩個尚未定義的男生，不確定自己對彼此的意義和身分。有時我好渴望聽見他的聲音，即使那個聲音並未宣布任何重要的訊息；渴望到如果真的聽見，我可能會爆成一顆火球。

史考特將他父親的轎車開到我家前面的路邊，然後說：「欸，要命。」我們慢慢停下，我的身體震顫，史考特打到停車檔。這就是了。那場對話終於要來了。我們就要大聲說出兩人的關係了。雖然這不是最巧妙的開場白，但現在可不是批評他語言技巧的時候。總有一天想當作家的是我，不是他。

我發出一個聲音，我想，不是一個字而是一個聲響。一聲悶哼。我滿難為情的，於是嘸嘸口水並問：「什麼事？」佯裝憂慮和詫異，彷彿不曾言明的事情並未多如大海，橫亙於我們之間。

他朝著我家點點頭。

我轉頭過去，在十二月末的濃重陰影裡，我看到母親捧著一個箱子走出前門，鬆手丟在草坪上。原地已經有好幾個箱子，堆成某種歪斜一邊的路障。「搞什麼……」

「那些是不是……」史考特盡力想解釋我們眼前的狀況，「裝飾品？」

我沒回答。我年紀較小的時候，我們有一套俗麗的基督誕生場景塑膠塑像，可以從裡面點亮的空心人物立像。我們每年的這個時候左右，聖誕節前一週，就會擺在草坪上，然後像是盡忠職守的天主教徒，一直留到聖誕節後的第十二天——這時我們鄰居的麋鹿和雪人都收走將近一週了。一年的大半時候，那組東西收在車庫裡，我父親會在我母親緊迫盯人的監督下布置起來，她費盡心思要用特定的方式展示馬槽，而他通常會一面配合，一面咒罵冷天跟凍麻的手指。我們幾年前在後院二手拍賣時賣掉了，包括東方三賢、動物們、天使加百列。我母親表示抗議，說將它們貼上價格標籤似乎很褻瀆。可是那些人物都已經磨舊了，我父親說，比起替耶穌、瑪利亞和約瑟夫找個新家，把他們丟在垃圾桶，罪孽更深重。言之有理。

「不，說真的，詹姆斯，到底怎麼回事？」

我知道是怎麼回事，而我怒火攻心。什麼時候不挑，偏挑現在？在這個時刻？我為何什麼都得不到？我難道就不能好好跟一個男孩共享這個小小的時刻？「是我父親。」我靜靜承認。

史考特瞇起眼睛，再次困惑地看著。「在箱子裡？」他驚恐地說，彷彿發現我母親是斧頭殺人魔的祕密身分。

我盡可能閉緊雙眼，用力祈願等我睜開，這些事情都沒發生。我知道依靠念力沒辦法扭轉情勢。但當我睜開眼睛，卻發現箱子堆起來的路障似乎增長得比應有的還快——彷彿我剛剛一時墜入夢境。「我得走了。」我看著史考特，試著以一個表情訴說千言萬語。我右手搭在車門把上，左手輕輕搥他大腿一下。開吧，開車帶著我遠走高飛！我以強有力的眼神懇求，但他當然沒有。他只是掛著傻呆的笑容回望著我。我內心深處已經想像著未來的戀人，另一個愛我到足以接收到我心靈感應的男人，他在這一刻會聽見我無聲的懇求，並使勁踩下油門。

「好吧！」史考特說。我加重抓門把的力道，直到車門令人詫異地啵一聲開啟。我的反應是嚇一跳，就像聽到香檳瓶塞打開那樣。

我看著史考特穿著傻氣的天行者路克T恤、披著拉鍊沒拉的外套，彷彿這個再見是永別。接著我的重心挪移，感覺車門彷彿自己打開剩下的部分。我踉蹌下車。冷空氣彷彿摑了我的臉一掌；一陣刺痛。我站在一群樺木當中，背後是晦暗的冬季天空，我們都像高聳蒼白的鬼魂。

我聽到車窗在我背後捲下，史考特嚷嚷：「晚點打電話給我。」可是我不確定那是因為他也急著想聽到我的聲音，還是他喜歡來點八卦，或兩者皆是。我還沒回答，他的車輪已經在路上的鹽巴[85]裡打轉，直到找到抓地力，轉眼他便揚長而去。我為了跨越草坪的路程做好心理準備，母親又捧著另一個箱子現身，拋在那一堆東西上面。

「媽！」我語氣之狠勁讓我們兩人都吃了一驚，她的視線穿過樹木之間，辨識我逐漸走近的身影。

「法蘭西斯？」她聽起來滿頭霧水。

啊！

母親看到我的時候，重重吐了口氣。我走到她身邊，兩人默默站在一起，像是保險理賠人員走訪火災現場。

「是時候了。」她只說了這一句。然後我就明白了。

我們繼續靜立不動，審視她的工作成果。「他知道嗎？」

母親聳聳肩。「他就要知道了。」

我不明白為什麼挑今天，繼而恍然大悟，這份領悟在我的動脈裡竄流，最後連我的腳趾都明白通透，然後這份領悟又回流到我的心臟。「不是他，就是我，對吧？是他要妳選擇的。」

「那是我跟你父親之間的事。」

這就表示沒錯。我頓時滿心懊悔，這是我父親自己鋪出來的路，而他不得不走上去。不知怎的，感覺都是我的錯，我猜，在某個實際的層面上確實如此。真悲傷。一個男人的一生壓縮成區區幾件物品、減縮為扔在房子前側草坪上的幾個紙箱，而直到此刻，他一直以這棟房子為家。如果母親做了不同的選擇，裝在紙箱裡的就會是我的東西。不管怎樣，我們這個家已經永遠改變了。娜歐米和肯尼已經離家開啟自己的生活，我和母親現在則以兩人組的身分面對生活。我好想

85 下雪時在地上灑鹽是為了使雪水的凝固點降低，這樣路面上的雪就不容易結冰。而鹽這種細小的晶體也能增加路面摩擦力，減少車胎打滑。

知道我們五人同在這屋簷底下的最後一刻是何時。不管是什麼場合，就是某種具體事物的有限終結。某種原子，某種複合物。我們解體分裂，現在成了個別的原子，原子無法被毀滅，但可以四散紛飛，就像父親的物品丟得滿地都是。

我雙手搭上母親的肩，比我想像的還要削瘦。「妳確定嗎？這件事……」我不知道該怎麼稱呼我們四周的亂象，「妳確定嗎？」

「確定。」

還有別的方式，我想告訴她。這種做法感覺太決絕。「我可以幫妳把東西都扛回屋裡。趕在他回來以前。史考特的爸媽會讓我借住他們家，等風波過去。或者我可以跟肯尼擠一擠。」

「已經結束了，法蘭西斯。」

我將雙手塞進口袋，忖度手套是不是遺留在史考特的車椅上。細枝斷裂的聲響讓我們兩人同時望向樹線，但黑暗中連一隻浣熊的影子也不見。「我叫詹姆斯。」母親垂下頭。「你竟然站他那邊。」

「我沒有。」

「詹姆斯。」她望著那些箱子，彷彿正在點數，彷彿再次確認都拿齊了。

「如果這件事是為了我做的，媽，我要妳真正看見我。看到我是誰。法蘭西斯不真的存在。」

「對我來說存在。」

「唔，那也許妳可以幫我向他打聲招呼。」我們站在霜冷的沉默中，但我不能就這樣放它過去。「總有一天我也會離開，妳知道的。肯尼離開了，娜歐米離開了，下回就輪到我，再一年。

而妳會在這裡，獨自一個人。讓我走吧！我會想出辦法的。」我捧起一個紙箱，彷彿準備自己帶進屋裡。「妳不應該選我的。」

母親仰首望天，或許要對今晚第一顆出現的星子許願。湊巧在這瞬間，雲朵分開，足以讓獵戶腰帶星群照射進來。「我已經做了選擇。」

我不大知道怎麼回答，所以最後只是放下紙箱並說：「好冷。」我的情緒爆發、赤裸裸的現實，都令我內心糾結。我用手指拂過附近那些紙箱頂端，思考著要怎麼軟化我剛說出口的話。我默默發了個誓。

我也永遠都會選妳。

我已經明白，在人還年輕、不知人生可能有多長的時候，這種承諾很容易信守。就我記憶所及，母親是我生活每一天的常數。我內心理性的部分知道，不可能永遠這樣下去，但又有另一個還算有分量的部分想著，怎麼可能會不永遠這樣下去？

我從口袋抽出雙手，握住她的手。在我這一生，母親總是散發著暖意，透過碰觸、笑容、時間和關注，透過她在廚房裡料理的東西。可是十二月站在此處，四周圍繞著父親的物品，一次違常的聖誕節，就我記憶所及，這是頭一次她的碰觸冷冽如冰。

二十七

我開著租來的車，沿著車道行駛，在停車場遠處角落找到一個空位，遠離看來像是巨型大牧場風格房屋的建築。那棟建物有著配置古怪的窗戶和玻璃滑門，我確定如果不是因為重要的消防法規，就會整個被焊起封死。我的擋風玻璃前方有一座正在縮小、由融雪和塵土堆成的醜陋小山——整個冬天劑積的落雪。光禿僵直的樹木骨幹在柔藍天空前方列隊。跟我和兄姐們當初看到的介紹小冊毫無相似之處，那些枝繁葉茂、綠意盎然的照片是盛夏時期拍的。我不記得我們當初怎麼找上這個地方。我說我們，但當然是娜歐米安排的——當時我們其他人都還處於否認狀態（或佯裝無動於衷），只有她還能正常運作。我四周的轎車就和這棟建築一樣乏味不起眼，就是電視聯播遊戲節目送贏家當贈品用的車款：別克雲雀和奧斯摩比鋒芒。

悲傷的是，這裡誰也贏不了，不管是在遊戲節目裡或不是。

當時由娜歐米一肩扛，打理一切，我總覺得這樣有性別歧視的嫌疑，可是老實說這種事肯尼不大拿手，況且他那時家裡還有兩個幼子。我呢，我住在城裡。我住的地方沒有類似的機構，至少沒有我們負擔得起的。而且紐約的噪音會讓我父親不快樂又困惑，一舉遷離安靜的紐約上州，面對的卻是尖鳴不斷的警笛、無止境的金屬鑽孔聲；我們這些腦袋正常的人都會被這些聲音逼瘋了，更不要提他這樣的病人。況且，我是不受他青睞的人，多年以來都是如此。

我坐在車裡，雙腳伸展扭動，直到聽見幾聲令人不安的啵聲。站起來伸展收效更大，但我喜歡車子內部提供的那種庇護、那種安全。儘管四周都是窗戶，我卻覺得自己是隱形的；就我這趟旅程上目睹在車裡挖鼻孔的人數看來，這種虛假的信心頗為常見。我的雙腳繞圈旋轉，膩了以後就換成拉伸小腿。我藉由眺望入口來伸展脖子，卻只看到疑似娜歐米的人走出那棟建築，我在椅子上縮起身子想躲藏。我沒想到來這裡可能會巧遇家人，要是碰上了，該要說什麼好。幸好不是娜歐米，她永遠都不會穿那麼礙眼的外套。

我走進那棟建築時，迎面就是憂鬱和悲傷的氣息，還有儲放在熱氣中而非冰庫的肉體氣味。某種柑橘清新劑也掩不住那股味道，氣味非但沒有改善，反倒更加難聞，就像在飽受折磨、痛苦扭曲的臉龐上硬是加上快樂的笑臉。那是動物收容所的氣味（雖然沒有那麼鮮明），但隨著每位訪客到來，這些臉龐也急著湊上前來，只是因為過於破碎而發不出短鳴與吠聲。

「詹姆斯．史麥爾。」我對櫃臺的女人說，同時宣布了我的和我父親的姓名。

她連頭也沒抬。「一二四號房。」她說，有點加勒比海的法語腔。

他的房號就跟我高中的創作寫作教室一樣。真諷刺。一二四號房。那個教室釋放我心靈的自由，有如他的病房困住他的心靈。「我可以就這樣進去？」他們總不會讓街上的人隨便進來吧！她終於抬眼瞅著我，視線停留得久到失禮，然後點點頭放我通行。我想我看起來並不危險，只是草率馬虎。來這裡的訪客可能都是這樣。

我穿過走廊，對著路過的人微笑。走廊上有個坐輪椅的女人，她回以笑容，滿口無牙，只剩齦肉。有個年長的男士，倚著助步器走著，禿頂上有些黑色傷疤。一個穿著護理刷手衣的男人拿著拖把，他點頭回應我，我們兩人都不確定誰手邊的任務更悲傷。

我找到一二四號房，用手指描過房號下方，我名字的字母，彷彿我是盲人，讀的是點字。我幾乎可以感覺安妮．蘇利文[86]在我手心拼出手語字母：F—A—T—H—E—R（父親）。可是我不懂手語，所以也許她拼的是別的字眼。

門開著，我深吸一口氣，然後走進去。

「嗨，爸。」我低語。我抗拒著黛咪摩爾[87]式的一滴淚，只要我來訪，眼角總是會浮現這樣的淚水。

當然沒有回應。

他睜著雙眼，空洞地盯著電視裡的歐普拉，電視機掛在牆上。我瞅著他一會，然後將注意力轉向電視。這一集似乎跟一個問題家庭的一週生活有關。我無法想像他們會有什麼問題，但我懷疑他們的問題遠遠比不上我們家。

父親的模樣不大一樣。也許只是因為他比我上次見到他更老，兩年前的聖誕節。那時我還沒賣出我的書，也還沒認識賈姬，更不知道法蘭克．拉提默這個人。當時我還是別人。

他頭髮原本銀色的地方花白了，但不只如此。有人替他換了一邊分線。他的臉孔黯淡、凹陷、空洞；我不知道皮膚可以透著灰色。我別過身去，因為看了痛苦，一直到電視節目進了廣告才把頭轉回來，接著我拉把椅子到他身邊，坐了下來。

「是我，詹姆斯，爸。」他沒有回應，於是我說：「我吉米啦！」他以前常常強迫我母親用這個小名叫我。

我上次來訪的時候，我們聊了一點，但都是些芝麻小事。我父親似乎認為有人拿走他的眼鏡，用一副度數些微不同但鏡框外表一樣的眼鏡取代。我說他可能該看眼科醫師了，也許視力改變了。事實上，我試著請護理師替他安排視力檢查，由娜歐米持續追蹤。幾星期之後，他們在隔壁病房找到他的眼鏡——想也知道，是某個比較淘氣的病人掉包的。

我不確定他當時知道我是誰，現在我也沒把握。

「你的眼鏡狀況如何？」我看著他掛在臉上的眼鏡。上面沾滿了指印和油漬，透過鏡片幾乎看不到他的眼睛。「來，讓我幫你。」我將眼鏡從他臉上小心摘下。他畏縮一下，但只是微微的。我用我毛衣底下的T恤抹抹鏡片，但鏡片太油膩，看不出是不是有改善或更糟了。「等等，我拿去水槽洗洗。」

他點點頭，但我想他並不懂。

我在浴室裡放水直到水溫變暖，從牆掛給皂器裡壓出液體皂。我用水沖洗鏡片，用手指在上頭搓出滿滿的泡沫。我望著鏡子，幾乎認不出自己——我看起來更老了。我什麼時候變大人的？這些線條，眼底下的黑紋，是什麼時候出現的？上週我出城的時候就有了嗎？我的髮線是不是後

86 Annie Sullivan（1866-1936），是影響海倫凱勒至深的人，蘇立文的角色從海倫的老師、家教，最後成為同伴和朋友。兩人之間的情誼長達四十九年。

87 Demi Moore（1962-），美國女演員、電影製作人。

退了？我的臉是不是下垂了？我的毛細孔什麼時候變得……明顯到令人難為情？水變熱了，我可以感覺雙手灼燙，但片刻之後才意識到痛感；我用較涼的水沖洗鏡片。

我將鏡片擦乾，放回父親臉上。「好了，我想這樣你可以看得更清楚。」他再次畏縮一下。我坐回他床邊的椅子裡。他睜大雙眼，彷彿注意到立即的改善，我覺得很開心，我來這裡至少完成了一件好事。「所以，有什麼新消息？」

沒有回應。

「我有什麼新消息呢？唔，我想想。我還在紐約。丹尼爾還好。他要導一齣戲，可是劇團還在籌錢。我有本書要出版。在八月。一本關於母親和兒子的書。我想我們還沒談過這件事，都好一陣子沒見面了。說不定娜歐米跟你說過了。她一定說了吧！她似乎滿以我為榮的。我希望你也是。」

無語。

我聽起來很不自然，就像小鼓，我的句子只不過是俐落彈跳的音符。我記得孩提時代，玩著樂高或某種玩具，我會讓那些玩具開口講話，他們會針對各種話題，講出生動精彩的對話——關於電影、賽車、都市規畫——直到成人出現在房間裡。然後那些玩具轉眼就變回陌生人那種生硬客氣的談話。現在就有那種感覺，像是我想要來一場熱烈的對話，情緒亢奮、靈光迸射，只是有個成人剛剛走進來。可是我現在不就是那個成人嗎？

父親發出呻吟，用手搥打床鋪。

「媽當然不怎麼興奮，可是我還是要進行下去。我們可以聊聊為什麼。我只是——想說你會覺得開心。」以前他很討厭我不聽他的話，但我難得跟母親唱反調的時候，他倒是滿高興的。「你一定不敢相信我的編輯是誰。」不，不，錯。我默默對自己說，彷彿他真的開口猜了幾個答案。「是賈姬・甘迺迪。」

我等待著並未出現的反應。

「唔，現在叫賈桂琳・歐納西斯。她比較希望別人這樣叫她。你相信嗎？我指的不是她喜歡別人這樣叫她，而是她簽了我的書！我花了好久時間才領悟這一點，你一定能想像吧！」

你一定——能——想像。這是什麼話。只要扯上他，我什麼都沒把握。他平常會想像嗎？他會在心中喚起影像、視覺化或作夢嗎？

母親把他踢出家門幾年後，他開始出現病徵。他年紀還輕，我們有點太慢才意識到，但他退化得相當迅速。他漸走下坡的健康狀況很難全盤掌握。老實說，我不確定自己該有多在意。娜歐米一直參與其中，肯尼也是，但我和母親最覺得委屈，很難拿捏該付出多少關懷，雖說我們懷著不少罪惡感。我到很後來才想到，也許他答應離開是因為知道自己生病了。打算離開家門孤獨死去，就像小狗會爬到房子底下那樣，或是野生動物會退進樹林深處。而我只是個方便的藉口。雖然我知道這樣想未免有點牽強。對我來說，他的疾病讓我如釋重負，雖然我知道這樣想有多糟糕。他獨自掙扎著。很難想像他重新起步，他最好的日子似乎早已遠去。這樣不是更仁慈嗎？讓他臣服於某種快速的病症，而不是靜悄悄地（或喧鬧地）凋萎多年？

「我還在找結局，我的書，」我看看他是不是聽進去了，「我要找好幾樣東西，想說也許你可以幫忙。」他還真的朝我的方向轉來，但還沒對上我的眼睛以前就打住。「她真的傷害到我們了，對吧！」

我抬頭正好看到兩隻㹴犬快步經過他敞開的門口。難道是幻覺？天花板附近有個通風口，也許他們灌了會扭轉心思的藥物，也許他們就用這種方式讓這裡的人保持平靜。

「我離開一下。」我起身越過房間，將頭探進走廊。那些小狗正在向頂著斜角髮尾、挑染張揚的女人打招呼。女人蹲在走道上，跟我們隔了兩扇門。

她看到我的時候，揮揮手。「嗨！」

「這裡可以讓狗進來啊？」我沒有控訴的意思，而是詢問院方規定。我應該替父親弄條狗來嗎？他很渴望有伴吧！我想。也許還能給他一個教訓——一條狗哪裡都不會去，狗很忠心，比家人還忠心，比很多父親還忠心——逼他每天面對這個事實。

「這些狗是治療用的，經過特別訓練。我們每週帶牠們進來一次。」

「啊！」一條狗看到我，朝我慵懶走來。我往下伸手，輕拍她柔軟的頭頂，將她顱上的毛搓成一束。她比達米諾好相處，達米諾很像我母親，似乎不喜歡被摸。

「史麥爾先生會不會想跟她相處一下？」我花了片刻才意識到，我不是她指的那位史麥爾先生。

「我……我不大清楚。」

「他認識小鈕釦，只要把她抱上床就可以。他們會相安無事的。」

小鈕釦挑起一眉，別開臉，彷彿想表明這名字可不是她自己取的。我不大知道怎麼抱這隻狗比較好，但我一開始就用錯方法，試著像抱孩子那樣抱她，後來我改將雙手探到她身子底下，像揣著橄欖球那樣往上一提。

「看誰來了，爸。」我將狗往前一推，然後輕手放在床上。她憑直覺在他的胳膊和身體之間找到一個開放空間，行禮如儀繞了兩個圈子之後躺下來。

父親往下一看，詫異地發現有隻狗蜷縮在他的腋窩，但並不覺得反感。他動手緩緩摸著她。他頭一次直直望著我，彷彿要確定我們看到了同樣的東西。我也開始撫摸小鈕釦，我們兩人的手碰到了，起初很彆扭，手指無意間擦掠，好似兩個初次約會的青少年。這會往哪裡發展？接下來要做什麼？可是我們找出了共同的節奏，同步撫搓小鈕釦的背，像是兩個平行的鐘擺，永遠無法產生連結。

「賈斯……」他開口，然後含糊地說完。

「賈斯柏嗎？」賈斯柏是我成長期間，家裡養的小狗。

父親點點頭。就他疾病的運作方式，我不再想起的事物正是他隨意能夠喚回的，想來也真奇怪。流逝的記憶或淡去的往事，比方說，賈斯柏，對他來說也許就像昨日的經歷一樣鮮活。而他讓我憤恨不已的所有言行，我夜裡清醒躺著時所執著的種種——他對我的排擠、他對我母親說過的那些可恨話語——對他而言可能早已遠去。

「所以你知道這個？」

父親當然什麼也沒說。我打算自己挑起重擔。關於什麼事情？

「關於這個叫法蘭克．拉提默的。名字聽起來耳熟嗎？」

法蘭克什麼默？

「拉提默。法蘭克．拉提默。有印象嗎？」

從沒聽過。

「我就是不知道能不能相信你。」

他是誰？

「唔，首先呢，看來他搞上了你老婆。」

父親的注意力依然集中在電視上，我用這樣粗鄙的方式說母親，讓我一時對自己滿是嫌惡。怒氣緊揪著我不放。

「令人震驚，對吧！看來他們有了段火熱的婚外情。」

歐普拉又進了廣告。

「如果當初你對她好一點，給她多點關注。多點擔當，也許永遠就不會發生那種事了。」我花了整整一分鐘才想到結果。「可是那麼一來，我想我就不會在這裡了。」或者我會有百分之五十的不同。百分之五十的別人。百分之五十更像他。

很難知道該許什麼願。

他開始咳嗽，我和小鈕釦警覺地面面相覷。我扶他起身，在他的肩胛骨之間猛拍幾下，彆扭地想讓他停下來。路過的雜役工從門口探頭進來，但我揮手要他離開。「我們沒事，我們沒事。」我可以感覺自己的雙眼泛淚，我不希望讓人看到我哭。

雜役工對我比比大拇指，然後繼續往前走。

我讓父親再躺回床上。

「打從一開始你就知道了，對吧？這就是你堅持要大家叫我詹姆斯的原因嗎？要宣告對我的所有權？還是說那是很後來的事？你要把我趕出家門。也許你已經受夠了背叛。」

我現在哭得慘烈了，連自己都覺得吃驚。我不曾在他面前這樣過，從來不想讓他稱心如意。他繼續全神貫注在電視上，所以我找到纏在毛毯間的遙控器，氣呼呼關掉電視之後，將遙控器扔回床上。

「無所謂，反正你以前對我來說就一直是個混帳。」

房間頓時一陣悄無聲息，我抽泣的聲音因此放大。連對我來說，聽起來都很荒唐，所以我決定點數他床頭櫃上的物品，希望這項差事可以讓我放鬆下來。時鐘收音機、乳液、檯燈、面紙盒、似乎洗過並摺成兩半的毛襪、裝框的孫子照片，可能是娜歐米帶來的。

電視關了，他將注意力轉向我。

我以前是個混帳？

「對，沒錯，我那時候還小。」我伸手去抽面紙，擤了擤鼻子，然後回頭去拍小狗。「後來你生病了，結果混帳變成是我，因為我不夠愛你。算你厲害。」

這倒是新鮮事，這種情緒爆發，但我覺得困惑。我不知道該有什麼感受。這樣很好嗎？我應該把這個當成進步嗎？這是賈姬鼓勵我好好擁抱的療癒嗎？

「回來談那本書好了。記得我提過吧？我寫了本書。一本小說，就要出版了。」

父親思索片刻。「賈斯柏？」他的聲音細薄沙啞。

「不是他媽的賈斯柏，爸。賈斯柏死了。這條狗叫小鈕釦。」我停頓，想確認一下他到底在問什麼。也許他問的是完全不同的事。我深深吸口氣，深到足以爆開肋骨的地步。「書裡面有賈斯柏嗎？沒有，這本書講的是媽。唔，應該說是某個版本的媽。重點在於母親們，以及圍繞著母親們的謎團。你懂媽的。」聽到自己說話這麼彆扭，我臉一皺。

小鈕釦舔起我爸的手，他一臉詫異，但沒有不悅的表示。

我懂媽嗎？我們當中有誰懂她嗎？

「唔，那真是個他媽的好問題。」我再三口吐髒話，明顯想要表現得更陽剛，讓我自己都覺得詫異。

我看著他展開手指，讓小鈕釦可以舔他的指間。這件事持續了那麼久，我都有點倒胃口了，也許我之後應該好好清洗他的手——或者也許為了小鈕釦著想，應該在事前先洗淨他的雙手。

「書裡面有你，篇幅不多就是了。」我頓住，字斟句酌，想評估自己是否有傷人的能力，但接著我決定豁出去。「小說一開始，你就把槍塞進嘴裡，扣下扳機。」

我等著回應，忖度這件事聽起來是不是跟說起來同等痛苦。等於承認長久以來，他之於我等同死了一般。父親緩緩轉過腦袋，正眼看著我，雙眼濕漉、額頭皺起，比平日自然的紋路更深，然後他點點頭。

那樣不是挺好的嗎？

「對啊！想來也是，比起現在這樣，你可能更喜歡速戰速決。」我們繼續撫搓小狗，但步調逐漸放慢，控制我們手速的節拍器電量漸漸不足。

我記得父母分道揚鑣不久，我曾經到他公寓拜訪一次。那裡只有一張床、一張椅子，還有放在紙箱上的一盞檯燈。屋裡的時鐘全都面牆而掛，瓦斯爐上的那個小鐘則用膠帶遮住。那些時鐘為什麼都面牆？爸。我當時問。他並不想回答我，所以我一直追問，最後他終於說，那是因為他無法忍受看著時間滴答流逝。只有那時，我才想到他可能活在懊悔之中。

「老實說，我原本認為你在故事裡不怎麼重要。不過，現在……」舔舐的聲音變得讓人無法忍受。「現在我不那麼確定了。」

我原本以為自己了解的一切，都有了新的面貌。也許我父親一直知道他自己養的是別人的兒子，而面對這樣的背叛，他依然留下來，勉強扛起這份吃力不討好的工作。尤其在那個年代，通常是男人出軌而女人忠貞不二，一個紅杏出牆的老婆對他有害無益的陽剛性格一定是個打擊。一個同志兒子？還不是他親生的？唔，那真是最終一擊。

「我不氣你了。」這些話語像是一件我在試穿間覺得欣賞，但明知穿到外頭會很尷尬的T恤。「你知道怎樣？那不是真的。我很氣你。這個家從來沒人把這件事說出口，這個家從來沒人說實話。我很生氣，而且氣很久了！」

父親虛弱無力發出兩個音節的聲音，彷彿說話疏於練習。我無法辨別那是否是個字眼。我在腦海裡將那個聲音正的倒的反覆想過，就像仔細檢查澤普魯德影片[88]的畫面。也許裡面還有什麼。

還有什麼東西。

88 **Zapruder film**，這份無聲八毫米彩色影片是美國公民亞伯拉罕．澤普魯德於一九六三年十一月二十二日拍攝美國總統約翰．甘迺迪車隊通過德克薩斯州達拉斯迪利廣場時的畫面，正好捕捉到甘迺迪遇刺瞬間。雖然不是甘迺迪遇刺唯一的影片，卻是當中最完整的。

還有某個人。也許那裡還有什麼人，而這些音節相當重要——是他的「玫瑰花蕾」[89]——一份許久以前的回憶，存藏在依然如常運作、依然展現生命跡象的部分大腦額葉、皮質或基底。他還活著，活跳跳的。就像十多年前我母親那樣，當時她選擇站在我這邊，將他的物品全都扔到草坪上。

接著他握拳猛搥床墊。一次、兩次，第三次。接著雙拳並用，像大猩猩一樣反覆搥打。

「好！很好！」我抓起椅子上的抱枕，開始搥打，直到我們成了兩個釋放原始怒火的男人。

「你也很生氣！你被困在這裡，多不公平啊！儘管發洩出來！」

我們搥擊不停。我納悶，要是在我人生其他階段，或許我們毆打的會是對方，而我的抱枕和他的床墊只是吸收我們痛苦的替代品。我幾乎可以感覺到他拳頭正中我下顎的刺痛感。

接著，靈光一閃。

「爸、爸、爸……」我將抱枕扔在床上，握住他的手，直到他停下來。我們默默坐著片刻，理順呼吸。接著我告訴他，「賈姬告訴我，我太輕易放過自己的角色，就是這個意思。」父親困惑地看著我，於是我主動說：「賈姬，歐納西斯夫人。」

難怪我的結局感覺很空洞——裡面缺乏必要的怒氣！隔離只持續了四十天，在不到六個星期的時間內，我的角色們不可能解決一切問題。可是他們至少必須處理進入隔離時期時，懷揣多年的怨憎，這樣才能將自己置身於前進的正確方向。他們必須真的勃然大怒。他們必須判定自己再也無法忍受，並且直言不諱，這樣才能有所改變。

在這番茅塞頓開的領悟之後，父親的音節終於連接成形，至少在我心裡是如此：原—諒。我們必須先發洩怒意，再來必須原諒。我原諒你，我在腦海裡說，因為我還不確定自己真的能原諒他。可是我當然會讓我的角色們原諒。先透過他們嘗試看看，自己再找一天回來這裡——希望不用太久——然後將這句話大聲說出口：

我原諒你。

我又搥了抱枕最後一下，然後往上伸手，搓亂他的頭髮，梳回我習慣的那邊分線。突然間，就這麼一個小小的差異，好似一艘船駛近我倆多年前合力製作的燈塔蛋糕：父親從霧裡現出身影。

89 典故來自一九四一年推出的經典電影《大國民》（*Citizen Kane*），是奧森威爾斯的代表作之一，講述報業大王查爾斯·凱恩的一生。凱恩在豪華宅邸死亡，死前只說了「玫瑰花蕾」（rosebud），成了個謎題，影片後來解開了這個謎團。

二十八

春天來臨，賈姬邀請我到卡萊爾飯店共進午餐，我迫不及待接受了，因為這頓飯是純粹的獎賞。我探望完父親之後直接開車回家，回到城裡，回到丹尼爾身邊。我在午夜剛過抵達，倒頭大睡。然後埋頭工作三天三夜，在我們的公寓裡，好讓丹尼爾看到我真的在寫作；他煮了一壺又一壺的咖啡，外出好長一段時間，最後總是帶著吃的回來。他幾乎沒說什麼，總在天黑時靜靜為我開燈，天又亮起時再替我熄燈，直到我寫下我沒料到寫得出來的最後一個句子。我趕在截稿日之前將書稿拋在馬克的辦公桌上。

煎熬了足足兩天之後，賈姬來電。尋覓父親（至少照我編輯的說法）讓我寫出了目前為止最棒的內容，整本書準備製作出版了。我想起賈姬跟我說，這個結局就對了：你打造了一座火山，能夠讓它噴發，是多麼神奇的事。起初我覺得她選了這樣的比喻有點古怪，就像在讚美一個孩子的科學作業。但那種隔離狀態不就是在一個有限空間裡累積極端的熱氣，尋找可以宣洩的管道？丹尼爾發現我那天下午癱倒在地板上；我不是因為如釋重負（老實說，有種反高潮的奇怪感覺）而暈過去，而是這本書現在已經完成，我不知道接下來要拿自己怎麼辦。

在我心裡，那頓午餐標示了我們協力合作的一種轉變——寫作的部分完成了，現在正要全速前進製作出版。我事先對卡萊爾飯店做了點功課，好讓自己平靜下來。艾倫分享了有趣的看法：看來真正讓這家飯店一舉成名的是約翰．甘迺迪。一九五〇年代擔任參議員的時期，他頻繁造訪，他們替他設了條個人專用的電話線。他就任總統之後，媒體戲稱這裡是紐約白宮。他過世之後，賈姬為了閃避世界，帶孩子們住進三十一樓的套房，孩子們會到飯店大廳玩耍。就這地方的歷史而言，她會常來這裡走動，我覺得相當古怪——但我又有什麼資格質疑。

我因應場合穿西裝外套、打領帶，提早抵達，先在白蒙酒吧體驗一杯，這裡以路德威．白蒙的壁畫命名，他替《瑪德琳》童書系列繪製插圖。（我讀到他也在亞里士多德．歐納西斯的自家遊艇「克莉絲汀娜」上畫了幅私人的壁畫，但我知道最好不要提起。）我把灰雁原味伏特加加冰塊帶到壁畫邊的安靜桌子，壁畫裡有個八字鬍男人將一束氣球遞給尖臉孩子。孩子四周是異想天開的法國場景，偶爾安插了奇特的畫面，像是穿著男人綠西裝的兔子，嚴峻地叉起手臂，穿著禮拜盛裝的小狗們、從高聳籬笆探進頭來的長頸鹿。我啜飲著自己的酒，注意到天花板鋪了金箔。連燈罩上都妝點著插畫。

我記得《瑪德琳》那個系列的書，小時候娜歐米都會念給我聽。巴黎有間老房子，上面覆滿藤蔓，前方有一打小女孩站成筆直的兩排。白蒙的風格裡有非常賈姬的什麼，彷彿也許她就是那些女孩的一個。想像她是個穿著完美黃外套的孩子，雙腿越往下越細，像芭蕾舞者那樣尖起，這種想像也不算牽強。那些壁畫讓我想起，據說喬瑟夫．甘迺迪[90]向他兒子警告過賈姬作為政治配

90 Joseph Kennedy（1888-1969），約翰．甘迺迪的父親。

偶的優缺點：「地位高是高，但底子不夠。」花時間閱讀談賈姬的書，讓我挖掘到幾個有意思的說法。

十二點半的時候，我走向餐廳，那杯伏特加讓我昏昏沉沉。地位、地位，過多地位。

「歐納西斯夫人的桌子。」我對領班說，不確定從自己嘴裡吐出來的S[91]的數量對不對。

「你是……」

「詹姆斯．史麥爾。」他查看預約資訊，直到一臉滿意為止。

「很好，請往這邊走，先生。」他拿起精裝菜單，領著我穿越餐廳，抵達靠近後側（總是在後側）的一張隱密餐桌，打手勢請我入座。「歐納西斯夫人應該很快就會過來。」

「謝謝你。」我用雙手接下菜單，彷彿菜單刻在石板上，然後迅速讀過。我一直很害怕碰到措手不及的狀況，就像在夢裡那樣，服務生過來要等我點菜，一打開菜單才發現上頭是我不認識的語言，而所有的品項都以我不曉得匯率的貨幣標價。我很快就選定沙拉，覺得滿適合當午餐的，吃一大份三明治可能感覺很粗俗，而一些經典菜色（Lobster Thermidor[92]？）我又不懂。我排除了海鮮沙拉，因為我不喜歡「團塊蟹肉」聽起來的感覺，縮小範圍到尼斯沙拉，覺得這個選項最明智。

賈姬走進來的時候，餐廳裡的嘈雜頓時陡降，奇特的靜謐籠罩著餐室（除了一把叉子掉落的聲響），好似海嘯奔騰湧來之前，潮浪從岸邊迅速退開。她鮮豔外套的墊肩加上收束的腰身，讓她看來像是康丁斯基[93]畫作裡的三角形狀。她穿過餐廳時，輕輕擺動手指，向某些賓客致意，一路面帶笑容，彷彿很不好意思打斷他們用餐。她一邊腋下夾著一只大大的馬尼拉紙袋。

她走到桌邊時，我站起來。
「詹姆斯，你看起來真迷人。」
我吻了她的臉頰，深深吸氣，捕捉她的一些魔法，滿足一整室的窺探目光。「謝謝妳的邀請。」
「是我的榮幸。我們坐吧！」
穿著白外套的服務生出現了。「想喝點什麼？女士？」
「香檳，兩杯，」她轉向我，眨眨眼，「我們要慶祝。」
「馬上來。」
「我們要慶祝什麼？」我問，等他離開聽覺範圍。
她非常直白地說：「你啊！」
我的臉暖烘烘，但不是因為伏特加。
「再次恭喜你的精彩結局。」
「我就是需要有人推一把。」
「而我很樂意配合。你真的給她顏色看了！」她幾乎有點熱情過頭。
「妳確定不會太過頭？」我想到距離現在幾年之後，母親有可能退讓並閱讀這本書，她會怎

91 原文Mrs. Onasis's，有好幾個s音。
92 亦即奶油起司焗龍蝦。
93 Kandinsky（1866-1944），俄國畫家和藝術理論家，為抽象藝術的先驅。

麼看待這種徹底的潰敗？

「如果太過頭，我會拉住你的。」

我指指包裹。「裡頭是我想的那個嗎？」

賈姬在桌上打開那只信封，拉出一本印刷校樣。「我想親自將它交到你手裡。」

我生平頭一次捧著自己的小說樣本。不是書稿、不是故事、不是一疊用橡皮筋捆住的紙張。而是裝訂起來的紙頁。沉甸甸、厚厚實實。頂端橫印著：小說《伊薩卡》。封面影像呈現樹木在深秋時節的模樣，金黃、橙橘、豔紅，好似野火般從封面上竄騰出來。底部以白字印寫著作者的名字。我的名字。詹姆斯．史麥爾。

「這……也太棒了。」我還以為自己現在已經學會克服說不出話的窘境。

「封面賞心悅目，而且你的名字很有作家派頭。」

詹姆斯．史麥爾最新那本書你讀過了嗎？我想像讀者這麼問，關於未來某本備受期待的作品。還沒耶，好看嗎？一整場對話在我腦海中閃過。好極了。

「記得之前我們聊到春天嗎？」我問。我們曾經想像類似的封面影像，但顏色較為柔和，用各種黃色和綠色，籠罩在柔和的光線中。春天，賈姬當時說，暗示著成長和更新。但秋天，我反駁，代表改變、回歸（依然想著卡瓦菲斯的那首詩），但也代表豐饒和收穫。

「你提議秋天真是對了。」她說。我想，當時我用另一首詩——濟慈的〈秋頌〉說服了她。

「尤其書裡有那個火力十足的新結局。這本書真不錯，詹姆斯，你母親會引以為榮的。」

她的樂天態度幾乎有感染力。「我應該寄一本給她嗎？」我輕笑。我頂多只能暗示，我們家這齣家庭大戲還沒找到解決辦法，事實上只是加倍複雜。

她察覺我話中有話。「應該由我來嗎？」

我停下不笑。

服務生端著兩杯香檳過來，在我們每人面前各放一杯。

賈姬舉起她的酒杯致意。「敬伊薩卡。」

「敬伊薩卡。」

「很快就會來到各地的書店。」

我搓搓太陽穴。「我無法想像走進店裡，在那裡找到這本書。」

「你不必想像，再幾個月就會成真了！」

「這樣說也不會讓這件事更有真實感。」

服務生回來，問我們想不想聽今日特餐，賈姬表示肯定。服務生一臉燦爛，朗讀事先備好的清單，笑得合不攏嘴。對於自己對別人會產生這種效果，我知道她不以為意（說到底，她什麼都不用做就自然散發這種力量），但能夠親眼目睹還滿令人興奮的。他念完之後，她發出哼鳴聲，彷彿極度嚴肅地思考要做什麼選擇。

「我想點干貝，麻煩了。」賈姬手上連菜單都沒有，而干貝也不在今日特餐中。我不知道干貝是否名列今日餐點，或者如果你是賈桂琳．歐納西斯，就可以不照菜單點菜。

「尼斯沙拉。」我將我的菜單遞還服務生。我可沒那個膽量自創菜色。

我巴不得快快翻過這本樣書，看看印了字的每頁紙張。但我只是將餐巾鋪在大腿上，免得看來過於急切。

「所以感覺如何？」賈姬朝著書點點頭。

「我簡直承受不住。」

「那……算是好事嗎？」

「我想是吧。我覺得好多感受一起湧了上來。」

她從桌上收走信封，塞進手提包底下。「所以，好了，告訴我你是怎麼寫出這個結局的。」

「助力來自一個意料之外的盟友。」

「跟我多說一點。」

當她如此專注地凝望著你，很難不把事情全盤托出，但我只粗略談了談拜訪父親的事。

「唔，我們討論過的怒氣……我先對某個人發洩情緒之後，才能讓我的角色準確地表達出怒氣。可是就這樣把事情擱著感覺不大對，所以我想了很多妳說過關於療癒的話。有時候我在自己的人生裡很渴望得到療癒，但我還滿心虛的，我想，因為在追求再度完整和快樂上，我一直很被動。所以，原諒也同樣重要。」

賈姬點點頭。「而原諒是一種行動。」

「沒錯，我回到開頭幾頁，意識到兩個角色都有對象可以原諒。而讓他們原諒，就能給他們足夠的共同立足點，從隔離狀態走出來，踏上原諒自己的道路。」

「唔，可以擺脫一個太過工整的結論，真是棒極了。我相信，最棒的結局總會讓讀者想像接下來會發生什麼事。」

「我想，那就是我還是有點心神不寧的原因。」

「關於這本書嗎？」

「關於人生，」接著我從實招來，「關於我自己人生中的療癒。既然這本書完成了，接下來呢？」

「寫了自傳性的小說之後往往會有這種狀況。書結束了，但故事繼續下去。」賈姬用單指撐著下巴，像八哥棲在枝椏上。「你記得斯芬克斯的謎題嗎？」

我不解地望著她。「人類的腦袋、獅子腿臀？那個人面獅身？」

「沒錯，在希臘的傳統裡，斯芬克斯有個謎題。什麼東西早上用四腳走路，中午用兩腳，晚上用三腳？」

「就像伊西絲和歐西里斯是嗎？我們必須下點功夫，讓妳使用更現代的典故。」

她笑了。「我正在彙編一本埃及的書。」

「我放棄。」我說，沒真的用心去想。

「這麼輕易就放棄？答不出謎題的旅人都會被斯芬克斯吃掉。」

我在指間旋著香檳杯腳，在桌上緩緩轉動杯子，一面在腦海裡重播謎題。我細看杯子裡的泡泡，然後突然想到，我大學修過的一門經典課程教過這個。「是男人[94]，伊底帕斯給了正確的答案。」

賈姬挑起一眉，似乎在說不賴嘛。「伊底帕斯運氣不錯，答案確實是男人。」

94 英文裡，man指「人」，也指男人。

「怎麼說？」

「我想，只要答案是女人，這種謎題本質上就是解不開的。」她笑著將自己的酒杯推到一旁，將雙手擱在桌上。

「我母親。」我說，只是為了釐清我們在談的是同一件事。

她點點頭。「你真正嘗試過，真心想解決你的謎團，站在斯芬克斯面前而不閃避問題，這樣是非常高貴的。」

「即使我被吃了？」

「即使你被生吞活剝。」賈姬雙眼放光。

「妳自己的孩子呢？妳介意我問嗎？」這是香檳的作用。

「他們解開他們的謎團了嗎？」她思索著，「你得問他們才知道。他們很可能會告訴你，我喜歡書，除此之外全是臆測。他們最後也可能表現得很糟糕。」賈姬眨眨眼，調皮的一面表露無遺。

我笑了。「他們應該停止嘗試嗎？」

「有時候我希望他們可以停下來。可是，不，永遠不應該停止。」她意有所指啜了口香檳，然後直直看著我。「你也不應該。」

我們四目相對，直到我眨了眼，彆扭地伸手拿書。我細細品嚐著自己的名字。當我把書翻過來，看到其他作者（大多是賈姬的友人）的讚詞印成白紙黑字，我的心又漏跳一拍。我翻到後扉頁，迎面就是自己的影像。好假喔，我暗想。接著我將書翻過來，掃視前幾頁，直到瞥見版權資訊和國會圖書館的註冊標記。下方以小字印了我的名字：**史麥爾，詹姆斯**，一九六一——。還沒有殁年。我幾乎需要多看一眼，確定這趟旅程並未奪走我的小命，並沒有——我還在這裡。這本書可能有了結局，但我知道我自己還沒有。我必須持續挖鑿我的謎題——我的母親。賈桂琳·歐納西斯對我下了指令：不要放棄。

二十九

兩個年紀較長的男士站在劇場外面，一身早些年代出門看戲慣有的裝扮，來自一九五〇或六〇年代，斜紋軟呢或軋別丁，搭上領帶，口袋裡放著鮭魚和茄子色調的方巾。兩人專心談著話，為了聽對方說話而傾身湊得很近。沒人注意到他們，雖說也沒有該要注意他們的理由：他們是隱形的，至少對擦身而過、準備現場取票的年輕群眾來說。但我的目光遲遲無法從他們身上移開。一人的身姿像是驚嘆號，即使都七十多歲了，也許曾經是舞者。另一人則彎得跟個問號似的，彷彿這輩子都在劇場裡的一排排各類折疊椅裡流連。問號正在調整驚嘆號的領巾。

「別忙了，沒事的。」

「才不呢，你看起來簡直像是某種傭兵。」

「那會是哪種傭兵？」

「領巾歪七扭八的那種。」問號往後退開，欣賞自己的手藝，「好了，法斯[95]。」

驚嘆號立刻扯鬆那條織品。「我沒辦法呼吸，你幹嘛一直叫我法斯啊？」

問號笑逐顏開。「因為你獨特得令人怦然心動[96]。」

這是很罕見的景象。年紀較長的男同志，快快樂樂在一起。經過一九八〇年代的衝擊，經歷雷根政權，殘酷多舛的命運[97]掃除了一整個世代的男同志，只剩這兩位和少數像他們這樣的人，我們很偶爾才能在熟食店、博物館和劇場看見他們忙著撥整領巾。我納悶我和丹尼爾會不會有這樣的一天，如果「永遠」對我們來說是個選項。

「獨—獨特得令……」驚嘆號吞吞吐吐，「是麥克·班奈特才對吧！」

「誰？」問號問的方式彷彿有重聽似的。他不可能不知道這個名字。

「替《歌舞線上》編舞的是麥克·班奈特。你想的是麥克·班奈特。」

「對，當然了。」他最後一次擺弄驚嘆號的領巾。「好了，班奈特。」

他們兩個簡直就是一場美麗睡眠裡的夢境。空氣涼爽，散落在人行道上的樹木頂著繁茂的夏葉。空氣聞起來像是中央公園的櫻桃樹和木蘭花混合而成的氣味——雖說或許是某人的香水——夾雜了淡微的香菸、汽車廢氣、都會的氣味，不過是一種遼遠的方式，讓額外加添上去的層次不至於惹人反感。我聽到的唯一警笛相隔幾個街區，輕柔得有如幼貓喵嗚。這就是我熱愛的紐約。這就是辛納屈[98]歌詠的城市。讓我想要往西一路漫步到河岸，曼哈頓的邊緣或可提供我正在尋找的慰藉。但是相反地，我人在這裡支持丹尼爾的藝術，即使他對我藝術的支持感覺還是充滿不確定。

---

95 指的是美國舞者、音樂劇場編舞家鮑伯·法斯（Bob Fosse, 1927-1987）

96 Singular sensation，引用自歌舞劇《歌舞線上》主題曲〈One〉裡的歌詞「One singular sensation, every little step she takes One thrilling combination, every move that she makes...」。《歌舞線上》由麥克·班奈特（Michael Bennett, 1943-1987）編舞與執導，他是美國音樂劇場導演、編舞家、舞者。

97 美國於一九八〇年代爆發愛滋病。

「詹姆斯？」

聽到有人叫我名字，我從恍惚中清醒。

一轉身便看到馬克站在背後。「咦，你在這裡幹嘛？」我吞吞吐吐。

「也很高興見到你。」他心煩地說。

「抱歉，只是很意外會碰到你。」我們擁抱，他的身體抵著我，我忍不住覺得興奮，但我小心不讓這種感覺流連不去。

馬克的視線拋向問號和驚嘆號，然後皺了皺臉，這點讓我頗為失望——他對他們，對愛情的不以為然。但馬克在他讀了最終稿之後寫了封支持的短箋給我——這個舉動在當時對我來說意義頗大——於是我瞬間原諒了他。「你在這裡幹嘛？」

「我跟朋友一起來。」他指指背後看來像塑膠的兩個人；他們三人擺出的姿態頗為彆扭，恍如梅西百貨櫥窗裡展示新潮衣物的假人，我絕對不會穿那種衣服，因為不到秋天就過時了。「你呢？」

我清清喉嚨。「導演是我男朋友。」

馬克看著我說：「啊！」

「啊！」我們站在尷尬的沉默中。

「你邀了賈姬嗎？」他問。

我臉色一亮。「邀她她會來嗎？」想到她甚至會考慮過來，我就萬分懊悔自己當初為何不曾提起。

馬克聳聳肩。「杜蘭其實不合她的口味。」

他說得好像和賈姬花了無數個鐘頭討論過荒謬劇場。彷彿深夜只剩他們兩人在辦公室，電話不再響起，影印機和傳真機也都進入安靜的休眠狀態時——他們可能邊喝戴克利，一面討論品特、貝克特、皮藍德婁。或許她也跟馬克說了自助餐阿姨的故事，他們一同歡笑，向即將攜手完成的工作敬酒。

也許我根本不特別。

對她來說。

對任何人來說。

我以前喜歡有人可以分享賈姬，但現在我希望這種事可以喊停。我希望她是我的，獨屬我一人。她不喜歡杜蘭這件事令我懊惱，我就這樣買了馬克的單。她覺得自己高杜蘭一等嗎？她更喜歡田納西．威廉斯、易卜生和更嚴肅的作品嗎？

舞臺門猛地打開，丹尼爾出現了，在群眾裡搜尋我的身影。

他握著節目表，緊張但熟練地捲成了緊實的雪茄狀，他簡直可以在哈瓦那替雪茄工廠工人舉辦捲菸研討會了。

98 Sinatra，全名為法蘭克．辛納屈（Frank Sinatra, 1915-1998），美國歌手、演員、製作人，是二十世紀最熱門也最有影響力的音樂人，也是最暢銷的其中一位。〈紐約、紐約〉這首歌原本是電影主題曲，辛納屈於一九七〇年代翻唱並錄製，一炮而紅，成為他的代表作之一。

「要來嗎？寶貝？我在前面替你保留了座位。」

「嗯。」我轉向馬克，指了指門，表示我該走了。

「看戲愉快。」馬克說，手搭在我肩上掐了掐。就像一般朋友會有的反應，但他這麼做也是為了裝樣子，想在丹尼爾面前展現自己的分量，對我宣稱小小的所有權。這讓我忍不住覺得自己頗有身價，但我也覺得自己的狀況好糟。

「劇場前面那位是誰？」

那晚結束的時候，我和丹尼爾躺在床上，開幕夜的亢奮情緒、演員和全體人員到瑪莉危機酒吧開慶功宴，讓我們兩人筋疲力盡。

我在腦海裡回答他，但顯然沒大聲說出口，因為他拿了史努比的絨毛娃娃，透過狗又問了一次。「跟你在劇場前面聊天的是誰？汪、汪。」

「是馬克，賈姬的助理。」在我們的床上說出他的名字，感覺既不自在又帶有挑逗性——即使對著絨毛娃娃說也是。

「喔！」

「你哪裡弄來……」我指著史努比。

「演員合送的，就像夏洛特[99]的那隻。」

「想也知道。」戲裡，夏洛特這個角色是位心理治療師，透過史努比絨毛娃娃提供病人糟糕的建議。說來遺憾，夏洛特常常引用《戀馬狂》[100]這齣戲的臺詞。

「你邀他來的嗎？」接著才是真正的問題。「你邀了賈姬嗎？」丹尼爾翻成側面，熱切地用手肘撐起身子。

「不是，是巧合。他跟朋友一起來的。」我用手指爬梳丹尼爾的胸毛。

「你可以嗎？邀賈姬？想想宣傳效果會有多大。」丹尼爾熱情地點著頭。

這是頭一次有人因為我和她的關係要請我幫忙。「我不知道。我希望我可以。我希望她願意來看。可是我不知道。」我不知道怎麼開口問她，而不讓她覺得我想利用她當誘餌，釣出那些暗地跟蹤她的攝影師，就為了讓麗絲·史密斯[101]的專欄或八卦版「第六頁」[102]裡提起這齣戲。「況且，杜蘭不大合她的胃口。」

丹尼爾翻翻白眼，表示我會知道這種事才有鬼。「所以你覺得這齣戲怎樣？」

「我覺得……？不是跟你說過了嗎？」我明白目前並非我的最佳狀態，但我難道自我中心到男友導戲首演，都沒向他好好道賀嗎？

「有，你說過，在後臺和在酒吧那裡，大家圍著鋼琴大唱《萬世巨星》[103]的幾首歌。你還在

99 Charlotte，杜蘭的劇作《笑愛治療》裡的心理治療師，透過史努比絨毛娃娃來跟病人互動。

100 *Equus*，英國劇作家和電影編劇彼得·謝弗（Peter Shaffer, 1926-2016）於一九七三年發表的劇作。

101 Liz Smith（1923-2017），寫紐約名流圈八卦的專欄女作家，從一九七〇年代開始撰寫八卦專欄。

102 Page Six，《紐約郵報》的八卦版。

103 *Jesus Christ Superstar*，搖滾音樂劇，由安德魯·韋伯作曲、提姆·萊斯作詞，一九七〇年推出音樂劇專輯，隔年在百老匯上演。

我耳邊用吼的呢！」

「是《福音搖滾》[104]，〈一天天〉這首歌是從《福音搖滾》來的。」我微笑，想起驚嘆號要是在這裡聽到我的糾正，會多以我為榮。

「喔哇，我一定是累壞了。」丹尼爾雙手掩面，佯裝難為情。「可是你真正的看法是什麼，既然現在只有我們兩個。」

我轉身直視他的眼睛。「很棒啊！真的，真的很棒。我不會隨便唬弄你的。」

「謝謝。」

「我覺得扮演布魯斯的那個傢伙……唔，他是不錯啦……」

「選角選錯人了，對吧？」

「只是跟我想像的不一樣。」

丹尼爾唉了一聲。「我知道，他是製作人的朋友，而且出了些資金。」

「只是他比較適合鮑伯這個角色。戲裡有兩個鮑伯和一個普路登絲。」

丹尼爾哈哈笑。「整齣戲變了個樣子。我一直求他演鮑伯這個角色，可是他就是不肯。」

「你還更適合當布魯斯！可是聽著，沒人會在意的。你應該以自己為傲。」我們裸著身子，相隔幾英寸。跟丹尼爾說他應該以自己為傲，讓我意識到我也很以他為傲。我望著他的臉，這張臉當初讓我如此痴迷，我知道自己一直把他的存在視為天經地義。他總是在我身邊、在家裡——也許就像一條麗滋小圓餅——我頓時湧現吃零嘴的強大欲望。

「首演總是有些小意外、有些步調跟音效提示方面的問題。可是我們會進步的，這個戲需要再更緊湊。」

「一天一天來吧！」我搭配〈一天天〉這首歌，用手比了點動作，但動作不會過大。

丹尼爾哈哈笑，腿一動，拂過了我的勃起。感覺就像有電流竄過。他擺了個鬼臉，表情詫異——像在問這是怎麼回事？——然後讚賞地又用手撫搓。

「今天晚上劇院外有一對情侶。是年紀較大的同志伴侶，可能有七十幾了。其中一人脊椎側彎。他忙著替另一個人弄領巾。」

丹尼爾似乎很困惑。「這樣算是……色色的話嗎？」

我推了推他的肩膀，但他抓住我的老二好穩住自己。「別碰我。」我說，但他抽開手，我又馬上引導他的手回來。我們都笑了。

「他們好可愛。雖然拌嘴拌個不停，但可以看出真心相愛。」

「是演普路登絲的演員邀來的。我想他們其中一個可能是紐約雜誌早期的劇場評論家，寫作風格很勁爆。之類的。」他打手勢表示訊息左耳進右耳出，聽過就忘，但看起來有點像一槍轟掉腦袋似的。「他們怎樣？」丹尼爾問。

「你想我們有一天也會像那樣嗎？」

「你色色的話會改進嗎？」

「我是認真的。」

---

104 *Godspell*，這齣搖滾音樂劇一九七〇年在外百老匯首演，作曲者為史蒂芬·史華茲。此劇又譯為《上帝的魅力》。

丹尼爾噘起嘴，模仿我鬧脾氣的樣子，但沒有嘲諷的意思。「我也是認真的。」

「我爸媽不在一起了。你的爸媽還在一起，可是他們不交談。同志社群裡也沒有多少榜樣可以效法。」

「你為什麼那麼擔心永遠？」

「你為什麼不擔心？」

他嘆口氣。「因為只有當下此刻。」

現在不適合刺激丹尼爾，他一向認為長期單一伴侶是種迷思，但這就像我忍不住去摳的結痂。「我是什麼，一條狗嗎？人不是那樣生活的。」

「所以他們把時間都花在擔憂未來，或是追逐過去上。」

最後一部分感覺是在挖苦我。我往後一躺，望著天花板。深夜心慌慌難成眠時，我總是納悶自己在基因上是不是被編了碼。除了藍眼睛和一雙大腳的DNA之外，是不是有什麼永遠都會讓我覺得躁動不安，難以在人生中安頓下來。我畢竟是婚外情的產物；萬一我受到馬克——受到其他人的吸引是命中注定的呢？也許因為我有那種可議的過去，因此永遠無法真正活在當下。萬一我就是忍不住受到風波和混亂的吸引呢？

窗戶的冷氣機發出平日那種砰砰作響的噪音，有如心跳，然後戛然停下。

「你有責任跟我分享事情。」丹尼爾說。

「分享什麼事情？」

「讓你晚上睡不著的任何事情，」我看著丹尼爾，他說了下去，「你以為我不知道你失眠嗎？」

氣氛被破壞了，我關掉燈，希望隱去身影。感覺一股涼爽的空氣從冷氣機湧出，我一直睜著雙眼，直到適應明暗，房間從黑轉藍。安靜了良久，我納悶丹尼爾是不是睡著了。當他開口講話，我的腿就像睡意襲來時，有種下墜感那樣而抽搐一下。

「你以寫書的名義做了那麼多調查。」

我擺了個鬼臉，讓他知道我被冒犯了，即使房裡一片漆黑。「你這話是什麼意思？」

「你交出了書稿，大家都很開心，所以你就停止了。」

「停止什麼？」

「你在說什麼啊？」

丹尼爾遲疑一下。「和解。」

「跟法蘭克有關，對吧？」

我將被子往後推，好讓冷空氣拂遍我全身。除了說是，我不大知道該怎麼回答，但我沒那個心情裝作好相處。「不是，因為那算是過去，而我們只有當下此刻。」我不應該嘲諷他，可是有時候就是忍不住。

「算了。」

「為什麼？」

「因為你根本沒在聽我說話。」

「你連自己講什麼都沒在聽！」

「晚安，詹姆斯。」丹尼爾轉身面對遠牆。

我不想要這樣的緊繃感。我心亂如麻坐在黑暗中，最後決定嘗試另一種方式。我朝他依偎過去，低聲說：「再跟我說一次嘛！」

丹尼爾將我揮開，彷彿我是惱人的蒼蠅，所以我再次搖晃他，他嘆口氣。「法蘭克本人是過去，沒錯，但對現在有驚人的影響力。」

「怎麼說。」

「舉個明顯的例子：你母親就在現在。」

「所以？」

「跟她聊聊，把心結解開。」

我用掌心抵住雙眼揉了揉，直到看到明亮的紅色靜電。「我不知道我準備好了沒有。」

「隨便你。」他躺回枕頭。

「別這樣嘛！我正在努力。」

「才怪，你有才怪！」丹尼爾以驚人的力道彈坐起身。「你想找到法蘭克？你一直知道可以到哪裡找到他。」丹尼爾說。這番話我也沒有立即回應，所以丹尼爾揪住我的下巴，將我的腦袋拉近他。我剛好可以看到他的眼白穿透黑暗，而他捧住我臉龐的方式情色得令人詫異。

「對啦！我知道。」我在被單底下輕輕踢了丹尼爾一把，最後他放開我的下巴，用全身包覆我，將我壓制在床墊上。儘管熱氣、怒意和他的體溫迫人，但我並不希望他放開。我又硬了起來。

「我們總有一天可能會那樣，像那兩個男的。」他說，吻著我的頸子。他以全身的重量將我壓入床鋪，完美地壓擠我的背，應該成為水療的服務項目。

我語無倫次發出最後一聲抗議。「嗯，可是會嗎？是我最初想問的——」

「你毀了我的開幕夜，知道吧！」

「我只是……」他在我身上碾磨，「我不是故意要……」

「就是毀了……」

我將他緊緊拉向自己，胳膊使勁摟住他。「你……」

他咬了我的耳朵。「我的開幕……」

「哎唷！」我說，但感覺很好。我不希望他停下。

三十

我向著光線舉起電話，檢查是否殘留了指印和零星的耳屎碎粒，就是之前輕鬆對話的討厭遺跡，再用T恤擦了擦，因為（A）很噁心（B）我鼓不起勇氣撥號。我注意到矮桌上有一份郵報，但我們沒訂這份報紙，我不知道何時或如何到手的。我翻了翻報紙：布朗克斯區有所小學因為要拆除石棉瓦而關閉；杭特大學有個教授因為握有兒童色情刊物而遭到控告；有個男人險些被地鐵F線輾過去，但幾個好心的布魯克林人在緊要關頭將他拉到安全的地方。人們有時可以是英雄。

人們有時可以是懦夫。

脫離擱架的電話話筒以憤怒的訊號對我吼叫著（窩囊！窩囊！窩囊！），所以我抖著手將它放回擱架，再次抹掉指印，彷彿自己剛犯了什麼罪。

公寓熱烘烘。我起身走向浴室，往臉上潑了些水。照明比我記得的還亮，丹尼爾換過燈泡了嗎？我望著鏡中的自己，越過水槽湊近鏡子想看個清楚。我的雙眼因為缺眠而遍布血絲，連皮膚看來都很疲憊。我將臉轉到側面，來來回回幾次。我擔心缺乏對稱讓我看起來靠不住、奸詐狡猾。一邊鬢角比另一邊更豐厚。鬢角這種東西何時、為何又流行起來了？我從藥櫃裡拿了剪刀，修剪幾根亂竄的毛髮。將剪刀歸位時，看到一罐我和丹尼爾深夜在杜安里德藥妝店買的緊緻面膜霜，當時心想可以洗掉我們在某個朋友糟糕晚宴所經歷的不快感覺。那罐面膜霜我不記得我們用過沒有，罐身上積滿塵埃。

我晃回電話那裡，然後又走回浴室。經過走廊的書架時，忘了側過身子，結果將幾本平裝書撞到了地上——包括雨果的《悲慘世界》。「王八蛋——」我才開口啐罵，隨即被自己的笑聲打斷，之所以笑是因為腦海裡竄過一個稍縱即逝（且荒謬）的念頭——只有法蘭西的可憐窮人吃了跟我一樣多的苦頭。

我在浴室裡伸手去拿那罐藍色面膜泥，然後打開來。想當然爾，碰都沒碰過。我盯著它。我想挖些出來，卻不想擾亂毫無瑕疵的表面。最後我脫掉T恤，對著鏡子端詳自己的胸膛、蒼白的肌膚、突出的鎖骨、醫師要我放心說沒什麼的幾顆痣。我用兩根手指探進面膜泥裡，感覺濕濕黏黏。我挖起一坨，抹在額頭上，然後重複動作，在眼睛底下各抹了兩條線。我陸續在臉上塗了更多記號，直到看起來像電影《大地英豪》[105]裡荒唐的臨時演員。洗淨雙手之後，將蓋子放回罐身上。我覺得自己得到了力量。我不只為了戰鬥而裝飾了身體，也兼顧了養護皮膚的要務。

我回到電話面前時，電話依然批評、嘲弄、挑戰著我。但我現在是個戰士了，我從擱架上拾起話筒，牢牢握在手中。我花了片刻細究按鍵，然後趁電話還沒對我拋出更多侮辱以前，匆匆按

105 *The Last Of The Mohicans*（2004），以十八世紀美洲東北部的原始森林為背景的英雄史詩電影，直譯為「最後的莫希干人」，莫希干人為北美印地安人一個分支。

下號碼。耳邊響起賈姬的聲音——你永遠不要停止嘗試。

電話響了四聲，母親才接聽。

「哈囉！」我挑釁著，趕在她什麼都還沒說以前，搶先宣布自己的存在，就是個勝利，表示我無所畏懼。

母親什麼都沒說，隱約可以聽見某種活動的挪移聲響。

「好一陣子沒聯絡。」難道要我負責撐場嗎？

停頓。「是啊！有一陣子了。」

「我一直在生氣。」我說，彷彿承認失敗。雖說我知道如果怒氣是個正確的情緒，可以將我的角色們帶往新方向，對於現實中的我們也會有幫助。

「可以想像。」

「是嗎？」

「是。」

「我打電話來是要……」我停下來順順氣息，聽聽看是否有更多活動。「妳在做什麼？」

「摺毛巾，達米諾在幫忙。」

我不需要在場也可以想像那條狗趴在床上，蜷起身子窩在溫暖乾淨的衣物之間。那就是達米諾「幫忙」的方式。摺毛巾的差事又進行了半分鐘。

「妳毛巾還真多。」那女人獨居，會有多少毛巾要洗？那些毛巾真的髒了嗎？她是不是偶爾從毛巾櫃裡拿出乾淨的來清洗，重新摺好，確保不會積灰塵、車線都平平整整？不管是哪種，她都沒回應。

「我打電話來是為了一份邀請。」我繼續說。這份邀約等同於某種求和用的橄欖枝。但我當然沒這麼說。丹尼爾說得對。想找到法蘭克，也許就是要往最後愛上他的那個人心裡找。就是我一直迴避視線的那個地方。

「喔？」

我喚起了她的注意。

「我有個派對，或者該說，有人要替我辦個派對。」

「什麼樣的派對？」母親語氣存疑，這也是有道理的。如果不多加說明，聽起來就像電視喜劇的某個手法，就是某個角色籌辦一場促進和好的活動，就為了讓另外兩個急於和解的角色共聚一堂。

我張嘴想說更多，但臉上的面膜泥逐漸乾涸，越繃越緊，增加了牽動肌肉的難度，我覺得自己就像錫人逐漸鏽蝕，絕望地朝桃樂絲[106]呼喊：「油啊！給我油，我……要……油……」

「新書派對。替書辦的派對。再幾個星期就要出版了。」我看著一片乾涸的美容面膜輕柔地落進我懷裡。我迷惑地盯著它片刻，彷彿應該用鑷子夾起這片金箔般的脆弱東西，拿到顯微鏡底下研究一番。多麼完美——我的臉正在碎裂崩解，而我卻一面說著傻話。「我知道這本書算是個敏感話題，可是我希望妳能過來。」

106 來自經典童書《綠野仙蹤》。

「你想要烏果嗎？」我一時以為母親中風發作。

「我想要……什麼？」

「烏果。」

烏果是一隻長得像陰溝老鼠的大型絨毛玩具——算是妖怪吧，我想——是我們小時候我爸在某年萬聖節帶回家來的。他告訴我們，烏果有魔力；我的兄姐們大到不買這個帳，但我卻深信不疑。我對烏果很好，深怕惹他生氣。他看起來一點都不嚇人，也許只是有點遭人誤解。但身為孩子，可不能讓這種事順其自然。烏果到我們家來的時候，跟我一般大小——如果把他的黃帽算進去，甚至比我高大。

我好多年沒想到他了。「妳還留著烏果啊？」

「收在閣樓裡，可是我不想再留了。娜歐米說他可能長霉了，而且他會嚇到肯尼的孩子。」

「我住在地獄廚房這邊的小小公寓，沒辦法收留烏果，這樣說不過去。我們能不能先把派對的事情講完？」

我的面膜現在乾透了。我摸摸臉頰，皮膚感覺脆弱易碎，下面的肌肉失去彈性。這一定就是老化的感覺，迅速老化。真是令人揪心，想到烏果被扔在垃圾堆上頭，我們又一個家人被粗心地拋棄。我們都長大了，這點並不是他的錯：如果他當真有魔法，應該要永保我們青春和安全。

「好，我收。」

「什麼時候？」

我和母親同時說話，尷尬到無藥可救。

「派對嗎？」

「對。」

「星期五，三個星期以後，從這個星期五算起再三個星期。我知道妳不喜歡進城，路程還滿……」該怎麼說。「還滿遠的。可是我想說，也許……」我在這裡頓住，吸了口氣。「我不知道自己怎麼想。我一直在生氣。我不想再生氣了。我想說妳至少可以做這件事，為了我。」

母親繼續摺著毛巾，或者沒有。也許她正拿著一條毛巾摺了又攤開再摺，一直反覆到我們掛掉電話為止。

「想說這樣我們會有機會當面聊聊。我想聊聊。」

「她會去嗎？」母親問。

「誰？」我並不是忸怩作態，一時真的忘了。

「你知道是誰。」

「有差別嗎？」

沉默。

「會吧，我想。我希望啦！我想介紹妳們認識。」

「再說吧！」

「好吧！」

「嗯。」

「我想念妳。」我忍不住這麼說，但這是真話，我又何必制止自己。我確實想她。

一片死寂，連摺毛巾的聲音也沒有。接著，趕在我的怒意死灰復燃、再次衝著世界放聲狂吼以前，她說：「我也想你。」

我如釋重負嘆口氣，整個放鬆下來。「別把烏果丟掉。」我禁不住想，也許他還有魔力，但是老天，他可不是我們最急著處理的要務。

再一次。「再說吧！」

「再說吧」沒有否定的意思，我以臉上僅剩的一絲活動力，擠出了緊繃的笑容。我掛掉電話，因為打了這通電話而以自己為傲。做這件事是對的，雖說最後可能只會讓自己失望透頂。

我打開蓮蓬頭時，表情已經完全僵住了。我等熱水從水管中升起、蒸氣瀰漫整間浴室之後，才褪掉內衣褲，赤條條踏進浴缸裡。母親會接受我的邀約，她非接受不可，是吧？但我覺得她並不會，這種不祥的預感令我癱軟。最後我合上雙眼，將臉埋入水中，面膜化成的一道道藍水順著我的身體淌下，淹過我的腳趾，盤旋著鑽進排水口，就像《驚魂記》[107]那部電影裡珍娜·李的鮮血。

三十一

第五大道一〇四〇號大樓的電梯往上升的時候，我的興奮感也隨之竄升，因為某種神經性抽搐（遺傳自誰？），我的眼皮跟著痙攣，纜線將電梯車廂往上拉向天空時，我感覺地板喀啦作響。我尋找某種標章，看看這座電梯最近一次檢修的時間，以確認它的安全，但當我瞥見那份文件時，日期卻模糊一片。太好了。連有錢人也沒辦法得到安全搭乘的保障。我和賈姬要檢視下星期新書發表會的最終定案，她個人對這件事頗有興趣，一切頓時變得非常真實。除非這座電梯狠狠摔到地下室，將它和我砸成數不清的碎片——這麼一來，這一切依然是真實的，只是不再跟我有關係。母親會出席這場新書派對，有人必須向她解釋，我整個人只剩壁爐架上那個有圖案裝飾的骨灰罈，也許是賈姬到某個洋溢異國風情的地方旅遊時買到的陶器，一個地名拼法古怪的所在，像是馬拉喀什[108]。在震驚中，母親慢慢能夠接受情勢的誇張轉折，我希望屆時派對上至少有

---

107 *Psycho*（1960），緊張大師希區考克的黑白驚悚電影。珍娜・李（Janet Leigh）飾演片中的女主角，在旅館浴室中遇襲，被刀刺死。

108 Marrakech，位於北非摩洛哥南部，為該國第四大城，地名的含意是「上帝的故鄉」。

人能體恤地端蟹肉泡芙來招待她。

電梯門打開時，我詫異地發現我已經站在公寓裡面。不是走廊，面對的既不是關上的門，更不是一般會在門廳看到的單調家具。我就在賈姬家中的玄關裡。大廳的服務員帶我搭乘電梯的時候，是否轉了某種鑰匙？賈姬是不是從她自己那端啟動了某種控制？我沉浸在自己的思緒裡沒怎麼留意。當電梯門在我背後滑行關起，我驚跳一下，彷彿無意間走進驚悚電影裡，觀眾知道我是下一個受害者，只有我自己仍不知情。入口瀰漫著繡球花的溫和香氣。我正說服自己，那是為了掩蓋血腥屠殺氣味所使用的消毒劑時，我在邊桌瞥見插滿整個大花瓶的蓬鬆白花。

「我的作者來了。」賈姬現身，敞開雙臂。她公寓裡的光線柔和明淨，肯定四面八方都有窗戶。她看起來彷彿為了拍電影而打好光似的。

「歐納西斯夫人。」

「請進、請進。」賈姬打手勢要我跟著她走，領著我穿過其中一條走廊。這是我頭一次受邀來到她在紐約的公寓。我低調地窺看每個房間，驚奇於在一座有八百萬人口的島上，有些人卻占有如此大的平方面積——驚奇於垂直空間之美。入口和周遭的空間就有我廚房的兩倍大，對比我公寓的一間臥房，她可能有足足五間。

「謝謝妳邀我過來，我們可以在辦公室處理的。」

「辦公室要換地方了，馬克沒跟你說嗎？」

「沒有，他沒提。等等，是，也許提過。」一路到書發行以前，馬克一直是我們兩個的中間人，我們常常聊天，找到彼此都自在的合作關係。對這本書他有時似乎表現得比丹尼爾還興奮。

「唔，一切都陷入混亂。」

「你們要搬到哪裡去？」

「百老匯一五四〇號。」

我快速心算一下。「四十六街嗎？」

「四十五街。」

我們走進一間圖書室，那裡有紅金兩色法式壁紙、圖樣相配的窗簾。裡面的裝飾有種信手拈來的優雅（配有絲絨布套的椅子、一副直接從凡爾賽宮取來的小圓桌、壓在一疊疊書上的雕刻飾品），我逐漸認識到這就是賈姬的室內布置風格。並未反映這種風格的唯一空間，就是她的辦公室——我想要想像她覺得只有那個地方真正像家。

「進行得怎樣？」

賈姬嘆口氣。「大家都對著我大驚小怪的。『賈姬會怎麼應付這次搬遷？她會打包自己的箱子嗎？她會用泡泡防撞紙包自己的小擺飾嗎？』都過這麼久了，我竟然還是辦公室的話題。」

投注這麼多年努力證明自己，大家卻還是把她當成「他者」另眼相看，這點一直是她心裡的疙瘩。馬克告訴我，他有一次看到她手肘整個伸進影印機想要清掉卡住的紙，又有一次只穿絲襪沒穿鞋，衝過走廊想趕截稿。可是即使我能想像她在走廊上衝刺的樣子，還是喚不出她在時報廣場上穿梭的景象。她通勤的新路線讓我困擾。

「賈姬會怎麼應付這次搬遷？」她問自己，「應付的方式就是閃得遠遠的。」

想到馬克必須做打包的勞力活，像是將他老闆辦公室裡的東西裝箱，我不禁漾起笑容。他現在肯定正在咒罵自己的尷尬處境。

「都好嗎？作者先生？緊張？興奮？坐吧！」

賈姬坐在她的壁爐前面，打手勢要我坐她對面的條紋雙人座。我背後是從地板延伸到天花板的內建書櫃，擺滿形形色色的書籍，包括成套的老百科全書，書架間隔處則掛著一幅拿破崙騎馬的肖像油畫。「滿興奮的，我想，」我說，然後稍微修飾一下自己的感觸，「不過，焦慮是一定的。」

「我有些作者告訴我，他們在自己的書發行以前崩潰痛哭。要有心理準備，情緒可能會來得很強烈。」

「我現在可能就會哭出來。」我說，一時赤裸的坦承，幸好賈姬笑了，我跟著她把這句話當成玩笑帶過去。

「我剛跟兒子吃完午飯。他想辦一份雜誌，談政治的——以清新、新穎的角度，如果你能想像的話，」賈姬仰頭望天，可能是為了求得力量，「我也可能會哭出來。」

「那很棒，不是嗎？」

「是嗎？」賈姬一臉沒把握，「你倒是說說看。」

「他想當編輯，就像他母親，」我將後半的感觸留在自己心底——而不是像他父親一樣踏上政壇。

「用這種角度看滿不錯的，詹姆斯，」她瞇起眼睛，思索我的解讀，「你有作家的感知天賦。」我樂壞了。「他一定會做得很好。」

「我希望我有你的信心。我不確定那是最好的投資，無論就金錢或時間來說。」

她旁邊的桌子上有份包著的禮物。在事事都經過精心安排的空間裡顯得很突兀。那份禮物是本書。我小時候就常這樣，單是靠形狀就能看穿放在聖誕樹底下的每份禮物，我父親會責備我奪走了聖誕節的樂趣，吼著空洞的威脅，說要把禮物全都拿回店裡辦退貨。我母親總是勸他平靜下來，提醒他聖誕節的重點不在禮物。

賈姬一定看到我瞅著那個包裹。「給你的一點小心意，用來紀念這個場合。」她將禮物遞給我。

「現在可以開嗎？」我問，還沒得到批准就逕自撕開包裝。我扯開禮物，在興奮的情緒之中，像是半個成人、半個孩子。賈桂琳・歐納西斯買了禮物給我。這本書題名為《記住女士們：美國女性一七五〇——一八一五》。我不知道該說什麼。真的不知道該怎麼回應。

「這是我在維京出版做的第一本書。用我的第一本書來標記你的第一本。書名來自艾碧該・亞當斯[109]寫給丈夫的書信，一七七六年他在費城的時候。『我想你們將會需要制訂新法典，我希望你們能記住女士們，並且比你們的先輩對她們更加仁慈寬厚。』」

「妳背起來了。」我翻到背面細看封底。

「你不會忘記像艾碧該・亞當斯那樣的女性。我在書裡寫了題詞給你。我希望等一切平息下來，你也會記得女士們，尤其是你母親。」

「為她仁慈寬厚？」

---

109 Abigail Adams（1744-1818），美國第二任總統約翰・亞當斯的妻子，頗享盛名。

「『對』她。」

我搖搖頭，主要是對自己，不是對她。「永遠的編輯。」

賈姬綻放笑容，將臉頰上的髮絲往後撥開，然後又任髮絲往前落下。

「也對妳？」

「喔，這個嘛，你一直對我滿寬厚的。」

她像平日那樣閃閃發光，我將書摟在胸口表達感激。我急著想讀她的題詞，但我知道最好不要挑現在。我知道她希望我記得她，這也就足夠了。

彷彿我可能忘得了。

「書是最棒的禮物，你不覺得嗎？」她問。

「是啊！」

「我和甘迺迪總統以前在交往的時候，都會送對方書。書本是我們感情的基礎之一。」

我想像我和丹尼爾在床上，我窩在他的臂彎裡，兩人看著各自的書，我們有時候就會這樣。我納悶他們是不是也是如此，未來的總統和第一夫人。「我確定他會非常喜歡這本書。」我說，馬上覺得這番話很蠢。我是想裝得好像認識她丈夫嗎？自以為懂得他選書的品味？

「他會喜歡沒錯。」她附和，踢開鞋子，將一腿塞在身下。她轉身盯著空空的壁爐。「不過，對於記得女士們這點，傑克向來沒什麼問題[110]。」

這份出其不意的坦誠讓我下巴一掉。

「要喝茶嗎？」一位模樣嚴厲的女人出現在門口，嚇了我一跳。我抬起頭，看到不是瓊恩還滿意外的。她端著銀色托盤，上頭有茶壺和一盤三明治。

「放這裡就好，瑪莎，」賈姬說，「謝謝。」

女人將茶具放在賈姬座位旁邊的桌上，杯子和碟子喀啦作響。她倒茶的時候，我狠狠盯著她，用念力希望她跟當初出現一樣迅速消失。彷彿午夜鐘聲敲響，純粹的魔法時刻隨即煙消雲散。現在一切都變得很彆扭，面對賈姬的坦誠，我笑不出來，也無法催她多說。甘迺迪夫人轉眼又變回了歐納西斯夫人。

「茶就好，謝謝。」我說，女人舉起一小壺鮮奶泡。她替賈姬張羅完茶水之後，留下托盤，不發一語退出房間。

我靜靜啜著我的茶。「我邀她來參加新書派對。」

「你邀了瑪莎？」賈姬問，回頭望向女僕。

我笑了。「不是啦，是我母親。」

「太好了。」

「永遠不要停止嘗試。」

「這就對了，」她說，想起自己的建議，她往茶裡加了檸檬片，「她接受邀約了嗎？」

我虛弱地笑笑。「還—沒。」我感覺自己在出汗。賈姬穿著毛衣小啜熱飲卻一副怡然自得的樣子。我將茶杯放回碟子上，將兩者擱在眼前的桌上，低調地扯了扯襯衫，免得黏在身上。

110 約翰．甘迺迪和賈桂琳婚後依然花邊新聞不斷。

「如果她能來就太好了，」賈姬說，接著彷彿突然想到似的，「我打賭她會來。」

「如果我是妳的莊家，我還真不知道要下多少投注賠率。」

「在不清楚個人處境的狀況下，」賈姬開口又頓住，「我想強調的是，我和你母親這一代的女人都受到義務的束縛。社會對我們有一定的期待，像是婚姻、母職。但我們也曾經是女孩，有自己的夢想和抱負。我們看到自己的孩子成功，他們的成就有一部分當然就是我們的。但這也提醒我們，不是每個人都能在人生中夢想成真。」

我可以想像一個世界，我母親過著另一種人生，可能更幸福快樂：有法蘭克或其他人為伴；或許在家庭之外有份自己的事業，身邊完全沒有男人。但她選擇了我們，她的孩子。一次又一次。

「記住女士們。」我說，打破沉默，茶正好可以用來舒緩我喉間的堵塞感。

「記住女士們。」賈姬複述，掛著淺淺笑容。

原—諒，耳畔響起父親的咕噥，我暫時將之從腦海裡甩開。「這個茶真好喝。」

「這是阿薩姆紅茶，印度來的。印度啊，簡直像是一場夢。如此輝煌，如此繽紛。去過嗎？」

「沒有。」我舉起茶杯作為小小致意，「妳見識過那麼多，真的應該重新考慮出本書。」

「我做過好幾本印度的書，再拿給你看。」她說，但沒有起身要拿的意思。

「不，我是說妳應該寫本書的。」

賈姬將茶杯放在碟子上，瞅著我，彷彿頭一次評估能否信任我。「詹姆斯，能跟你說個小祕密嗎？」

「永遠都行。」我說，急於當她的心腹。

「記得你之前問過我？關於寫本回憶錄的事？」

「在瑪莎葡萄園島。妳說只要有海灘可以散步，妳就不願意浪費時間寫。」

「沒錯，我是認真的。可是事實是，我寫了。」

彷彿有一陣海浪沖刷過我的全身。這可是出版界多年來破天荒的重磅消息，而我就位於原爆點。「是嗎？太好了！」我立刻幻想自己會是首位讀者。

「唔，好了，別急，」她感覺得到我的興奮，「我的人生就是我的人生，我不覺得有特別必要以明顯或眾人期待的方式來分享。不過，如果有人費心留意我經手的工作，他們就會知道，我一點一滴持續說著自己的故事。」

我頓時比以往都更加敬畏這名女性。「透過妳編輯的書籍。」

「正是。它們都分享了關於我的一點什麼，表達了我的某個面向。像是我針對印度做過的書。」

她所說的要點讓我深感謙卑，但也讓我滿心困惑。「我的書符合妳的類別嗎？屬於妳的人生故事？」

「我扮演過的角色有妻子；職業婦女；遊客；某種大使，在我身為第一夫人的那一千天；將來也會是歷史人物，是未來某種益智問答遊戲的答案。」

「也許，不過有誰真的講得出格羅弗．克利夫蘭[111]的妻子叫什麼啊！」我抬起頭，預期聽見

---

111 Grover Cleveland（1837-1908），第二十二和第二十四任美國總統。

她輕快的一笑。

「法蘭西絲．佛森。」這個名字在我們之間游移，緩緩朝我飄來。賈姬最終笑出了聲音，但只是在笑我驚呆的表情。「身在那樣的菁英俱樂部裡，總會知道其他成員。」

我吹著茶水，爭取時間消化她對我說的話。「可是我的書講的都不是那些事。」

「詹姆斯，比起其他的書，你的書更能說明我是誰。」

我在全然的困惑中幾乎目瞪口呆，雖說答案就在眼前。「一位母親。」

她點點頭。

我往後靠著椅子，也許頭一次理解我們的關係。「唔，那還真是……」我思索自己到底想說什麼。「……一整個不同層次的責任。」

「不該是那樣的。」

「怎麼可能不是？妳可是——妳知道的——二十世紀的女性之一啊！」我試著不去用那些她厭惡的字眼：大名鼎鼎、偶像級的、典範的。

賈姬深深望著自己的杯子，彷彿想解讀茶葉[112]。

「可是，由妳來說自己的故事……」

她打斷我。「你已經說了我的故事。」

「有好多訊息要消化。」

「那就吃個三明治，一起沖進肚子裡吧！」她面帶笑容，遞出那盤小三明治，我拿了兩個。

我以碟子承接，吃下一個。我吃力地嚼著冷涼的小黃瓜。

「我抱著希望，盼望她能來參加派對。」我嚥下之後說，察覺賈姬想要轉移話題，「我是說我母親。很難想像她不來的狀況，可是我不知道，還有那麼多傷害。過去是個滑稽的東西。」

「過去對我們有好大的控制力，非常有影響力。」

「過去很狡猾，理論上應該像石刻一樣固定，實際上卻幻化不停。」

「過去全跟視角有關。」賈姬說，不因為我雜亂無章的思緒而覺得為難。

「我想是吧！不過我很渴望過去。雖然我不願意拿現在這一刻去交換。雖然我心知肚明，過去不如回憶中的那麼美好，卻還是很渴望。」

「我想，我們渴望的，或許是過去的確定性，而不是過去的美好。作家往往可以接受眾多視角，會設身處地體會角色的處境。這反而會讓事情的影像模糊起來。透過單一鏡頭去看『過去』簡單多了，但永遠不會是全盤的故事，是吧！」

「這對妳來說是說得通的。」

賈姬垂下目光，雙手交叉在大腿上。「我知道這聽起來有點怪，但在卡美洛，卡美洛，事態就是如此[113]。」

在我小小的世界裡，這個想法讓我如此慌亂，而賈姬的成年生活大多活在歷史的長久浪漫陰

---

112 指的是西方的茶葉占卜法，和中世紀歐洲占卜師以蠟、鉛或其他熔化的物質來解讀命運有關。這種占卜法從茶葉和咖啡引進西方之後而逐漸興起，從杯子裡的茶渣、咖啡渣來預測事情。

113 這段話來自亞瑟王傳說音樂劇《卡美洛》（*Camelot*）裡的歌詞，此劇改編自特倫斯．韓伯瑞．懷特的小說《永恆之王：亞瑟王傳奇》（1958）。一九六〇年在百老匯首演。

影中。整個國家將一段過去理想化，而當你第一手知道這段過去毫不完美，感覺會是如何？「妳渴望過嗎？對於過去？」這可能是我向她提起最私密的問題了。

賈姬再次望著壁爐，彷彿裡面燒著唯有她看得見的熊熊火焰。「我渴望的過去可能不曾存在過。」

「Saudade，葡萄牙人這麼說，」我說，然後補充，「丹尼爾的祖母是巴西人。」我不確定她是否在聽，但我還是追加一句，「我的丹尼爾。」然後不再多說。我滿心感激，在這個存在的瞬間，我們兩人的道路神奇地交會；我現在明白，她是編輯這本書的不二人選。我的書，我踏上英勇的征途，心中懷著伊格琳[114]，想理解自己的亞瑟王傳奇、想定義自己的卡美洛，就在關妮薇[115]溫柔的雙手之中。我的雙眼溢滿淚水，雖說騎士有淚不輕彈。

「我很害怕。」我說，用雙手手背抹抹眼睛。

「害怕什麼？」她輕聲問。

我伸手去拿碟子上的第二塊三明治，但判定自己嚥不下口。「我不確定。」但我其實知道，我害怕沒辦法將事情導回正軌。

「你的內在擁有無窮的力量，詹姆斯。」

我點點頭，但我無法正眼看她——我碰上誇獎就會這樣——然後搓著雙手，彷彿要生火似的。「我想謝謝妳，為了這場歷險。我不確定接下來會怎麼樣，但我希望妳知道，妳在我的寫作裡看到了什麼，讓妳想在我身上賭一把，對於這點我非常感激。我無法形容這個感覺有多麼美妙，終於受……」

「受到讚揚嗎？」賈姬問。

我尋找正確的字眼。「受到注意。」

「在新書派對上，你受到的將遠遠不只是注意。」賈姬往前湊來，彷彿要伸手輕拍我的腿，

「我不擔心你，詹姆斯。對於我的一些作者，我不知道他們有沒有辦法寫出下一本書來，更不要說能不能以寫作為業。但你不是，你對真相有興趣，而那種追尋永遠會讓你有材料可以寫。」

「謝謝妳。這番話……對我來說意義重大。」

她以流暢的動作從椅子上起身，先像火鶴一樣單腿站立，再放下另一條腿。「我有本你的書在某個地方，」她走到桃花心木的書桌，我跟了過去。她挪動一些文件，露出了書桌表面鑲嵌的金箔。「啊，在這裡，」她舉起那本書，「我希望你可以替我這本簽個名。」她從桌上的筆架抽出筆並遞給我。

「我可以坐下嗎？」

「當然。」她回答並往後拉開椅子。

我用手指拂過桌面的金箔鑲嵌，繞過桌子到角落，桌腳像撞球桌的角袋那樣鼓凸。就像賈姬的其他一切，這張桌子也是製作得完美無瑕。我翻開到書名頁，盯著「伊薩卡」和我名字之間的空白。我心不在焉，險些將筆塞進嘴裡邊嚼邊想，但及時制止自己。

114 Igraine，亞瑟王的母親。

115 Guinevere，亞瑟王的妻子，亞瑟執政期卡美洛王國的王后。也是圓桌騎士之一的蘭斯洛特的情人。

賈姬察覺我的遲疑。「甘迺迪總統在這張書桌上簽署了『局部禁止核試條約』。所以，你不用有壓力，覺得非得寫出什麼了不起的東西。」我仰頭望著賈姬，臉上帶著最能表現「妳一定在開我玩笑吧」的神情。她呵呵笑著，親切地將手搭上我的肩。「是真的！」

我清楚意識到她的碰觸。

「我給你一些空間吧！」她說著便掐掐我的肩兩次。我聽到她替自己添了茶水，然後退出書房。我回頭望去，她在門口躊躇一秒，我們都露出靦腆的笑容。「不要停止嘗試，」她再次建議，「為我這麼做吧！」

我的手開始發抖，我用嘴型無聲說：「我保證。」

我確定她離開之後，將筆靠在紙上，但空無靈感。徹徹底底的寫作障礙。假使我說，我不曾想過會有替賈姬簽書的時刻，我就是在說謊。可是不管怎麼寫似乎都不對。一切聽起來都太華而不實或陳腐老套，無法概括她對我的意義。我瞥向她的書架尋覓靈感，目光落在一套詩集上。我的心頭浮現卡瓦菲斯那首詩，我立刻明白再完美也不過。運氣不錯，我牢記了最後一節。

獻給賈姬，她賜予我一段妙不可言的旅程，教導我理解伊薩卡的意義。永遠銘感在心，詹姆斯。

我擱下筆，轉身環顧室內。那些書本、壁紙、壁爐、她椅子旁邊桌上的新鮮紅玫瑰花束，就是她半晌前安坐的地方，鞋子依然放在東方織毯上。當然了，她只是個踩著絲襪在家裡走動的女人，就像我母親常做的那樣。可是看到她的鞋子擺在椅子前面，看起來好像她被提上天[116]了，讓我瞬間閃過恐懼，我的心感覺像個疙瘩。我想，我恐懼的是她不知怎的，至少暫時離開了我的生活。

之後，我們討論過宣傳計畫，針對如何和媒體說話向我傳授了點心法，以及怎麼面對可能的負面書評之後，我們道別，我回到電梯裡——這部電梯可能會（也可能不會）將我從在雲間度過的午後，安全帶回地面——我翻開禮物閱讀賈姬的題詞。

我想起馬克曾經跟我講了個故事，說賈姬不得不迎合要求或因為出於壓力，替商務往來的某個人簽名。她最終退讓了，但只簽了賈桂琳．歐納西斯，硬是不讓對方稱心如意；對方最想要的莫過於賈姬的魅力加上甘迺迪的聲望。但在這裡她寫了：

給詹姆斯，會讓任何母親與有榮焉的兒子。獻上深情，賈桂琳．甘迺迪．歐納西斯。

電梯正在往下行，我興奮地彈跳起來，明明知道等會兒落地的力道可能會折損電梯早已靠不住的運作狀態。但我不在乎。地板在我下方下墜，我離地好一下子，在那裡我覺得自己真正活著。

116 Raptured，是基督教末世論中的概念，認為當耶穌再臨之前或同時，已死的信徒將會復活，並被提接進入天國，而活著的信徒也會一起被送往天上與基督相會。

三十二

我站在房間中央，人們在四周匆匆來去，我的領帶打得太緊，室內過於喧鬧（六十個人怎麼可能發出噴射引擎沿著跑道加速的噪音？）。這件外套讓我沒辦法迅速舉起手臂，抓取路過服務生托盤上的香檳杯子。我咒罵我的外套，斜紋軟呢。顯而易見，我在扮演作家身為遺跡的角色，正如我不得不想像，這些在深色壁板房間裡舉辦的派對、衣著光鮮的文人雅士，很快就要成為出版博物館的一部分；出版世界似乎正在改變。

我想方設法擺脫了一個想法前瞻的瘋子，我跟他有過一場漫無邊際的閒談。他先是恭喜我出版這本書，然後樂不可支地告訴我，再過十年書店就不存在了。或者會有書店，他說，但不會有任何書籍。書店裡只會有一臺電腦和一部巨型印表機，然後一切都是隨選隨印，封面和裝幀都由你自己選擇，就看你有多少預算。想要一本真皮裝幀的大仲馬《三劍客》嗎？掏出皮夾，那邊請坐。這樣的書商就像光學配鏡行——你選擇的書目不到一個鐘頭就能供貨。想到這件事就覺得淒涼。我是說，沒有新書派對我活得下去，但沒有書店可就不行了。我望向房間遠端，有個長得滿像蓋伊．達里斯[117]（但並不是他）的人目睹了我搶攻香檳大敗，所以我玩鬧似的在指間搖晃香檳空杯，一面聳肩扮鬼臉。

明明是你的派對，你卻拿不到東西喝，那個男人似乎在說。

又有什麼辦法？我聳肩回應。

在我們短暫的自我介紹裡，雙日的總編輯告訴我，他們以前都會在第五大道上保留一間套房，用來舉辦新書派對以及隨機的娛樂活動，當年是出版界的黃金歲月，作家是明星、編輯是名人、書本是事件。我的編輯依然是名人（以及明星和事件），出版商深切盼望我的書可以因此暢銷，因為跟那個名人有關，而這場派對意在宣布這可是一本名人加持過的小說，即使作者本人是個無名小卒。可是這些派對越來越罕見，出版公司不再保留套房，所以這次的派對地點就設在雙日準備遷居的百老匯大樓其中一層的大型接待區。因為如此，大家都有點不知所措。賓客微笑頷首，我們客氣聊聊出版業現況，或是我登上「榜單」的機會多寡，對大多數人來說指的是《紐約時報》的暢銷書榜，但對某位男士——也就是作者本人來說，等同於進入國家書卷獎的入圍名單。我想像不出會有人注意到這件事，不過我想在這類的場合裡，這件事就是觥籌交錯間的談資。

讓我更覺得自己名不見經傳的，就是我幾乎不認識現場的人。丹尼爾甚至不在我身邊。他導的戲展延公演時間，但飾演主角的演員退出了。

「猜猜他們希望找誰代替他上場？」他問。他正在我們的廚房裡吃香蕉，可以看出他正壓下一抹笑容。

「你嗎？」我一定是語帶評判地說了這句話，因為他將香蕉皮往水槽一丟而不是垃圾桶。

---

117 Gay Talese（1932-），美國知名作家，一九六〇年代擔任《紐約時報》和《君子》雜誌的記者，

「你覺得我不行？」

「我當然覺得你可以，」我告訴他，「開幕夜我就說過了啊，記得嗎？你更適合扮演布魯斯，我說過！」

「感覺你有個『可是』沒說出口。」他說。

「當然有個『可是』！」如果他要粉墨登場，又要怎麼參加我的新書派對？「你又不能同時出現在兩個地方。」我告訴他。只是個科學事實的簡單陳述。

「恭喜啊！」一身葬禮式黑衣的女人打斷我的思緒，手搭在我的手上。她手上的青筋令人心驚。

「謝謝。」

她環顧室內想找賈姬（大家總是在找賈姬），發現不見賈姬蹤跡時，小心但迅速地抽回她的藍手，然後繼續往前行。

有個服務生端著更多香檳匆匆路過，這次我成功將空杯換成了滿杯，祕訣就是讓手肘貼在身側（最好不要跟這件外套作對），只伸出前臂，可悲地像頭暴龍。我長長地啜了飽滿的一口，讓酒泡在我的嘴裡像跳跳糖那樣爆開。

也許因為我們年齡相近，其他大多人至少都年長二十歲，那位服務生自在地傾過身來。「聽說賈姬．甘迺迪會到場喔！」他低語，像個舊時代的長舌夫。大頭條、大頭條。

「喔，你也聽說了啊？」

賈姬．甘迺迪當然不在這裡，她的缺席啟人疑竇，這場派對瀰漫著焦慮不安、懸而未決的氣氛。一群工蜂和雄蜂站在這座新近建造的蜂窩裡，等待他們的蜂后駕到。

「恭喜啊！」是出版商，或者該說執行長，我們見過一次面。他是在場唯二穿著斜紋軟呢的男士。我們各自緊攀不放：他攀住過去，而我攀住我不確定自己是否喜歡的未來。

「謝謝，你人真好。」我舉起香檳，我們碰了碰杯。

「她很以你為傲，你知道吧！」

「我本來希望她會到場。」

他將手搭在我肩上。「她習慣這麼做，她希望大家聚焦在……」

「……作者身上，我明白。我懂。」這正是她的作風。可是就這個案例來說，她的名氣並不會奪走我的鋒芒，反倒能吸引大家對這本書的矚目。況且，在這個場合裡我也需要有張友善的臉。

「在進行什麼新案子嗎？」

「一本還不夠嗎？」我們兩人都笑了。「有個想法正在醞釀。」我說。

「很好，我們喜歡旗下的作家忙著寫作！」他綻放笑容，掐掐我的肩膀之後放手。「喔，那邊……」

他一臉歉意看著我，然後悄悄走開。

「沒關係，去吧！」我對著他方才佇立的空間表示允許，我再次形單影隻，連個聊天的服務生也沒有。我的腦海又閃回和丹尼爾爭論的畫面。

「我趕到的時候，你的新書派對一定還沒結束，」他當時保證，「我會讓你成為當晚眾人舉杯致敬的主角。我會衝過整個城，到那裡替你慶祝。到時我臉上的妝可能還沒卸，但是我會風光入場。我會到的。」

當晚眾人舉杯致敬的主角。哈！大半的人似乎都不知道我是誰。我走了幾步，將杯子放在平臺上，我想那是某種接待處的桌子。我四下張望看看能不能拿張餐巾紙充作杯墊，但很快決定不必那麼麻煩。我是說，這個平臺表面雖然不錯，但老實說——又不是有人簽署禁止核試條約的地方。

「玩得愉快嗎？」

我一轉身就看到馬克。

「喔，感謝老天。」這一次我擁住他，真心不想放手。既然穿著這件無法舉高手臂的外套，我的雙手就在他的腰背會合，感覺相當親密。我深深吸氣，他的皮膚聞起來好似雨後濕土，不過是真正高檔的氣味。他顯然花了不少錢在這款專門設計測試的香氛上，讓噴這款香水的人看似毫不費心就能散放魅力。而噴這款香水的人當然費盡心機。但這種氣味好聞得不得了，而我又如此渴望有伴，我得拚命壓抑免得伸舌舔他。「謝謝。」

「謝什麼？」他問。

我意識到我並不知道自己在謝什麼，話就這樣溜出口。「謝謝你相信我。」

「你在開玩笑嗎？我們經手過的書，你的可能是我最愛的。」

我再次緊摟一下才放開他。「我的反應很詭異吧！我只是很高興能碰到認識的人。」

「你有認識的人啊！」馬克抽走原本環住我肩膀的胳膊，開始低調地指著室內。「那位是麗茲，替你的書宣傳，你認識她。那位是《時報》的副刊主編，跟賈姬交情很好，我可以介紹你們認識。那邊是行銷團隊，彼得設計你的封面，珍奈特在《科克斯書評》上寫了篇你的文章。」

馬克講話的時候，我耳邊只有電力般的嗡嗡響，就是電話線灌滿人聲的那種嗡鳴。他發出來的聲音花了點時間才形成話語，然後又要經過一些時間，我才想起那些話語的意思。「喔，對，我知道珍奈特。」

「你的經紀人呢？」

「在這邊。」艾倫說，從一群賓客後方現身。

「我還以為你離開了。」

「沒有，職責使然，剛跟某個編輯推銷一個客戶。」

「艾倫，這位是馬克，賈姬的……」我當下掙扎著不想讓他覺得尷尬。

「助理，我是歐納西斯夫人的助理。」

他們握握手。「很高興認識你，馬克。」

「唐娜來了嗎？」

「沒有，沒有。她原本要來，可是跟她母親為了照顧孩子的事吵起來。聽著，這次我真的要走了。」

「艾倫。」我表示反對。

「我知道，我愛你，小鬼。可是我得趕場去看《給我父親的莎士比亞》[118]第二幕。」

「第一幕通常沒什麼情節。」馬克主動說。

「我也聽說是這樣。」艾倫確認。

「第一幕明明有情節。」我為了捍衛劇作家表達抗議。不過，我還是和艾倫握了握手，我們說好找一天共進午餐，他消失的速度就跟出現的速度一樣快。

「所以那就是你的經紀人。」馬克說。

「嗯。」

「他看起來……」

老實說我並不知道馬克後半句要說什麼，但我還是打斷了他。「你絕對無法想像。」

「你男友呢？他在哪？」

「不在這裡。」我狐疑地挑起雙眉。

「這樣啊！」他說，他是否試圖掩飾竊喜？「再來一杯？」

「好啊！」我說，端出足以讓他有所回應的漠然態度，他快步走進人群。我環視室內，因為我們目前正在玩遊戲，或者說得更精確，目前在玩遊戲的是我。（馬克則總是永遠在玩遊戲。）

我瞥見某個不在聊天的人——年輕俊美——我連忙走過去，希望能找到某種共同的立足點。

「嗨，我是詹姆斯，今天晚上的作者。」我嘻嘻笑，但沒有討好的意思，只為了讓他知道，我明白這一切有多荒唐。

「我是大衛，」他伸手和我握了握，「恭喜啊！」

「謝謝，非常謝謝，」感覺像是貓王的二流模仿，我皺了皺臉，「你在這裡幹嘛？」弄巧成拙。

大衛哈哈笑。「你對你賓客都用這種指責的態度嗎？」

「你知道怎樣？我想我就是。我很難相信有人會為我到場。」

他哈哈笑。「沒關係，我在自己的新書派對上也是這樣，我也沒辦法相信。」

「喔，你也是作家！感謝老天。」

「我是，其實，我替賈姬寫了本書。我們正在進行下一本。珍．哈露[119]的傳記，預計秋天發行。」

「賈姬啊！」我說，彷彿試著回想是誰。我迅速掃視室內，想看看她是否技巧性地遲到。技巧性地遲到很久。歐洲風格的技巧性遲到。

大衛看出我在做什麼，手搭上我的胳膊。我反射性地擠了擠二頭肌。「她不喜歡這類活動。」

「我……多少猜到了。」

「她希望重心放在你身上，在這本書上頭。」

「她也沒去你的新書派對嗎？」

大衛飲盡最後一口香檳。「啊，沒有。」

我看到馬克端著兩杯香檳走來。

「快快說點珍．哈露的事。紅顏早逝，對吧？」

「二十六歲。」大衛說，因為我急速轉換話題而一時無措。

118 *Shakespeare for My Father*，琳恩．雷德格雷夫自創與自演的單人戲劇，一九九二年至一九九三年上演。

119 Jean Harlow（1911-1937），活躍於一九三〇年代的美國演員，公認為性感女神。

馬克來到我們面前時，我哈哈笑，彷彿聊到什麼笑料似的，雖說時機抓得很差：二十六歲過世沒什麼好笑的。「大衛，你認識麥特嗎？」

馬克遞給我一杯香檳，一臉心煩。「是馬克。」

「對喔，是馬克，」我佯裝驚恐，「都是今天晚上的關係。」我打了打手勢，表示這一切太過瘋狂，我怎可能有正常的表現。

「我知道馬克。」大衛說，兩人握握手。

「珍・哈露二十六歲過世。」我告訴馬克，運用這則新得的資訊。

馬克點點頭。

「好年輕。」大衛說。

我轉向馬克。「天啊，如果你是珍・哈露，你只剩五到六年可活了。」我擺了鬼臉，以未出聲的哎唷打斷這個思緒。

大衛跟上我的腳步，湊過來補了句。「哈露是美國一九三〇年代的電影女星。」

「對，對，我懂。我很年輕。」馬克說，幾乎不掩自己對這整套慣例的煩心，「在不少圈子裡，年輕可是一種資產。」

「啊！」我說，彷彿從未想過青春會是討喜的條件。有個簡直是艾莉克西絲・卡靈頓[120]翻版的女人漫步走了過去。我一直等到她路過才轉頭端詳她。「那是瓊・考琳絲嗎？」

馬克和大衛同步聳聳肩。

「不好意思，我要跟某個人打聲招呼。」大衛輕拍我肩膀，走向臨時湊合著用的吧臺。

只剩我們兩人時，馬克說：「麥特？很搞笑。」

「我也這麼想。」

馬克端詳我的方式，從我們頭一天晚上在羅雅頓飯店對酌以來就不再有過。「今天晚上你是誰？」

我良久緩慢地啜了口香檳，給了我唯一的答案：「不管哪個晚上，我又是誰了？」

馬克瞇起眼，態度近似折服，說不定是敬意。「我不知道，可是不是這樣。」

他執起我的手，我們在人群中穿梭。他拉著我往前的時候，房間不住旋轉，我這才意識到自己可能有點醉了。臉孔模糊地紛紛掠過，但對大多數人來說，對賈姬的這些朋友而言，我們等同是隱形的。笑聲往上竄高，還有一聲時機古怪的笑。我聽到舉杯敬酒的叮噹聲、穿起來扭捏的服裝發出窸窣響、蜚短流長的嗡嗡聲、正式皮鞋踩出來的踢踏響，可能是我自己發出來的。

「我們要去哪裡？」

「廁所。你喜歡廁所。」

「我喜歡飯店。」我澄清，擔心馬克可能從我們先前的邂逅推論出錯誤的結論。

他頭也沒回就說：「這裡就是飯店。」

我伸長脖子，試圖回想自己所在之處。「這裡是辦公大樓啊！」往前移動、回頭張望，香檳進一步削弱我的決心。這裡是辦公大樓？「是你的辦公大樓。」我說，擠出最後一丁點篤定。

---

120 Alexis Carrington，是美國一九八〇年代的電視肥皂劇《豪門恩怨》（*Dynasty*）的女主角，由瓊・考琳絲飾演。

我們抵達男廁，馬克將門踢開，最後一次猛扯，讓我轉著身子進入廁所，彷彿我們在跳某種未經彩排的維也納華爾滋。我想起賈姬舊辦公室那張芭蕾舞孃畫作，相較起來，我多麼不優雅。我差點撞上水槽。廁所門在我們背後緩緩關起，那場派對只剩模糊的喧囂。馬克推開三扇隔間的門，確定只有我們兩人。

「閉嘴。」他說。

「我什麼都沒說。」

「你正準備要說。」

被他說中了。我在外頭展現的那種意氣風發的自信，在我們獨處的時候頓時灰飛煙滅。「你喜歡這個。喜歡受人矚目。」他繼續說。

「受到你的？」

「受到每個人的。」

我咬住嘴脣，然後緩緩點頭。我要如何解釋，這裡的人對我來說毫無意義？說我希望到場的人都不在？我說不出口。頂多只能說出搖擺不定的回答。他站得非常近，我的心跳得更快了，也許是香檳的緣故，或是來派對以前做的那二十五下悲哀的伏地挺身，可是我的胸口緊繃，我想起母親，還有她跟法蘭克．拉提默駕車出遊時的感受，當一切充滿了熱力與朝氣，人在任何一刻都可能輕易地軟弱起來。

而我多麼想要變得堅強。

馬克緊貼著我，我之所以暈眩，顯然是因為腦袋的血液已經抽乾，湧至了跨下。

「這樣做，」我頓住，讓這幾個字懸浮著，好似最存在主義的陳述，然後才補上，「是不對的。」

「我知道，所以才會這麼有趣啊！」

馬克吻上我的脖子，我揪住他的頭髮——不是將他扯得更近，也不是將他推得更開。他的雙脣柔軟，鬍渣扎得恰到好處，我的老二現在完全硬了。我踉蹌靠在水槽上，伸手要撐住自己時，一定撞到了什麼，因為水龍頭裡竄出水來。

「喔天啊！」我低語。

我用雙臂扣住他的腰，將他拉向我，直到我們兩人緊緊互貼，直到兩人之間不剩任何縫隙。我的褲襠可以感覺到他的硬挺，我更加使勁地抵住他，這個世界充滿著可能性，我吻上他的嘴。沒什麼真正的原因，只是因為我醉了而他在場。他現身了而且表現出興趣。

那個吻甚至沒那麼好。他的舌頭做出那種過度急切的遊竄動作；我試著示範親吻的方式，但只是白費功夫，制止不了他。我已經開始覺得無趣，廁所的門這時正巧開了。我猛吃一驚，試著往後退開、遠離馬克，但其實無能為力，結果外套的手肘又探進了水裡，而且只是將他往前推。我瞥了瞥濕透的手肘貼布，然後兩人抬眼一看。逮個正著。

是丹尼爾。

幹。

馬克往後退開，盡可能躲到門後，可是毫無用處。

「嗨！」我的語調很心虛。

「原來你在這裡。」丹尼爾依然試著理解自己目擊的景象。

「你趕來了！」我試著讓語氣隨興中帶有見到他的興奮感。我伸出手肘。「潑到酒了。」彷彿那個謊言可以用來解釋一切。

「我晚點回來。」丹尼爾說著便退出門外。

「不！沒有……留下來！」我手忙腳亂弄著自己，想消除褲襠內明顯的鼓起。真是火上添油。我怒瞪著馬克。「該死，馬特。」

我衝過門口，再次進入派對。我可以看到丹尼爾在房間對面，正要往出口走去。這一次，不管原因為何，我不再是隱形的。我拔腿追他的時候，竟有三個人陸續攔住我，要向我道賀。

「你真棒。」

「你一定很為自己驕傲吧！」

「今天晚上是你的最高成就！」

謝謝、謝謝、謝謝。我打手勢保證還會再回來。我還真的從我手上撥開一個女人的手，試著往前衝刺。

我抵達走廊的時候，看到最遠那道電梯門正要關起。我將手臂塞進車廂，門合起時碰到我濕答答的手肘，鈴聲憤慨地響起，門再度打開。丹尼爾面對電梯後側，可是因為有鏡子，所以我可以讀到他臉上的怒火。

「別走，別像這樣離開。」

「我為什麼應該留下來？」

我急著要退讓。「那沒有什麼，只是愚蠢的失誤，沒什麼大不了的。」

「喔，是嗎？」

「你根本不相信單一伴侶制。」

「那不代表我想被騙！」

「你知道怎樣？這有部分是你的關係。你從來就不在乎這本書。他呢？至少他對我的作品有興趣！」一時片刻，我以為我可以將錯歸咎在丹尼爾身上，藉此逃過一劫。

他在鏡子裡對上我的目光。「你的作品、你的作品。你滿腦子只有怎麼搞好自己的書。」

「沒錯！那有什麼錯？」

丹尼爾忽地轉身。「你幹嘛不搞好自己的生活！」

「什麼？」

「我知道你經歷了一堆鳥事，我很遺憾，真的。我已經盡量給你空間去處理。可是說真的，你他媽的以為自己是誰？」

「丹尼爾……」

「你不是我當初愛上的那個人了，這點倒是很肯定。」

「丹尼爾，拜託。」

「你不是了！」丹尼爾大吼，招來派對上幾個人的注意，他們湧進了走廊。我想出聲抗議、試圖解釋。我望向其他賓客。是我自作自受。我差點大聲說出口，但他們假裝沒注意到我。有人為了掩飾，甚至去檢查根本沒發出嗶聲的呼叫器。

「好吧！」

「所以你幹嘛不先把自己的生活弄好。」

電梯警鈴響起，我撐住門太久。又有幾個賓客湧進入口，想一探這場騷動的究竟。丹尼爾轉過身將我的手從門上推開，電梯門開始閉合。我看到他憤怒地指著我，看起來就像山姆大叔。

「今天晚上別回家了。」

一位不要我的山姆大叔[121]。

「丹尼爾！」

我跳上前猛按下行的按鍵，可是已經太遲。丹尼爾已經走了。

我又壓了十幾次按鍵，希望它有魔法可以抹消過去三分鐘。希望電梯門可以重新打開，丹尼爾剛從劇院過來，興奮地看到我在這裡等他。希望剛剛發生的事情只是個警世預言，是尚未成真的某個未來派對的片段。

當然不是了，而且我希望的事情一概沒發生。連續迅速壓了十幾次電梯按鍵只會讓你覺得自己是個混蛋。我是個混蛋。我的手肘濕答答的。我痛恨我他媽的外套。我痛恨我對丹尼爾做的事情。我痛恨我在乎的人沒一個在場。我痛恨我編造的藉口。我痛恨在自己的派對上覺得像個囚犯。我可以離開嗎？有什麼規則要守嗎？我會被列入黑名單嗎？我還能出版下一本書嗎？我想出版下一本書嗎？

叮。

是我背後的電梯。門開始開啟，尚未完全滑開以前，我迫不及待說：「丹尼爾。」然後想像看到他我會有多開心，即使他只是回來再多吼我一陣子，告訴我我成了多麼糟糕的人。我可以告訴他我真正有多愛他，告訴他我現在明白了這一點，向他坦承過去幾個月來我的確是個令人難以忍受的混帳。那跟基因無關，我該為自己的選擇負責，我非常、非常抱歉。我轉身希望看到他的臉龐，但現身的卻不是丹尼爾。

我立定不動，僵在震驚之中，而四周一切隨之融化。我看著站在眼前的女人，身上的裝扮不是剛從巴黎時裝走秀來的，但肯定新買不久；頭上頂著的髮型並非無懈可擊的頭盔式，而是凌亂毛躁，彷彿她迷失了或摸不著頭緒。她看起來就跟我一樣處於驚恐狀態，而我最多只能悄聲說：

「媽。」

121 引用美國徵兵的經典海報，象徵愛國主義精神的虛擬人物山姆大叔穿著正式禮服，頭戴星條旗紋樣的高禮帽，鷹勾鼻，留著山羊鬍子。目光炯炯手指前方。海報上通常寫著「I WANT YOU FOR U.S. ARMY」（我要你加入美國軍隊）。

三十三

在我母親位於中城的旅館裡，我們結伴默默穿過空無一人的長走廊，耳邊只有她洋裝的窸窣響，是粗糙的合成布料放大之後的聲音。要不是走廊有顆燈泡壞了，不然就是我視線裡有個黑暗的環狀斑點，表示偏頭痛即將襲來，是我因為緊張而猛灌香檳和強忍淚水三小時後必須付出的代價。我們走得越久，走道似乎就變得越長，我更覺得會碰上電影《鬼店》[122]裡的雙胞胎。「來跟我們一起玩嘛，丹尼。」他們會這麼說，而這又會讓我更加渴望丹尼爾。

「妳的房間在哪裡？」

母親指著走廊盡頭。

壁紙是米色的，鋪毯是更深的米色，一切都是某種米色色調，除了棄置在房客門外的客房服務托盤。但即使是吃剩的餐點也大多是麵包挖空做成的湯碗或漢堡麵包，或是某種海鮮濃湯的不幸殘餘，所以也算是米色。這裡不像剛剛的派對場地，派對是光鮮亮麗的顛峰，而這裡是極端的對比。母親的房間距離電梯最遠，我們走到她的門口時，她往皮包裡沒完沒了地撈找鑰匙，扯出所有東西，從購物清單到塑膠雨帽，最後我出面介入。

「要我到樓下櫃臺再討一把嗎？」

「不用，我放在某個地方。」她捨棄皮包，往下拍著身上的輕型雨衣，最後在口袋裡找到了。「在這邊。」

我們背後櫥櫃裡的製冰機掉出一批新鮮冰塊，聲音宛如砸碎的玻璃，我們都嚇了一跳。「這種聲音還真不賴。」我說，已經在想像自己之後每隔十分鐘就會被吵醒一次——如果我當真睡得著。

房裡一片陰暗。母親進房以前猶豫不已，於是我搶先一步並說：「喏，我來。」我摸找牆上的電燈開關。頂上的日光燈發出嗡鳴，閃了閃之後，終於以醜陋的光線撫照這個了無特色的房間。我將母親迎進房裡，她將皮包放在書桌上。我隨手關上了門，朝房裡跨了幾步，接著我們兩人都將手插進口袋。

「唔，你真的把今天晚上搞砸了。」她說。

這份指責尷尬地懸在空中片刻，接著我們兩人都爆出笑聲。母親用這種語調說話相當大膽，而我欣賞她這個鋒利的新面向。

她在派對上一走出電梯，我就緊緊摟住她——緊到超過我們兩人既定的相處規則；她立刻知道出了差錯。我將自己做錯的一連串事情和盤托出，因為隱藏自己的過錯毫無意義。對她來說，一時有過多訊息要消化。但是等她一掌握狀況便立即判定危急程度的級別，彷彿我們在做檢傷分類。

---

122 *The Shining*（1980），經典恐怖電影，改編自史蒂芬・金的同名小說。

「你不會有事吧？」她問，我說，我想我不會有事。

「需要回派對嗎？」她問，我說，是，必須回去。

「需要喘息一下嗎？」她問，我說最好打鐵趁熱。

於是我們又回到派對上。有幾個人探問一切是否還好，我向他們保證一切都好（我說謊），然後趕在他們繼續追問以前，介紹他們給我母親。

「妳一定很以自己兒子為榮。」他們會說。怪的是，我想夠多的人這麼對她說以後，她心頭確實會湧上類似榮耀的感受。她漾起笑容，發出客氣的笑聲，甚至喝了杯香檳。我好久沒看她笑了，即使她只是做做樣子，我也看得津津有味。能看到母親到外頭來活動，置身於他人之間，真不錯，她過了太久的封閉生活。

派對過後，我們散步穿過時報廣場，大多時候默默無語，除了我揪住她的手臂，問她記不記得，我小時候她和爸帶我走過曼哈頓的時候，她抓我抓得好緊。

「有嗎？」

「那時候是爸帶路的。我不確定妳興致有那麼高，可是妳告訴我作家都住紐約。」

「啊！」

「在我心中留下了印象。」

她仰頭望著可口可樂的霓虹看板並說：「大概吧！」

她的記憶顯然不如我的鮮明，起初我覺得憤怒，但接著我試著扭轉情緒，找點好話說。「洋裝是新的嗎？」她討厭逛街購物，討厭百貨公司女銷售員的諂媚言行，她們頂著那種彩妝和髮型簡直就像外星生物。新洋裝非同小可。

母親低頭望著雨衣底下的黑洋裝。「對，我沒東西可以穿。」

「滿漂亮的。」我說，然後我們就可以繼續往前。

我現在在五斗櫃上的鏡子裡看到自己的映影。日光燈對我的膚色一點幫助都沒有，人的臉色真的有可能這麼綠嗎？我整晚都是這個樣子嗎？「謝謝妳收容我。」

這個房間有兩張小床、一個五斗櫃、一張書桌和一架電視。門邊有個凹室作為衣櫃，表布磨損的燙衣架突了出來。有一件水彩畫藝品，畫的是田野上裝在花瓶裡的雛菊，不知怎的讓這個房間看起來更悲傷。但比起我今年稍早住過的一連串超級八汽車旅館總算高了一階。

「不會有事的，」母親終於說，「丹尼爾愛你。」

「我近來很不討人愛。」

「他是好人。」

「這點沒人反對。」

「我看他陪你的姪子玩到他們累垮為止。要不是因為在乎，不會有人願意這樣。」

我想到這點，雖然我心知肚明，但還是表示抗議。「他們沒有我複雜。」

「如果你那麼想，那你應該多花點時間跟他們相處。」

母親脫掉外套，我伸手去接。「我只希望他更在乎這本書，我需要他的支持。」我跟衣櫃裡的衣架角力著，最後才明白原來固定在橫桿上，我的手一滑，其他衣架全部撞成一團，變成世上音效最恐怖的管鐘。我回頭看看母親，她正拉開床頭櫃抽屜，將手貼在聖經上，彷彿正要立下誓言。

「他不是不在乎你的書，只是更在乎你這個人。」

雖然衣架小得不得了，但我還是勉強掛上她的外套；要是我的寬肩外套，就會滑下來。我看到只有一件浴袍。接著我才領悟到母親說的話，一時抓住橫桿好撐住自己：丹尼爾身上有我想要的一切而我卻沒有好好珍惜。

「妳比較想睡哪張床？」等我終於能夠自行站好時，我問。

「我想浴室旁邊那張最好。」

我走過房間，坐在靠窗的床上。共用一個房間，感覺無比親近。我們莫名地從不怎麼說話，到比鄰而眠，才幾個鐘頭就躍進了這麼一大步。

「很遺憾賈姬沒來派對。」我主動說。

「我不覺得遺憾。」

「妳不覺得？」

「我不是來見她的，我是來看你的。」

這番話好似突來的一擊。「不過我還是滿想介紹妳們認識的。妳們有很多共同點。」

沉默。

「噢？」

日光燈開始嗡嗡叫，也許這個聲音一直都在，只是現在我才意識到。外頭有人在長按喇叭，另一個善良靈魂也按喇叭回應。我無法確定，但我想我聽到吼叫聲。這裡距離我住的公寓才幾個街區，但環境音卻有著挑動敏感神經的差異，進一步搖撼了我早已昏亂的腦袋。「妳們都是我的編輯，刪減我故事裡的場景，將敘事帶往不同的走向。」我微笑，暗想這個比喻頗為巧妙，沒意識到聽在對方耳裡會有什麼效果。我看著母親時，讀出了她臉上的苦惱。「抱歉。」

「不必抱歉。」

「只是……妳今天晚上讓我待在這裡，我不應該這麼強硬。」我感覺手指發麻，於是將雙手握成拳頭，但我意識到這種畫面和道歉並不搭調，於是立刻鬆開。母親僵住不動，不確定接下來該說或該做什麼。「我不氣法蘭克的事，」我繼續說，「我要妳知道這點。這種事情……難免會發生。」眼前閃過馬克掛著愚蠢笑容的臉龐，「但我這輩子一直掙扎著尋找自己的認同，想知道自己真正是誰。妳知道嗎？我想弄清楚為什麼我感覺不到連結。為什麼永遠都沒辦法融入。而一路以來答案都在妳手中！我越陷越深的時候，妳原本可以拉我一把的，可是妳沒有。」

母親點點頭，良久之後才發話。「聽你這樣說我心都碎了。從你出生那天起，你比我認識的任何人都更忠於自己。我想我內心深處覺得，你不需要知道其他人，就已經很清楚自己是誰。」

我望著鞋子，直到走廊對面的製冰機掉下更多冰塊，一舉粉碎了這片沉默。就跟我原本害怕的一樣擾人。「有興趣來點冰塊嗎？」我問。賈姬說得沒錯，聽到誇獎時，我無法坦然面對。母親繞過她的床鋪，在我對面坐下，用雙手撫平床罩。「生氣是沒關係的。」

「我沒生氣，」我甚至認為這番話有部分屬實，「其實我滿感激的。」

「我才不會把你丟在街頭上不管。」

我猛地吸口氣。我可以想像自己在城裡通宵遊蕩，尋找二十四小時營業的麥當勞或其他相對安全的避難所。「我謝的不是那件事。雖然我也很感謝妳收留我。」飄浮的暗點又回到我的視線中，就像即將降雨的烏雲。我搓搓眼皮，想消除那個暗點，但徒勞無功。「我是要謝謝妳選了我，一次又一次。妳選了我。」

她摳著羽絨被套上的車線，真是完美的隱喻。我等著一切鬆解揭露。

「我只希望我知道他的一些事情，不是他的來歷，我想妳已經跟我說過了，而是他的特質。我想那是缺漏的一塊。」我直直望著她，讓她明白我依然想知道，即使她不認為有這必要。

「什麼意思？」

「我不知道，他好笑嗎？」我朝床上用力一躺，盯著天花板，納悶自己是否需要詳列一份特質清單。「算了，妳可能不記得了。」

母親轉開桌燈，傳來響亮的喀答，又將它捻熄。

喀答。

「我不必去記，因為你跟他一模一樣。」

我猛地抽了口氣，差點順不過來。我覺得自己愚蠢至極。我上天下地不管哪裡都找過了，就是沒想到往自己內心看。

最後，我坐起身，解開鞋帶、踢掉鞋子，再將鞋子整齊擺在床尾。我踩著襪子越過房間，將門上的鎖鍊扣好，調整溫度調節器。等了三十秒鐘左右風扇才運轉起來。

「有點好笑，這個。」我說。

「怎麼說？」

「妳跟我，將自己鎖起來。」

母親看著我，沒聽懂意思。

「就像那場隔離，書裡寫的，」警笛高速駛過，然後漸漸遠去。「那本書化為現實了。」我只能想像，這是我母親最糟的夢魘。

「也許我應該再讀一遍。」

我的耳朵馬上細究那個句子。

「等等。再讀？我以為妳沒看過。」

「我當然讀了。你瘋了嗎？你頭一次給我的時候，我就讀了。」

「那妳為什麼說妳沒有？」

母親聳聳肩。意思是我們做事情又不見得有理由。

我不知道應該因為再次被騙而心煩；或是因為她讀了這本我為她寫的書而狂喜；或是因為打從一開始就相信她而自覺愚蠢。「唔，稿子改了不少地方。如果妳想，」我真不敢相信我正在說這番話，「就再讀一次吧！」

「你是很優秀的作家。」

我驚愕到頂多只能說出「謝謝」兩字。

她起身從行李箱取出一袋盥洗用品，然後走進浴室。我聽到水龍頭的聲音，於是走向窗戶，想在這個狹小房間裡給她最大的隱私。這個城市的心臟搏動著，我望著煞車燈駛向砲臺公園，正向車流的頭燈像聚光燈那樣燦亮。

「所以，提醒我一下，那場隔離……」

「嗯？」我說話的時候風扇恰好停下，讓我聽起來像用喊的。

母親沒吭聲，忙著在乳液和彩妝用品之間撈找東西。接著停頓片刻後，「前後有多久？」

「四十天。」我回答。我眺望中城，細看自己在窗上的映影。對街建築的燈光烙印在我臉上。

「妳要我打電話給櫃臺，問他們每週的住宿費是多少嗎？」

母親從浴室探出腦袋，毛巾布髮帶將頭髮往後箍，她抹掉臉上的彩妝。「不必了。」

也許我只是體力耗盡，但她斷然的回應讓我覺得，這是我們兩人對話至此最滑稽的一段。我笑到她忍不住也笑出來。接著製冰機又來了一回，我們又笑出來，直到不記得最初的笑點何在。

接著隔壁有人猛敲牆壁要我們安靜。

我將外套披在書桌椅子上，再將床上的被罩拉開。「別擔心，那場隔離是虛構的。況且，我再幾天就要出門做新書巡迴了。」

「這樣也好，逃避其實沒辦法解決問題。」

我猜那就是小說和現實生活之間的差異。「是啊，我想是沒辦法。」

我躺回床上，倚著床頭板，累到無力脫掉更多衣物。我想到丹尼爾，想到此刻他正在做什麼。我希望他沒做什麼傻事。我希望他不會為了報復我去吻別人，即使我罪有應得。我希望他正躺在床上想念我，有如我正惦記著他。我將頭轉向兩張床之間的電話，考慮要打電話給他，讓他知道我還好，但又擔心會起反效果。我必須耐著性子，看看衝突能不能在一覺之後自然化解。

「你沒牙刷喔！」母親從浴室喊道。

「我什麼都沒有。」我回答，逐漸意識到困窘的現實。

「我們要怎麼辦？」

「我想今天晚上我們就睡個好覺吧！」

「是，可是你牙齒要怎麼辦？」

到明天牙齒都還會在的。「妳有牙膏嗎？我用手指搓搓就行了。」這是我認識丹尼爾以前，從約會學來的老招數。

「真噁心。」

她的嫌惡逗得我漾起笑容。也許書的內容真的實現了，當然不是實際隔離的那部分……而是隔離之後的結果：療癒。

明天即將如何，
一九九四年五月

三十四

天色昏暗，我幾乎沒聽見門上的輕敲聲。我正在作夢，我想，夢見賈姬公寓裡留在壁爐邊的空鞋。這場夢的內容不只如此，但無奈，除了鞋子之外，其餘都是朦朦朧朧、半成形的幻覺。我認出腦袋底下有枕頭，我絕對是在自己的床鋪上。我真的睡著了嗎？我是否在睡眠與清醒之間的神祕空間飄盪，真實世界與幻想彼此交融不分？我這陣子體力透支，我知道。《伊薩卡》頗受好評，得到的書評鏗鏘有力（一則比一則更令我驚奇），銷售成績頗為亮眼，售出的本數多到足以讓我拿到第二份契約。夜復一夜，我一直工作到深夜，以咖啡因和恐慌作為前進的動力，滿心想要將新的書稿做好，納悶——在最黑暗的時候不禁這麼想——我何必又自討苦吃啊！過去兩個月，賈姬打了兩通電話來，要確定我寫作不輟，我請她儘管放心。這番話似乎讓她相當滿意，我想取悅她，就沒再多說。她來電第三次，距離現在更近，當時連續幾天我都困在寫作瓶頸裡，十分無助，完全沒進度。我沒回電，希望她以為我在忙。

敲門聲再度響起。輕輕三下。試探性的，遲疑的。「詹姆斯。」

房門打開，一線柔光悄悄溜進來，在地板上投下一個等腰三角形的金光，將門口連向遠端的床角。丹尼爾走進來，隨手將房門關起大半，那個三角窄化成一把匕首。他坐在床緣，我感覺到他壓得床墊往下沉。他等著自己的雙眼適應明暗，然後將手貼在我的額頭上，以前母親覺得我可能生病時就會這麼做。我文風不動躺著，納悶這是怎麼回事，害怕說出口的話會毀掉這幅美麗的靜態畫面。

我先打破寂靜。

「我想我的手肘出問題了，可能是肌腱炎。」我翻身仰躺，右手握拳，扭了幾次右手腕。

新書派對之後的頭幾個星期，我不確定我們的關係能否存續下去。母親回家了，我在公寓的沙發上過夜，然後出發踏上新書小巡迴，大多都在華盛頓特區和緬因州之間的東北地帶，芝加哥和舊金山則像是原本堅固的主屋之外，風格不大協調的加建部分。我每到一間新的旅館登記入住時，就會問櫃臺人員是否有人留言，希望能收到丹尼爾貼心的短信——但從來沒有任何訊息，只有一次是我的宣傳人員替我預約了一場當地的電臺訪談。回到紐約的時候，我不確定自己是否還有家可歸。我做好最壞打算，可能會看到自己的物品裝了箱，擠在我們公寓門外的樓梯平臺上，就像我父親的東西曾經倉促地被堆在冰凍的草坪上。

我記得自己當時敲了門，雖說我有鑰匙。

「嗨！」我說，丹尼爾來到門前。我傾身探進門口，希望擺出詹姆斯・狄恩[123]那種頹廢姿態，冷靜沉著、難以抗拒。

「你真是個遜咖。」

---

123 James Dean（1931-1955），美國演員，以叛逆浪子的形象留名後世。

我的背包從肩上滑下，砰地落在地上，我的心也隨之墜落。我緩緩指著他的臉。他戴著眼鏡，這倒是新鮮事。「書呆子。」我沒準備好要鬥嘴互罵，所以頂多只能說出這個。

「你是要待在外頭，還是真的要進來？」

「進來吧，我想，」我將背包提離地面幾英寸，「希望。」

他頓住幾秒鐘才退到一旁。我回到家了。

現在丹尼爾陪我坐在床上，臉龐背光，面無表情，一片空白。「我確定不是肌腱炎。」他說。

十月我們去了巴黎一趟，就我們兩個。我們沿著香榭大道漫步，笑著我當初向賈姬問起戴高樂的那一次。慢慢地，我們的關係恢復了原貌，甚至比之前更好。我們還滿常針對蠢事吵嘴的，像是要點鹹味還是甜味可麗餅。丹尼爾對我殘留的挫折感，有時會出其不意浮出檯面，像是我們在羅浮宮被等著看蒙娜麗莎的人群推來擠去的那一次。我想看蒙娜麗莎，我知道她跟賈姬有特別的淵源，但丹尼爾覺得受夠了，就先離開到館外等候。我承受的種種打擊是我咎由自取；有時我望著他，彷彿我們根本是陌路人。他戴上眼鏡的時候，眼鏡成了簡單的偽裝，彷彿在遮掩某個祕密身分。但之於我，他現在比以往更像個超人。

我一次次扭著手腕。「你確定嗎？手腕裡不是有肌腱嗎？因為真的可能是肌腱炎。」我想到打字、簽書、沒辦法打字的時候用手寫、寫謝函、該辦正事卻忙著自慰、沮喪時握拳搥桌，還有過去十個月累積起來的一切。我開始轉動左拳，我發誓我注意到當中的差異。我感覺丹尼爾的碰觸離開了我的額頭，幾秒鐘過後，他揪住我的雙手，強迫我停下來。

雖然我們的關係回歸常軌，我內心中總有個部分害怕著，總有一天他會幡然醒悟，明白他可以找更好的對象，領悟到雖然他給了我第二次機會，但我實在自私過頭不足留戀。相反地，和馬克之間差點擦槍走火的那一次讓我明白，我沒辦法找到更好的。

接著丹尼爾伏下來，在我耳畔低語，溫暖的吐息一把粉碎我的世界。我望向天花板，期待會看見星辰，但並沒有。接著我合上眼皮，緊緊壓在一起，希望能在裡頭望見星光。

但那裡只有憤怒的靜電——失落的衛星訊號。

丹尼爾握住我的手，扯了扯。「來。」

他將我推成不舒服的坐姿，彷彿我是某種起死回生的怪物，從各個互不搭軋的屍體擷取部分，東拼西湊，彆扭地縫製成形。

他再次拉了拉，但這回我抽開身子。我試著閃避。我知道他想帶我去哪裡。透過門縫，我聽到了長號般的模糊人聲，是泰德．卡波或山姆．唐納森[124]。我往後躺回枕上，只要我躺在這裡，就不必聽他們說什麼。而只要聽不到他們在說什麼，就可以否認丹尼爾跟我說的是實情。即使我知道這一天終將到來，因為馬克幾個月前打電話到家裡來過。

「我以為我們已經說好，你最好別打來這邊。」在新書派對之後，我指示馬克，如果需要聯絡我，最好透過經紀人傳達訊息。我不能冒險讓丹尼爾接到馬克的來電。

「她病了。」他說。她還沒公開，但她病了，他要先跟我說一聲。

---

124 Ted Koppel（1940-）、Sam Donaldson（1934-）皆為美國知名媒體人。

「怎麼可能。」我說，當然知道有可能。馬克講完電話之後，我久久握著話筒，我記得自己當時想哭，卻掉不出眼淚，感覺更糟糕，因為無從宣洩。

「來吧！」丹尼爾再次說。他扯了扯，這次用手臂環抱我，突然間我便站起身來。起身。我想起和賈姬初次會面，我問起戴高樂時她的回應，到現在已經有兩年多了。就像科學怪人那樣的怪物，她當時說。我們坐在那間會議室裡聊天，一切充滿魔幻。

賈姬。

「我必須打電話給她。她打來找我，我沒回電。」

「噓噓噓。」丹尼爾柔聲哄著，用雙手搓揉我的頭髮。

「不，不，她留了訊息，我那時寫不出東西，就沒回電給她。我現在寫得出來了，沒事了，我要打給她，跟她說我沒問題了。」

丹尼爾將我摟得更緊，但這是他表示悲憫的極限了。「你不能打給她，再也不能了。」新聞快報，現在顯然公諸於世了。我不需要看新聞。他打開臥房房門時，燈光照過他的臉，確定了一切。丹尼爾就像華特．克朗凱[125]。他甚至摘下眼鏡，掐住鼻梁好壓下淚水。

「什麼時候。」我甚至沒力氣將這句話說成問句。

「今天晚上稍早，他們剛做了插播。」

一則不凡故事就這樣平凡地終結了。就很多方面來說，是達拉斯暗殺事件的相反。世界就是這樣終結的。T．S．艾略特。不是砰聲巨響，而是一聲抽噎[126]。

我們手牽手坐在沙發上。記者們正站在她位於第五大道一〇四〇號的公寓大樓外面，那裡擠滿了支持者。這些影像相當強烈，我的大腦花了好些時間才處理得了。我已經無法正確理解事情。他們不是支持者，而是弔唁者。

弔唁者。

我去過那裡，我只能想到這件事。我去過那棟大樓，搭過那架搖搖欲墜的電梯。我進過她家，那裡有我的一本書，裡頭有我特地寫給她的訊息。

現場記者和泰德．卡波來回對話，但我只聽得見查理．布朗卡通裡那種悶住的成人聲音，他們講的話就像模糊的小喇叭聲，毫無意義。

「你本來就知道她病了嗎？」

「當然。」馬克來電幾週之後，賈姬向媒體發布一份聲明，在二月或三月的時候。那份宣告語氣樂觀，說她的預後似乎不錯。所以我們最後一次談話的時候，我就是沒辦法主動討論這個話題。我知道發表那份聲明不會是她的決定；如果能夠，她寧可默默承受整場磨難——她肯定不會想跟我討論這件事。況且，她能夠獲得最頂尖、最先進的照護，接受我們一般人不可得的治療，所以我沒想到要擔心。說真的我並不擔心。她還年輕而且精神煥發。

永遠青春。

125 Walter Cronkite（1916-2009），曾任CBS晚間新聞主播十九年，一九六〇與七〇年代常被稱為「美國最可靠的人」，報導過諸多重大事件，譬如，二次世界大戰轟炸、紐倫堡大審、越戰、水門案事件等，甘迺迪總統遭刺殺也在其中之列。

126 這段話摘自美裔英國詩人艾略特（1888-1965）的詩作〈空心人〉（*The Hollow Man*），艾略特為一九四八年諾貝爾文學獎得主。

「是嗎?」丹尼爾問。

「每個人都知道啊!」說到底,《時人》[127]雜誌寫了篇報導。

「我問的是,你知道她病得這麼重嗎?」

我想我搖頭表示不知道,但我甚至不確定我搖了頭沒有。我之前推想,院方如果不是有把握,就不會讓她表現得好像一切將會安好無恙;倘若發生了什麼戲劇性的事件,醫院得要承擔責任。但他們又怎能阻止她?沒人敢指使她怎麼做。

這張沙發的座墊裡有根彈簧,一個線圈。可以說是彈圈嗎?讓人坐得渾身不舒服。我之前為什麼感覺不到?我抬頭看著丹尼爾,我們兩人在沙發中央縮成一團,彷彿剛從家裡的火災逃出來,坐在對街的路邊,看著我們的生活在熊熊火光中化為烏有。我猜我近來過得太開心,有太多分神的事情,跟丹尼爾互相依偎時,沒注意到這條彈簧、這個線圈。激情重燃。那一切都很美好。

不過,其餘一切都像這個彈圈走了調。

記者說的話漸漸清晰起來。「歐納西斯夫人長年發言人和長年友人南西.塔克曼確認,今天晚上十點十五分,大約在一個鐘頭又二十分鐘以前,她在第五大道中央公園對面的公寓裡過世,星期天她才在中央公園被拍到照片,和她長年伴侶莫里斯.天普曼在一起。」

長年、長年、長年。我在心裡用筆在記者的發言上做記號,就像賈姬處理書稿那樣。偷懶!找更好的用語!贅字!一小時又二十分鐘前。當時我剛從圖書館回家來,正走上階梯。在圖書館裡,有書本團團包圍著我。

她愛書本。

「天普曼就在她的床畔，還有三十六歲的卡洛琳——她三個孫子的母親，還有她兒子約翰。其他人都在場，包括她前任的小叔參議員泰德・甘迺迪、她兒子的朋友——女演員黛瑞・漢娜。她今天時而昏迷、時而清醒，事實上今晚過世時正處於昏迷狀態。她的妯娌羅伯特・甘迺迪的遺孀艾賽爾・甘迺迪，也是她的密友，說當時公寓裡充滿了愛。再強調一次，賈桂琳・甘迺迪・歐納西斯今晚稍早過世，享年六十四歲。」

電影《美人魚》的黛瑞・漢娜。

「那裡有個美人魚？」我並非刻意要說笑——只是我腦袋只注意到這個要點——但丹尼爾還是發出竊笑，抹掉一滴淚。他掐掐我的手，感覺不錯，也許我不會有無限墜落的危險。

記者交棒給泰德・卡波，後者找了個醫學專家來談非何杰金氏淋巴瘤。專家說，診斷出這個疾病的人有百分之五十在五年後還活著，賈姬確診後才幾個月就不敵病魔，算是快得出奇。我想要放聲尖叫。是宣布確診的幾個月後。賈姬肯定盡可能延遲公開自己的健康狀態。這些報導聽起來馬虎草率，但老實說我也不知道還能用什麼方式——我只是不喜歡報導的內容。這些我全不喜歡。

我還沒準備好接受這個消息。我沒回電給她。我們共事的時候，她已經病了嗎？夏天她坐在壁爐旁邊時已經病了嗎？我是不是多少感應到這件事？所以才會夢到她的鞋子？現在她走了，我驚慌起來，怕我從來不曾向她致謝。我向她道謝過嗎？也許有。但我不曾向她道別。

---

127 *People*，又稱《人物》雜誌。

那裡有條美人魚。

播報內容切至賈姬的黑白照片：搭空軍一號、在林登・詹森宣誓就職總統時站在旁邊；她拾級而上走到國會大廈圓形大廳；她親吻棺柩，強強[128]向父親行舉手禮致意。當時她看起來幾乎像個女孩，如此泰然自若、高挑優雅，但當時她可能就是我目前這個年紀。而我也一直還是個孩子。

「記住女士們。」我說，回想起她給我的諸多禮物之一。她那個年代的女人有義務、有職責，但她們也曾經是女孩，有自己的夢想和希望。接著我想起她緊接著說：尤其是你母親。

我忍不住沉溺於生命的脆弱。要是我母親現在離開了人世呢？要是還有那麼多話來不及說出口呢？新書派對之後的那晚，她在旅館房間裡握著我的手，告訴我她玩得很愉快，甚至說她以我為榮——有如賈姬的預測。可是我跟她說了任何話嗎？我是否把握了機會？我是否為了自己的行徑道歉？我是否真心原諒了她的行為？我是什麼樣的兒子？

「怪的是，這一切的無聲無色有種安慰作用。」丹尼爾說，打斷了我的思緒。無聲無色[129]似乎不像個詞語。如果我們在玩拼字遊戲，我就會以音節的數量來質疑他：太過拗口，產生不了意義。可是我自己都會亂編「彈圈」那類的字眼了，我不知道自己有沒有立場說他什麼。

「什麼意思？」可是我早就明白他的意思。沒有達拉斯[130]。沒有國賓飯店[131]。沒有槍擊。沒有真正的華特・克朗凱試著在電視上忍住淚水。只有丹尼爾將我從沉眠中喚醒。

「她是凡人。」

「關掉電視吧！」我告訴他。丹尼爾看著我。我感覺雙眼刺痛，我抗拒著哭泣的衝動，因為我不知道除了抵抗之外還能做什麼。不用多久我就無法再忍住淚水，而我不想看到賈姬在眾人印象中的照片。我不想看到那個屬於每個人的女人。「拜託。」

我只想記得我朋友。我只想要屬於我的那個版本。一個雙手插在髮間的女人，雙腿縮在身旁，要我永遠嘗試下去。

給詹姆斯，會讓任何母親與有榮焉的兒子。

丹尼爾起身，我往沙發裡陷得更深，彷彿他從翹翹板另一端走下來。他關掉電視之後，整個房間靜得震耳欲聾。

128 賈姬的兒子約翰·甘迺迪二世的暱稱。
129 此處的原文是ordinariness。
130 約翰·甘迺迪遭刺殺的城市。
131 羅伯特·甘迺迪一九六八年六月五日在洛杉磯的國賓飯店遭到刺殺，他當時有望獲得民主黨的美國總統候選人提名。

三十五

星期二，我和丹尼爾都穿上黑西裝。他看起來俊美無比，而我這一身卻繃得教人驚心——彷彿我連夜竄高四英寸。他向我保證我看起來不錯，我威脅要換裝時，他又再次要我放心。他終於將我弄出公寓，我們散步到第八大道攔計程車。等車的時候，我撥弄著父親的袖釦。是多年前母親在父親搬走之後送給我的，因為她記得我兒時曾經對它們讚不絕口。我掙扎要戴或不戴，但它們提醒著我這陣子所踏上的旅程。沒了賈姬，我得負責提醒自己永遠不要停止嘗試。我們默默坐車到聖依納爵羅耀拉羅馬天主教堂，但丹尼爾曾經轉頭一次，給我一抹虛弱的笑容，而那個表情堪比一場對話。近來我們還滿擅長這麼做的：聊得更少，但溝通得更多。車流緩慢，繼而停頓下來，很少有人揿響喇叭，彷彿整個城市都在致敬。我們在八十街和公園大道下了車，走過最後四個街區——車不可能開得更近。

那座教堂可能有一百年了，是一棟新古典建築，我猜建材是石灰岩。看起來滿像政府建築，比起教堂，也許更像法庭，或是海關大樓。不像曼哈頓的新哥德天主教堂——聖派崔克或聖約翰——那樣引人注目。這裡對賈姬來說很適合。時報上刊登的通知說，她當初就在這裡接受洗禮，我讀到這點的時候，情緒非常激動——這個肅穆的場合可說是某種歸鄉。她過世後的那天晚上，我逼丹尼爾陪我去喝戴克利調酒（雖然我們只找得到甜的，就是大學姐妹會女生放春假會喝的那種），我們舉杯向一位了不起的女性致意：她前後過了好幾生，卻依然在如此年輕的時候離開人世。我們印證了那些酒飲確實是優秀的自助餐阿姨[132]，喝得越多，就越能在笑聲中追憶與歡喜。（我們最後喝醉了，再次陷入悲傷。）

我們沿著公園大道往前走，人群越來越擁擠，轉眼我們就置身於一大批旁觀者之中，警察已經封起這條街。我揪住丹尼爾的胳膊，免得他往前鑽得太遠。

「我不……」我開口，但不確定自己吞吞吐吐想說什麼。

「你不想什麼？」

「我不想推擠。」可是我想要的是什麼？「我們能不能站在這裡看就好？」

丹尼爾握住我的手，無聲掐了掐。警察們有些動靜，以對講機互相通話，揮手打訊號。我順著兩位警官指的方向往東看。

「她住的地方跟這裡隔兩個街區。」

丹尼爾指著第五大道。

「往前幾個街區。」

我們往前湊近一些，一路避免動作過大。人群被金屬路障擋住。我打手勢要丹尼爾跟我來，順著公園大道，尾隨兩名攝影師往前，他們沒那麼在乎尊不尊重人。不過，我在走到一整排電視

---

132 緣由請見本書第八章賈姬對詹姆斯說的生活小故事。

臺攝影機之前打住腳步，攝影機架設在教堂的對街。我們是少數做西裝打扮的其中兩人，群眾大多穿得較舒適，因為天氣預報氣溫逼近二十七度。

我們駐足在那裡好一陣子之後，一輛靈車出現在八十四街，繞過街角，駛上公園大道。群眾頓時鴉雀無聲。有幾輛黑轎車跟在後頭，最後靈車在滑行之後輕緩停下。家族成員踏出車外，看到有其他人做黑衣裝扮，我如釋重負，覺得自己沒那麼突兀。我一時糊塗，竟然在弔唁者之中尋找賈姬的臉孔，她那熟悉的墨鏡、筆挺的身姿、燈罩造型的完美頭髮。

她當然不在他們之中。

抬棺人聚集起來，大多是甥姪輩，雖說有個男人年紀較長，明顯頂著白髮。他們擠在一起，最後一次溫習指示，然後將棺柩拉出靈車後側。接著，他們齊力將棺柩抬上肩膀，披蓋在棺木上的鮮花柔緩地彈了彈。約翰和卡洛琳現身，跟在母親後面拾級而上。我作勢要揮揮手臂，彷彿他們可能認得我，就像我覺得自己逐漸認識了他們。

「你想試著擠進教堂嗎？」丹尼爾問。

「不，」我告訴他，片刻之後又說，「我沒辦法。」

我以為丹尼爾會抗議，但他並沒有。

我瞥見一位頭髮逐漸灰白的黑人婦女，跟我們相隔了幾個人，於是朝她點點頭。她也盛裝打扮，彷彿要上教堂做禮拜。她手裡捧著電晶體收音機，正忙著撥弄天線。

「想聽聽看嗎？」丹尼爾問。我點點頭，我們低調地朝她走去，小心不要推擠到人。

她調整那架收音機，直到接收到微弱的訊號，我們聽到布萊恩特·岡波爾在說話，片刻之後凱蒂．庫瑞克[133]插了進來——她接收到國家廣播公司的播送，然後再次失去。那個女人抬頭看著我們，搖了搖頭。「我才換過新電池。」

「要我幫忙嗎？」我問。她將收音機遞給我。我撥弄旋鈕，最後布萊恩特和凱蒂又回來了。我遞還收音機。

她端詳我們的西裝，彷彿在異國發現了同胞。「你們認識她嗎？」

「抱歉？」我說，爭取時間好想出答案。

「你們認識甘迺迪夫人嗎？」她再次說，指著我們的西裝。

我可以感覺丹尼爾盯著我，好奇想看看我會怎麼回答。我低頭看著我們的服裝，說出此刻明擺在眼前的事實。「歐納西斯夫人嗎？」不只一次場合，我誇大了我們兩人的交情，這種裝模作樣的企圖相當荒唐。但今天我只有真相。「只有粗淺的認識。」

女人對這個回應還算滿意。到場的人不是來刺探或看熱鬧的，大家循規蹈矩，可以看出他們真心想參與此時似乎永遠消失的事物。沒有推擠、沒有叫喊——事實上群眾之間幾乎有種令人不安的靜謐。

「喏，」女人說著便將收音機遞給我，「你們年輕人替我拿著吧，我們可以一起聽。」

我猶豫一下，然後用雙手接下收音機，彷彿溫柔地保管著某人的珍寶。我們一起聆聽布萊恩特和凱蒂，還有第三個我認不出的人聲，他們提到出席的貴賓：現任第一夫人希拉蕊．柯林頓、

133 Bryant Gumbel（1948-）和 Katie Couric（1957-）都是美國新聞從業人員。

前任第一夫人小瓢蟲[134]．詹森；參議員艾德華．甘迺迪、約翰．凱瑞、約翰．葛蘭；賈姬的妹妹李．拉齊維爾、導演麥克．尼可斯，當然還有賈姬的孩子。他們提及群眾，想到他們正談到我們，感覺滿怪的。我們真的是這個的一部分——大於我們的某件事。凱蒂講到女高音潔西．諾曼，她也出席了，布萊恩特提到舒伯特[135]的什麼事情，然後將收音切到教堂裡。

教堂裡沒有攝影機，至少就我所知沒有，只有麥克風在播報儀式。戶外有很多人盯著教堂正面，無從聽起，還有些人像我們一樣擠在靠電池運作的收音機周圍，盡可能分享資訊。〈聖母頌〉的隱約樂音在空氣中飄盪，被教堂牆壁悶住，只靠著零星散布的收音機稍微加強。群眾原本在上午過半的熱氣中，不舒服地搖晃蠢動，現在卻滿懷敬畏地立定不動，彷彿世界頂尖的美聲之一就站在聖依納爵教堂階梯上，只為他們，只為我們高唱。我隔壁的女人勾住我的手臂，我們和氣融融一同聆聽這首聖歌。

泰德．甘迺迪發表悼詞，群眾依然文風不動，雖然只有手邊有收音機的人才聽得到他說話。「她對美國精神做出罕有且高貴的貢獻，」他說，「我常常想到她在傑克死後的十二月說過的話：『他們將他變成傳奇，但他應該寧可自己是個凡人。』賈姬寧可當她自己，但全世界堅持她也要成為一則傳奇。她從來就不想要公眾的矚目——我想，部分因為會勾起她心中的痛苦回憶，憶起她當初在幾百萬盞強光照射下，所忍受的那種難以承受的憂傷。」

我來回看了看這條大道，好幾千人遍布在幾個街區。如果我們只是那些幾百萬盞燈裡的一些，我們眼眸裡那明亮窺探的白，過去恆久聚焦在她的一舉一動上，現在都為了向她致敬而暗淡下來。

我們聆聽字字句句，丹尼爾、這個女人和我，而與會者前後講了不少話。導演麥克·尼可斯朗讀一段經文。約翰摘錄聖經以賽亞書，卡洛琳朗誦女詩人埃德娜·聖文森特·米萊的〈鱈魚角的回憶〉。他們接過麥克風時，我感覺四周的其他人都湊了過來，但我不在意。最後，由司鐸神父講的八個簡單的字最為突出：深受愛戴、痛切懷念。

我一直表現得很堅強，從頭到尾保持平靜，就像賈姬向來那樣堅忍淡定，直到她的比利時人，莫里斯·天普曼，向弔唁者致詞。他朗讀了康斯坦丁諾斯·卡瓦菲斯的詩作〈伊薩卡〉。「伊薩卡島賜予你一段妙不可言的旅程。當初要是沒有她，你永遠無法啟程。如今她再也沒有什麼可以給你。」

我肩膀一垮，開始痛哭。丹尼爾搓揉我的背，收音機女人笑容和藹，抬眼看著我，彷彿在問我還好嗎？她什麼都沒說，但也伸手搓揉我的背。我點點頭，揩了揩眼睛後低聲說：「我對她的認識，可能比我想的還多。」

儀式過後，我們看著教堂的門打開，頭一批弔唁者肅穆地往外走到街上。幾輛長禮車在教堂前方一字排開，我細看那些我想像是甘迺迪家族、拉齊維爾家族和布維耶家族[136]成員的面龐。我們瞥見麥克·尼可斯的時候，丹尼爾興奮地掐掐我的手。丹尼爾自己是導演，看到那位導演對他

134 美國第三十六任總統詹森的夫人，本名為克勞迪亞·阿爾塔·泰勒·詹森（Claudia Alta Taylor Johnson, 1912-2007），小瓢蟲是她自小的綽號。

135 女高音潔西·諾曼在賈姬的葬禮彌撒上演唱舒伯特的〈聖母頌〉。

136 Bouvier，是賈桂琳原本家族的姓氏。

來說別具意義。過去幾天和幾星期，他一直對我很好，他能覺得有一點屬於他的小小光輝，我滿高興的。最後，棺柩被抬出教堂，沿著樓梯扛下來，我可以清楚看到妝點棺木的花藝安排成十字架形狀。人們唧唧喳喳說著各種見解，是他們閱覽和聽聞的事情。靈柩即將前往機場，柯林頓總統本人即將在華盛頓國家大教堂和棺柩會合，她會葬在阿靈頓國家公墓，她丈夫旁邊——她的首任丈夫——最後一次履行她對歷史的義務。

靈柩駛離，群眾開始散去，丹尼爾問我是否想要到什麼地方去，也許吃點東西。我問能不能多待一下。我們向那位收音機女人道別，她擁抱我們兩人，要我們做個「好男孩」。她摟住我的時候低聲說：「我很欣賞她的丈夫，你有機會認識她，運氣真好。」

我們留到了連沿著人行道排開的攝影師都開始收工。最後丹尼爾將手搭在我的肩膀上，我點點頭，我們轉身沿著公園大道朝家的方向走去。

「能不能改走公園？」我問。

「當然。」丹尼爾說，我們在七十九街切進去。

我們在樹底下找到涼蔭，躲避熱氣喘口氣，兩人都鬆開領帶，脫下西裝外套。我摘掉父親的袖釦，收進口袋，然後捲起襯衫袖子。

「剛剛滿不錯的。」丹尼爾說。

「是啊！」

我們在中央公園裡散步的時候，丹尼爾說起他在人群裡看到什麼、辨認出哪些人，又有哪些細節打動了他。我盡可能去聽，但前方有個戴著黃扁帽的女子——她在人海中穿梭，我只能看出她的頭頂。我不禁想起賈姬在類似的暖日裡，戴著泳帽，在斯魁瑙可特湖水中起起伏伏，像天使一樣滑過了穹蒼。丹尼爾的聲音漸漸淡去，我停下腳步回想泰德．甘迺迪說過的話：

她為歷史增添光彩。對那些認識她與愛她的人來說——她為我們的生活增添光華。

三十六

我醒來時向丹尼爾低聲說，我得出門幾天。他點點頭，搓搓我被枕頭壓出的亂髮，然後漾起笑容。我擔心這可能會讓他憶起我上回的閃避，但他似乎知道我要去哪裡，也明白箇中緣由。窄窗開向通風管頂端，晨光從那裡流洩進來。從我這側床鋪，我可以看出一道淡淡細細的藍天。我想到隨著這個決定而來的待辦清單，比起如果我只是要面對寫作的難題（或許頂多只是出門買個披薩，或一品脫的冰淇淋回家），讓人很想乾脆別下床。

「我會想你的。」丹尼爾說。

「我也會想你。」我覺得丹尼爾的心神並未全放在我身上，於是抓住他的下巴，將他的頭轉過來，直直面對我。

他搔著光裸的胸膛，綻放笑容，然後一把擁住我。「我知道你會的。」

我在我找到的第二家安妥普萊斯租車公司那裡租車（第一家只提供高級轎車，我知道這點會引發爭端），不費什麼力氣就穿過了林肯隧道，交通之神相當眷顧我，也許他們知道我眼前的日子難熬，也許他們認為我已經吃過夠多苦頭。我往北開過紐澤西，轉著廣播電臺想找點什麼來聽，只要能讓我分神，讓我保持鎮定的都好。有個七〇年代音樂臺正在播放木匠兄妹，我將這個當成好兆頭。雖說那首歌是〈雨天和星期一〉，我高唱一整段〈遠行的車票〉[137]之後才知道自己弄錯歌了。

我中途只停了一次車子，為了買咖啡。

母親聽到賈姬過世的消息，打過電話來。我們聊了聊，她做了母親會做的事，像是問我還好嗎；在我回答的時候傾聽。她告訴我巴比被謀殺那天的事。對她來說，就像在某個世界安安穩穩送孩子上床睡覺，一個她可以理解雖說並非全然欣賞的世界，卻在另一個世界醒來，而那個世界毫無規則可言。能聽她述說回憶，拿來跟我自己模糊的記憶互相比對，還滿好的。

現在，我們會聊天，雖然不算頻繁，但相當規律。她對那本書的態度甚至軟化了，我是從娜歐米那裡聽來的。顯然母親會打電話給當地圖書館預約借閱這本書，等輪到她借閱的時候，她就將自己的名字從清單上剔除，之後再去電加進預約清單——只是為了讓這本書看起來炙手可熱。這是她的小小遊戲，而她似乎玩得不亦樂乎。

「要是你跟她說，我跟你講了這件事，你就死定了。」娜歐米威脅。但她依然認為我該知道這件事。娜歐米甚至承認她到當地書店去「臥底」，在書架上調整我的書，讓封面朝外，而且只要有人聽得見，就加強語氣讚嘆這本書有多棒。

母親和我上回通話的時候，問起我尋找法蘭克的進展。感覺不像是過度的好奇，而是一種理解，知道我正經歷某種創傷，至少需要一點友好的支持。當我說我改到養老院去探望父親，她問

137 兩首歌都是木匠兄妹二重唱團體的作品。

他狀況如何，主動說以後我再過去，她也可以同行。這倒提醒我，說起我父親，她也懷揣著一顆破碎的心。

這些都無法讓我確定，她今天真的會上我的車。當我停進車道時，我才意識到自己有多緊張。我逐漸將這趟旅程視為我們療癒的關鍵部分。她要開口拒絕何其容易。儘管我們重修舊好，儘管母親之前孤身遠道進城，她依然是那種在自家周圍附近活動最自在的女性。我在車裡忐忑不安，彷彿是個青少年準備來接畢業舞會的舞伴，車裡有冷氣照樣冒汗，納悶要將胸花別在哪裡。直到我看到凸窗裡的簾子盪了盪，我才下車順著車道走。

「嗨！」她來應門的時候，我說。

「嗨！」她回答，一面望向車道，看看有沒有人跟著我來，或是看看有沒有什麼需要提高警覺的。

「我想知道……」我開口，「我在想……」換個說法並沒有更好。好難啊！真是討厭。

「你在想什麼？」她說，語調不帶一絲控訴；要是在以前，控訴的語氣就會毀掉這樣的提問。

「妳有沒有興趣……」老天，快說啊！「妳想搭車繞一繞嗎？」

母親回頭看看家裡，回顧所有拒絕的理由：要打掃、要洗碗、要燙熨、睡自己的床很安穩。多年以來的模式、慣性和恐懼，然後看看我，最後越過我的肩膀望向遼遠的世界，望向溫柔召喚我倆的那個未來。

「需要帶什麼嗎？」

我跟她說了目的地之後，她提議我在家裡過夜，隔天早上在精神充沛的狀況下出發上路。說到底，這趟旅程得往南走五個鐘頭。我同意了，傍晚我們買了外帶三明治，到卡尤加湖岸的史都瓦公園裡散步──我小時候我們常這樣。我們在大柳樹下的陰影裡找到適合的板凳，坐著眺望湖面。

「寫作還順利嗎？」

「還不錯，」我說，剝開包住三明治的蠟紙，「也許有點混亂。」我輕聲笑著，因為我接下來要寫父親，「我主題的範圍增加了雙倍。」我想告訴她，有時我不禁納悶自己為何又要對家族做這種事，但這一次她似乎明白，要寫什麼故事決定權在我。「老實說，賈姬過世以來，我一直沒多少進度。」

「我想你在做的事情，比的不是速度。」母親咬了一口三明治，然後掀起吐司看裡面包了什麼，「你查到更多法蘭克的消息嗎？」

「我想，探望爸了以後，我就有點停下來了。無論好壞，他以前都是我父親。」我打開BBQ口味的洋芋片，請她吃一片，然後糾正自己。「現在還是。」

她接過洋芋片並說：「謝謝。」

「也許總有一天我會再開始找，也許這本新書會給我動力這麼做，不過現在我沒有那種急迫感。」

「我知道你一直想不通發生了什麼事，我們之間。」

「妳和法蘭克嗎？還是妳和爸？」

「你和我。」

我傾聽湖水拍岸的聲音片刻。「嗯。」那是我尚未解開的部分謎團。

「你決定走上寫作這條路的時候，你開始發問。你什麼都想得到解答，即使是你還不知道要提的問題。」

我記得自己最初的態度毫不留情，就像剛剛找到新題材、急於證明自己能耐的記者。

「我怕你在我鼓起勇氣告訴你之前，提早發現法蘭克的事。如果真的這樣，我就會永遠失去你。」

夕陽逐漸西下，遠側湖岸的人家開始點亮燈火，就像閃閃爍爍的螢火蟲。

「一定滿寂寞的吧！藏在心裡這麼久。」

她思索一下。「日子雖然很漫長，但一年年很快就過去了。」

想見賈姬的強烈渴望忽地湧上心頭，我想告訴她我辦到了——我沒被斯芬克斯吃掉。在這一刻，我解開了自己的謎題，在這裡，日暮時分，天湖一色。針對那本書的結局，賈姬對我緊迫盯人，但一直以來她設想的其實是另一個結局。就是這個，當下此刻，我和母親在一起。

吃完三明治之後，母親主動分我酸黃瓜，就像我小時候那樣。這點頗有意義，因為我知道她真的很愛酸黃瓜。空氣涼爽，能夠暫時擺脫黏膩溫暖的初夏，感覺不錯。我們一起坐到不敵蚊子的襲擊為止。

在最後的天光中，地平線上僅剩山丘上方一道窄細橘光，她問：「要不要吃冰淇淋？我請客。」

回家的路上，我們到外賣窗口買冰淇淋甜筒。「下一次出遊，換我請吃冰淇淋，」我告訴她，「我知道去哪裡就對了。」

「喔，是嗎？哪裡？」

「瑪莎葡萄園島上的瘋瑪莎，他們有個品項叫『肥豬滋滋樂』。」

母親手拿單球甜筒，擺了個臭臉。「聽起來好糟糕。好啊！」

隔天早上，我們突襲肯尼的家，把達米諾和一包狗糧留給他。愛倫看到我和母親同行，立刻挺身表示說她很樂意幫忙照顧狗。我們在黎明之後就上路，頭幾個小時大多處於愉悅的沉默，停下來喝咖啡配爽脆的肉豆蔻味甜甜圈。母親一度脫下涼鞋，腳丫跨在儀表板上，車窗開了個縫，讓晨間空氣撫過全身，彷彿進行某種淨化儀式。對我而言也是一種淨化儀式。

儘管華盛頓四周的車流繁密，我們還是在中午過後不久抵達阿靈頓國家公墓。能夠伸展雙腿感覺真好。我們在訪客中心穿梭，領了份地圖和幾份小冊。好幾輛巴士載著喧鬧的孩子到來，他們擠滿了入口，在今年的這個時節，我看不出他們是因為學期再幾天就要結束而鬧騰，還是因為夏令營的頭幾天而亢奮。甘迺迪的墳墓從入口走一小段路就到，但我們刻意繞道而行，彷彿想拉長這份差事的時間，擺脫那些有組織的旅行團。

「妳知道除了甘迺迪，唯一葬在這裡的總統是塔夫脫[138]嗎？」我問，匆匆路過一連串名人的墳墓。

「也許我們應該去看他一下。」母親說，彷彿他是個家族老朋友。

但我們路過塔夫脫的時候並沒有停步，而是順著薛曼路直接到阿靈頓宮[139]，然後沿著一條步道直接切到我們的目的地。

---

138 William Howard Taft，美國第二十七任總統，任職期間為西元一九〇九年至一九一三年。

139 Arlington House，又稱羅伯特・E・李紀念館，為美利堅聯盟國羅伯特・E・李將軍（Robert E. Lee, 1807-1870）的故居。羅伯特為美國將領、教育家，為南北戰爭期間邦聯（南軍）最出色的將軍，以總司令的身分指揮邦聯軍隊。

「妳來過這邊嗎？」我問，甘迺迪家族對她來說別富意義，我納悶她以前是不是來朝聖過。

「沒有，你呢？」

「沒有。」

甘迺迪總統墓地的入口包括一個橢圓廣場，那裡有一道花崗岩矮牆，上面蝕刻著他就職演說的摘文，我們停下腳步閱讀，母親繞回去重讀一遍。我走到旁邊眺望遠處高聳的華盛頓紀念碑——我們兩人都在拖延時間。我看著母親等待一群孩子往前移開，好用手指拂過頭一塊石碑上的刻字：「我們的朋友和敵人同樣聽見我此時此地的談話：火炬已經交棒給新一代美國人。」我知道她記得自己看過這場演說，她說過很多次，當時不到三個月大的我就在她的臂彎中。我退後幾步給她更多隱私，忖度那些話對當時的她有何意義，當時她正是那個新世代，而現在她的背後有了新生代，那些話對她來說又有什麼意義。她完成第二輪之後，執起頸上的十字項鍊，先是緊緊握在手中，然後吻了吻。

她在廣場裡找到我，我伸出手，她握住了。我們一起走向真正的墓地，站在幾個人後面等待。我的心在胸口怦怦猛跳。這個時刻我已經想像過很多回——將母親介紹給賈姬，雖說我不曾想過會是這番情景，但依然……我終於讓這兩位女性聚首了。

約翰·甘迺迪的墓碑平貼在地上，**約翰·費茲傑羅·甘迺迪，一九一七年—一九六三年**，四周草地裡嵌著更小的石碑。三個都簡單隨意，沒有任何繁複的裝飾。他後面是永恆之火，在微風裡舞動。右側則是新近下葬的地方，是一壟土。

賈姬。

「竟然沒有石碑。」我說，難掩失望。我要怎麼對一抔新土致意呢？

母親點點頭。「會有的。」

這一切都如此新穎。很難記得才幾週前我還忙著寫書，希望能再次打動我的編輯。感覺像是好久以前的事，但實則卻如此新近，他們連石碑都還來不及安放。

「是孩子們。」母親抖著聲線低語。她指著兩塊較小的墓碑。一個上頭簡單寫著**女兒**，**一九五六年八月二十三日**。死胎。另一個則寫著**派崔克・布維耶・甘迺迪**，**一九六三年八月七日**—**一九六三年八月九日**。這赤裸裸地提醒著我們，賈姬在我們認識之前有過的生活，以及那些似乎圍繞著她的悲傷。

「他早他父親十個星期過世。」我指著派崔克的墳墓。這樣的事我們為何沒有記得更清楚？在任的總統失去孩子，這種事情幾乎難以想像。我們想起甘迺迪的時候，為什麼這並不是立刻浮現心頭的頭幾件事？

因為歷史有了悲劇性的介入。

母親拿出面紙隨身包，輕輕抹抹眼，然後分了一張給我。我接過來，但不覺得有落淚的衝動。「真希望賈姬有個石碑。」這趟旅程明明還沒結束，卻已經有了不完整的感覺。

「很遺憾事情沒照你的希望走。」

「這都不是我希望的方式。」我召喚潛藏在內心的天主教義，默默說了段禱詞。

……我們將她的肉體置於大地之上，塵歸塵，土歸土……

接著，禱告完之後，我低語：「永別了，歐納西斯夫人。」

我們先走到左邊，讓出空間給其他等待中的訪客，最後完全離開。我們在步道過去那裡找到一處安靜的地方。

「我以為我們……滿親的。她連生病的事都沒告訴我。我還得像其他人一樣在《人物》雜誌上讀到才曉得。」

「這個嘛……」

「怎樣？」

「你們不親啊！」

我轉身給母親一個表情，彷彿她剛甩了我巴掌。她為什麼要說這種話？

「就不親嘛！」她說，加重語氣。

我們專注盯著對方，兩人既沒眨眼也不退讓。我想放聲叫喊，像孩子鬧脾氣那樣猛跺雙腳，可是她當然說得對。我想要認為，我對賈姬而言是獨特的，就像她之於我。可是我憑什麼這麼想？我當然不是了。我只是一長串曾經進入她生活的人之一，大驚小怪、奉承討好，在內心虛構一場不完全存在的關係。

「你們並不親。」母親勾起我的手臂，將我緊緊拉向她。我領悟到，她這麼說不是出於恨意，甚至不帶惡意，只是單純的事實。她告訴我部分是為了阻止我因為失去而繼續墜落，好讓我持續往前邁進；也許部分是想告訴我，真正親的，是我和她。

「我現在開始看出來了。」面對這樣嚴酷的坦率，也為自己過去兩年的行為難為情，我滿臉燙紅。

「可是她很喜歡你。」

我用雙手手背去摸臉頰，感覺暖烘烘，簡直就像晒傷一般。「喔，妳又知道了。」我說，彷彿她很煩人。

「她跟我說的。」

我以閃電般的速度轉頭。「什麼？」

母親僵住不動，有如孩子將手伸進餅乾罐被逮個正著。「她來電的時候跟我說的。」

我不確定是否要追問如何、為何或何時。

「唔，她有我的電話啊！因為你的關係，感恩節那次。」

「她說了什麼？」

「我們只是閒聊，母親對母親。」

我快失去耐性了。「她─說─了─什─麼？」

我想到我和賈姬私下討論過的所有事情，我如何覺得這些對話屬於我，只屬於我獨有。其中有些事情我甚至沒跟丹尼爾說過。它們是我的特別珍寶，到今天都是我最珍惜的事物。對於她倆的對話，我母親很可能也有類似的想法，但我不在乎。我必須知道她們說了什麼。

「我們聊了當母親的事，聊到你，聊到我們的孩子。她親口邀我去參加新書派對，所以我去了。可不能對第一夫人說不。」

「她有沒有說別的？」

母親仰頭望天，彷彿努力要回想。「喔，有。她最後說：『如果他們都好好長大了，那就是我們對世界的復仇。』」

我點點頭，讓這番話沉澱下來。「他們有嗎？」我問，「最後都算好好長大了嗎？」

母親從雲端收回視線。我們不約而同都回頭看那些墳墓最後一眼，望著賈姬當初親手點燃的永恆之火，在輕風中款款舞動。「他媽的絕對有。」

罵髒話不是母親的作風，但她一旦講髒話，永遠最有強調的效果。

我們沿著小徑走向巴比的墓地，抵達的時候，又是一塊平貼於地的石碑，這次後方有個白色十字架，我們靜靜佇立，將景象收入眼底。訪客陸續在墳上拋下銅板，大多為一分錢。

「法蘭西斯……」母親說，我不知道她是否在對我說話，或是讀著墓碑，或是憶起和法蘭克相處的時光。「為什麼挑我？有那麼多人可以選。我不時會想到這點。你為什麼要寫我？」

我驚奇地望著她。她怎麼可能不知道？「妳是我遇過最了不起的女人。」

母親皺了皺臉。（原來我不大能面對誇獎是從她這裡來的。）「唔，」她說，不確定該怎麼回應，「直到最近而已吧！」她順著走道朝賈姬的方向點點頭。

我不急於回答，等母親終於回過頭來，正眼看著我。「我這輩子遇過最了不起的。」

我們站在原地，面對這樣的坦誠一時心慌，我們都不確定接下來該怎麼辦。我雙眼刺痛起來，我可以看到她的雙眼也是，到最後，那種刺痛變得過於強烈，讓我幾乎目盲。「喔，法蘭西斯。」她說這句話的語氣卸除了我身上的重擔，這個重擔我背負了許久，簡直成了第二層皮膚。在那一刻，我便明白，我又是她的小男孩了。

謝詞

《我的編輯是第一夫人賈桂琳》是虛構的作品。這本小說無意對賈桂琳・歐納西斯在出版業的時光進行決定性的描繪，而是我個人對一位女性位居非凡職涯顛峰的詮釋。如果你想進一步認識她的專業生活，我高度推薦兩本非小說書籍：威廉・庫恩（William Kuhn）的《閱讀賈姬：隱藏書中的自傳》（*Reading Jackie: Her Autobiography in Books*）以及葛雷格・羅倫斯（Greg Lawrence）的《編輯賈姬：賈桂琳・甘迺迪・歐納西斯的藝文生活》（*Jackie as Editor: The Literary Life of Jacqueline Kennedy Onasis*），以及提及她卓越第三人生的無數其他傳記。儘管如此，我還是想感謝歐納西斯夫人的智性、力量、優雅、風格、領導風範，感謝她持續啟發許多人，包括我在內。

向經紀人致謝已經成了必備的禮數：但我要向我朋友Rob Weisback致謝。你對這本書有諸多貢獻，永遠不會被遺忘。你挑戰我、啟發我、鼓舞我——有些日子我連點午餐以前都要先問你一聲。（你覺得我點碎沙拉好嗎？）擁有堅定的擁護者和慷慨的團隊伙伴，這樣的作者很幸運。

我對我的編輯Sally Kim銘感五內。妳清晰和活躍的編輯遠見讓妳成為這個計畫裡貨真價實的伙伴；每頁都留有妳的痕跡。從我們在一家書店的有趣邂逅開始（向加州曼哈頓海灘的一家書店「紙頁Pages」公開致意），到我們頭一次共酌戴克利調酒，妳引領著我走過一條發掘的道路，就像賈姬為詹姆斯做的那樣。我要為這場無以倫比的旅程向妳致謝。

我找不到比Putnam出版公司更好的歸宿。我很感激他們活力充沛的團隊，尤其是Ivan Held、Alexis Welby、Katie McKee、Ashley McClay、Christine Ball、Emily Mlynek、Jordan Aaronson和Gaby Mongelli。

一本書有眾多朋友，而我很幸運能夠將當中幾人稱為朋友，包括Molly Lindley Pisani、Bethany Strout、Matthew Allard、Julia Claiborne Johnson、Michael Peters、Ryan Quinn、Trent Vernon、Barry Babok、Laura Rowley、Samuel Rowley、Susan Wiernusz，以及Evie、Emmett、Harper、Eli和Graham。

感謝我的雙親Norman Rowley和Barbara Sonia，謝謝他們一生付出的愛護和熱忱，謝謝他們接受我並相信我。

寫作是份孤獨的工作；能夠有條忠實的狗相伴很有幫助。感謝妳，提爾妲，謝謝妳的陪伴，謝謝妳每隔幾小時就把我從椅子上拖出來。也感謝莉莉[140]，她持續讓所有的事情變得可能。

最後我要向Byron Lane獻上永不削減的感激，你是我的首位讀者、也是我的最後讀者，我的愛，我的一切。

---

140 Lily，作者的臘腸狗愛犬，已過世。是作者二〇一六年出版的暢銷小說《莉莉和她的王冠》的靈感來源。

小說精選

我的編輯是第一夫人賈桂琳

2020年10月初版 定價：新臺幣380元

有著作權・翻印必究
Printed in Taiwan.

著　　者 Steven Rowley
譯　　者 謝靜雯
叢書編輯 黃榮慶
校　　對 蘇暉筠
內文排版 極翔企業
封面設計 朱疋

出 版 者 聯經出版事業股份有限公司
地　　址 新北市汐止區大同路一段369號1樓
叢書編輯電話 (02)86925588轉5307
台北聯經書房 台北市新生南路三段94號
電　　話 (02)23620308
台中分公司 台中市北區崇德路一段198號
暨門市電話 (04)22312023
台中電子信箱 e-mail：linking2@ms42.hinet.net
郵政劃撥帳戶第0100559-3號
郵撥電話 (02)23620308
印 刷 者 世和印製企業有限公司
總 經 銷 聯合發行股份有限公司
發 行 所 新北市新店區寶橋路235巷6弄6號2樓
電　　話 (02)29178022

副總編輯 陳逸華
總 編 輯 涂豐恩
總 經 理 陳芝宇
社　　長 羅國俊
發 行 人 林載爵

行政院新聞局出版事業登記證局版臺業字第0130號

本書如有缺頁，破損，倒裝請寄回台北聯經書房更換。 ISBN 978-957-08-5621-7 (平裝)
聯經網址： www.linkingbooks.com.tw
電子信箱：linking@udngroup.com

The Editor © Steven Rowley, 2019
Complex Chinese edition © Linking Publishing Co., Ltd., 2020
This edition arranged with Rob Weisbach Creative Management through
Andrew Nurnberg International Limited.
All rights reserved.

國家圖書館出版品預行編目資料

我的編輯是第一夫人賈桂琳/ Steven Rowley著．
謝靜雯譯．初版．新北市．聯經．2020年10月．392面．
14.8×21公分（小說精選）
譯自：The editor
ISBN 978-957-08-5621-7（平裝）

874.57 109014223